Dan Gronie

ANDOR

Rätsel der Vergangenheit

ANDOR

Band 1: Rätsel der Vergangenheit

In Vorbereitung:

Band 2: Reise durch das Weltentor

Band 3: Feindliche Basis auf Pelos

Weitere Bücher von Dan Gronie

Band 1: Kaspar - Die Reise nach Feuerland

Band 2: Kaspar - Der magische Rubinschädel

Band 3: Kaspar - Das Geheimnis von Eduan

Estalor - Rückkehr der Höllenschlange

Denny entdeckt Köln

Dan Gronie

ANDOR

Rätsel der
Vergangenheit

ROMAN

Impressum

Alle Rechte liegen beim Autor. Die Verbreitung in
jeglicher Form und Technik, auch auszugsweise,
nur mit schriftlicher Genehmigung des Autors.

Bibliografische Information der Deutschen Nationalbibliothek:
Die Deutsche Nationalbibliothek verzeichnet diese Publikation in der Deutschen
Nationalbibliografie; detaillierte bibliografische Daten sind im Internet über
http://dnb.d-nb.de abrufbar.

Titel: Andor - Rätsel der Vergangenheit
Copyright © 2017 by Dan Gronie

2. Auflage August 2020
Überarbeitete Taschenbuchausgabe

Umschlaggestaltung: Dan Gronie
Umschlagabbildungen: © Olivia Grand,
Bild von Felix Mittermeier auf Pixabay,
Bild von Angela Yuriko Smith auf Pixabay

Herstellung und Verlag:
BoD - Books on Demand, Norderstedt

ISBN: 978-3-7504-9905-8

In Liebe meiner Frau Ursula.
Das Leben ist ein großes Abenteuer,
Danke, dass ich es mit dir erleben darf.

Inhalt

Prolog

D ie Gedanken an seine unerfüllte Aufgabe machten ihn wütend. Er stöhnte leise. Es war der letzte Versuch am Leben zu bleiben, den grellen Schmerz aus seinem Körper zu vertreiben. Eisige Kälte hüllte ihn ein. Seine Hände krallten sich in den staubigen Boden.

Eine Detonation folgte.

Jemand rief seinen Namen.

Erinnerungen zogen langsam an ihm vorbei, wie das Flusswasser an einem seichten Ufer. Die Dunkelheit hielt ihn umfangen. In seiner Brust loderte das Feuer des Todes – Höllenfeuer.

»Sterne werden geboren, um die Dunkelheit zu erhellen. Für jeden von uns gibt es einen Stern dort oben«, die Worte seiner Mutter hallten in seinem Kopf wider.

War er dem Tode denn schon so nahe, dass die Verstorbenen zu ihm sprachen?

Auf einmal lag er neben seiner Mutter im Bett, die ihm eine magische Geschichte erzählte, wie sie es früher immer getan hatte. Er kuschelte sich tief in das Kissen und lauschte ihrer ruhigen Stimme.

»Wo ist mein Stern, Mutter?«, fragte er.

Sie deutete zum Fenster hinaus. Der Himmel war wolkenlos.

Mit beiden Daumen und Zeigefingern bildete sie ein Dreieck und sagte ruhig: »Wenn du hier hindurchschaust, dann kannst du ihn sehen.«

Er lächelte überglücklich und spürte noch, wie ihre Hand über seine Wange strich und ihre Lippen seine Stirn küssten.

Sie stand auf und ging.

»Warte, Mutter«, sagte er.

Sie blieb stehen und wandte sich ihm zu.

Dann schlief er ein.

Jemand rief wieder seinen Namen.

Erinnerungen an die Momente vor der ersten Detonation zogen an ihm vorbei.

Auf einmal lief er über staubige Erde, rannte durch Pfützen und Matsch, bevor er seine Kameraden erreichte. Doch es war vergebens – alle waren tot. Dann trat ihm eine Bestie entgegen – sein Feind. Ihm blieb nicht viel Zeit, um dem Angriff auszuweichen. Er setzte alles auf eine Karte, hechtete zur Seite und flog dabei flach durch die Luft. Hart prallte er zu Boden, nahm noch einmal Schwung und rollte sich über die Schulter ab und schoss nach oben. Als er fliehen wollte, versperrte der Feind ihm den Weg. Sein Gegner war schnell und griff mit seinen Klauen nach ihm. Es waren keine Hände sondern Krallen, scharf wie Messer, die sich in seinem Körper vergruben und einen tosenden Schmerz durch ihn hindurch jagten. Der Feind drohte ihm sein Herz aus dem Körper zu reißen. Für ein paar Augenblicke hielt er den Atem an. Etwas stieß heiß vom Magen her hoch in seine Kehle. Der Feind war eine Ausgeburt der Hölle. Ein widerliches Wesen mit einem eiskalten Augenpaar. Er atmete hastig aus.

Eine große Detonation folgte, die den Boden erschüttern ließ.

Die Krallen verschwanden aus seinem Körper. Vorerst wollte das Schicksal, dass er am Leben blieb.

Jemand rief wieder seinen Namen.

Wer rief nach ihm? Er überlegte. Wem gehörte bloß diese Stimme?

Er schloss die Augen, und auf einmal stand er auf der Treppe in seinem Elternhaus und konnte die Stimmen seiner Eltern im Wohnzimmer hören.

»Was ist bloß in euch gefahren?«, sagte sein Vater. »In letzter Zeit lösen Kleinigkeiten immer einen großen Streit zwischen euch aus.«

»Ich hatte doch gar nicht gestritten«, sagte seine Mutter und seufzte tief. »Ich hatte mir nur Sorgen um sie gemacht. Sie ist ...«, ergänzte sie und schwieg, als Vater lachte.

»Was findest du denn so komisch daran?«, fragte sie verärgert, und ihre Stimme schwoll von Wort zu Wort an. »Was?«, brüllte sie.

»Ach, nichts«, sagte er leise. »Entschuldige.«

Einen Moment herrschte eine unheimliche Stille. Vermutlich war die heftige Diskussion zwischen seinen Eltern wegen seiner Schwester ausgebrochen, die in letzter Zeit allerlei absurde Einfälle hatte.

»Sie ist so ... so ein Hitzkopf! Sie muss immer unbedingt ihren Willen durchsetzen. Sie ... sie ist doch noch ein Kind!«, fing seine Mutter an.

Vater lachte wieder, aber dieses Mal war es sein liebevolles, tiefes Lachen.

Wieder trat ein Schweigen ein, doch Vater unterbrach es: »Tja, auch wenn du mir jetzt böse bist und nicht gerne hörst, was ich dir jetzt sage – das hat sie von dir. Ihr beide seid euch ähnlicher, als ihr zugeben wollt.«

»Aber ich will sie doch nur beschützen«, sagte seine

Mutter.

»Ich weiß«, sagte sein Vater, »aber aus dem Kind wird eine junge Frau, und du kannst sie nicht vor allem bewahren.«

»Sag bloß, du bist damit einverstanden?«

»Nein«, antwortete sein Vater kurz, »das bin ich auf keinen Fall«, ergänzte er, »aber wir sollten ihre Entscheidung respektieren.«

Er schlich die Treppe ganz hinunter. Es ging um seine Schwester, da gab es keinerlei Zweifel mehr. Was wollte sie denn dieses Mal? Surfen auf Mond 4? Tauchen in den Eisseen von Nemdos? Oder ... Er lauschte gespannt.

»Sie ist kein Kind mehr«, betonte sein Vater. »Sie ist volljährig«, ergänzte er.

Seine Mutter sagte nichts. Zu seiner Überraschung schwieg sie eine ganze Weile. Hatte seine Schwester vielleicht einen Geliebten? Traf sie sich heimlich mit ihm, und Mutter hatte es herausgefunden? Er kicherte.

Als seine Mutter wieder zu sprechen anfing, klang ihre Stimme zittrig. Es hörte sich an, als wäre sie den Tränen nahe.

»Dafür ist sie noch zu jung«, sagte seine Mutter.

»Und, was wäre das richtige Alter dafür?«, fragte sein Vater.

»Warum kann sie nicht das tun, was andere in ihrem Alter auch so tun?«, sagte sie leise.

»Und das wäre?«, fragte sein Vater.

Es trat eine unbehagliche Stille ein.

»Warum hat sie keinen Freund?«, unterbrach seine Mutter das Schweigen. »Dann käme sie auf andere Gedanken ...«

»Die würden dir bestimmt auch nicht gefallen«, fuhr sein Vater ihr ins Wort.

»Damit könnte ich leben«, sagte seine Mutter leise.

»Warum nur will sie ...«, seine Mutter atmete tief durch, »... an der Waffe und im Nahkampf ausgebildet werden?«

Vater schwieg.

»Warum?«, fragte sie noch einmal.

»Das kann ich dir nicht beantworten«, sagte sein Vater.

»Es gibt so viele schöne Dinge, die sie tun könnte«, flüsterte seine Mutter. »Warum will sie unbedingt mit einer Waffe ...« Sie schwieg.

»Sie hat sich das in den Kopf gesetzt«, sagte sein Vater.

»Ja, das hat sie.«

»Entweder wir respektieren ihre Entscheidung ...«

»Oder?«, hauchte seine Mutter.

»... sie wird es trotzdem tun.«

»Komm her«, sagte sein Vater mit ruhiger Stimme. »Lass dich umarmen.«

Seine Schwester war wirklich ganz schön schräg drauf. Warum wollte sie denn unbedingt an der Waffe ausgebildet werden? Er verstand es auch nicht. Ihm wurde kalt. Er schüttelte sich. Dann schlug er die Augen auf.

Verdammt! Er hätte gerne noch etwas weiter geträumt.

Er hob den Kopf und lauschte. Eine Grabesstille umgab ihn. Er stellte fest, dass er auf staubigem Boden lag und schwer verletzt war. Als er die Wunde in seiner Brust und die blutigen Beine sah, kamen die Erinnerungen wieder.

Er sah sich um. Nebel zog rechts von ihm auf. Als er sich dem Nebel zuwandte, hatte er das Gefühl, die Hölle hätte ihre Pforten geöffnet, und im selben Augenblick traten Kreaturen aus dem Nebel heraus – seine Feinde.

Er war dem Tode näher als dem Leben, das wusste er, doch aufgeben wollte er um keinen Preis.

Was hatte sich der Wissenschaftler Reolan Leeonex dabei gedacht, als er die Dunkle Materie im Universum erforschte? Er wollte ihr Geheimnis lüften und brachte damit den Tod in unsere Welt. So manches Geheimnis, das im Universum verborgen war, sollte besser nie gelüftet werden.

Dem Wissenschaftler gelang es Dunkle Materie zu isolieren und für seine wissenschaftlichen Zwecke zu verwenden. Das Verständnis für die Entwicklung des Universums rückte näher. Er entdeckte, dass er mit der Dunklen Materie, unter Einsatz der geeigneten Technik, Raum und Zeit beeinflussen konnte. Reolan Leeonex wollte auf große Entdeckungsreise gehen und das Universum erforschen. Das war ihm gelungen. Aber zu welchem Preis?

Er hatte nicht darüber nachgedacht, dass einer kriegerischen Spezies diese Erfindung in die Hände fallen könnte. Nun hatte ihr Feind die Technik rasant weiterentwickelt und diesen verheerenden Krieg begonnen.

Seine Mission war noch nicht vollendet. Er musste das Tor zerstören, bevor seine und andere Welten noch weiter unter den Eroberern zu leiden hatten.

Er lebte.

Die Hölle hatte ihn wieder ausgespien.

Sein Wille war stark. Er musste unbedingt seine Mission beenden.

Der verdammte Krieg hatte ihm die Eltern und seine Brüder genommen, seine Schwester aber sollte nicht ums Leben kommen. Ein bitteres Lächeln legte sich auf seine Lippen, als er den Sprengsatz in die

Hand nahm.

Sein Ende hatte er sich stets anders vorgestellt. Er wollte mit dem Schwert in der Hand sterben, nicht zerfetzt von einer Bombe.

Die Kreaturen, die aus dem Nebel gekommen waren, hatten nicht bemerkt, dass er noch lebte. Sie waren alle an ihm vorbeigelaufen und verschwunden.

Wieder rief jemand seinen Namen, und dieses Mal erkannte er die Stimme seiner Schwester.

Er musste handeln und mobilisierte seine letzten Kräfte. Vergebens. Seine Beine machten ihm einen Strich durch die Rechnung. Er schloss wieder die Augen.

Nicht einschlafen!, befahl er sich im Stillen. *Du musst es schaffen. Du musst es ...*

Er atmete schwer aus und versuchte nochmals aufzustehen. Fast hätte er es geschafft. Aufgeben wollte er jedoch nicht.

Nein.

Niemals.

Der dritte Versuch folgte, und dieses Mal gelang es ihm. Seine Beine fühlten sich taub an, aber trotzdem konnte er gehen. Er taumelte, als wäre er betrunken. Doch sein eiserner Wille trieb ihn voran. Allmählich ließen die Taubheit in den Beinen und der Schmerz in seiner Brust nach. Seine schweren Wunden waren fast vollständig verheilt.

Als er den Rand eines riesigen Kraters erreichte, blieb er stehen. Das Gelände ringsherum war flach und kahl. Er ließ den Blick schweifen. In allen Richtungen sah er aufgewühlte Erde bis zum Horizont. Er bemerkte einen schmalen Pfad, der in den zerklüfteten Krater hineinführte und folgte ihm schnell. Ein riesiger Steinhaufen versperrte ihm plötzlich den Weg. Er kletterte zielstrebig über das Hindernis hinweg und folgte wieder dem schmalen Pfad. Als er die nächste Biegung passierte, blieb er stehen. Übelkeit stieg in ihm hoch, als er den entstellten Körper einer Soldatin sah. Für einen kurzen Augenblick hatte er gedacht, es wäre seine Schwester gewesen. Leblose Augen starrten ihn an. Lange Haare hingen wirr im schlammigen Gesicht der Leiche.

Er wusste, dass er sich beeilen sollte, doch er kniete sich neben der toten Frau nieder. Ein kurzes Gebet, dann schloss er ihre Augen und folgte wieder dem Pfad.

Er versuchte den Gedanken an die Tote aus seinem Kopf zu vertreiben, aber das schreckliche Bild der aufgeschlitzten Leiche ging ihm nicht aus dem Sinn. Auf seinen Armen bildete sich eine Gänsehaut. Er wollte erbitterte Rache nehmen. Er wollte jedem einzelnen seiner Feinde das Herz aus dem Körper reißen – mit seinen Händen. Er wollte dabei spüren, wie das Leben aus dem Körper des Feindes wich.

Er blieb wieder stehen, als er auf die Leiche eines Soldaten traf. Sein Brustkorb war völlig zerfetzt. Sein linker Arm war verdreht – vermutlich war seine Schulter gebrochen oder ausgekugelt. Vielleicht hatte er einen schnellen Tod gefunden. Ob er eine Frau und auch Kinder hatte ... eine Familie? Er atmete tief durch und folgte wieder dem schmalen Pfad.

Erneut begann er über einen Steinhaufen zu klettern. Fast wäre er abgerutscht, noch bevor er die Spitze erreicht hatte. Panik drohte in ihm aufzusteigen, als er beim Anstieg zwei Körper am Boden liegen sah. Doch als er näher kam, atmete er erleichtert auf – es waren seine Feinde. Beide hatten durchgeschnittene Kehlen. Ein Gebet wollte er nicht an sie verschwenden, also eilte er weiter.

Er war sich sicher, dass eine seiner Einheiten auch diesem Pfad gefolgt war. Wie ein Blitz traf ihn der Gedanke, dass sich seine Schwester ebenfalls bei dieser Einheit befinden konnte. Er vertiefte sich so sehr in diesen Gedanken, dass sein Atem schneller ging.

Natürlich musste seine Schwester hier irgendwo sein, denn eben noch hatte sie ja nach ihm gerufen. Nun war er fest davon überzeugt, dass sie mit einer Einheit auf der Suche nach ihm war.

Sollte er auch nach ihr rufen? Er schüttelte den Kopf, denn er wollte nicht die Aufmerksamkeit des Feindes auf sich ziehen. Er eilte also weiter den schmalen Pfad entlang, der vor einem offen stehenden Eisentor endete. Dies war ein Nebeneingang in die feindliche Basis. Hier hatte jemand ganz schön gewütet. Er zählte fünf tote Feinde. Sie waren ebenfalls auf grausame Weise ums Leben gekommen. Er atmete kräftig durch, dann betrat er die feindliche Basis.

»Willkommen im Vorhof zur Hölle«, flüsterte er.

Glück für ihn, dass keine Gegner mehr hier waren, um ihn aufzuhalten. Es war ihm bewusst, dass es ein Himmelfahrtskommando war, denn er musste den Sprengsatz an einer Stelle anbringen, von der aus er nicht genug Zeit hatte, um aus der Gefahrenzone zu fliehen.

Doch er musste es tun.

Der Weg führte ihn tief in die feindliche Basis hinein. Wie durch ein Wunder begegnete ihm kein Feind. Wo war seine Schwester? Ob sie auch hier in der Basis war? Er wollte wieder nach ihr rufen, aber der Feind hätte ihn hören können.

Kommunikationsmodul, schoss es ihm durch den Kopf. Warum hatte er nicht schon früher daran gedacht? Ob es wieder funktionierte?

Er hörte ein Geräusch und ging hinter einer grauen Tonne in Deckung. Dann liefen vier Feinde an ihm vorbei. Vermutlich wollten sie zu dem Tor, durch das er gekommen war. Er musste sich beeilen.

Als er das Kommunikationsmodul benutzen wollte, bemerkte er, dass es immer noch nicht funktionierte. Entweder hatte er hier in der Basis keinen Empfang, oder es war durch die Detonation beschädigt worden.

Er hastete eintönige Gänge entlang, die ihn immer tiefer in die feindliche Basis führten. Würde er es auch wieder hier hinausschaffen?

Wieder legte sich ein bitteres Lächeln auf seine Lippen, als er sein Ziel erreichte. Mit zitternden Händen platzierte er den Sprengsatz an der richtigen Stelle und aktivierte ihn. Dann starrte er gebannt auf die blinkenden Lämpchen. Der elektronische Zeitmesser lief. Er war sich sicher, das Richtige zu tun, denn durch dieses Tor könnten seine Feinde jeden Planeten im Universum erreichen und erobern.

Während er davonlief, um den rettenden Ausgang zu erreichen, knisterte das Kommunikationsmodul.

»Schwester«, hauchte er.

Niemand antwortete.

»Schwester«, rief er.

Das Kommunikationsmodul knisterte wieder.

»Ja«, antwortete eine Stimme.

Er war für einen Augenblick wie erstarrt, als er die Stimme seiner Schwester hörte.

»Bist du in der feindlichen Basis?«, fragte er hastig und verlangsamte sein Tempo.

»Wir stehen vor dem Eingang«, antwortete sie. »Wo bist du?«, fragte sie schnell.

»Ihr müsst sofort von hier verschwinden ...«, sagte

er, und sie unterbrach ihn energisch: »Nicht ohne dich, Bruder.«

»Ich habe die Bombe platziert und aktiviert«, sagte er nur und beschleunigte wieder sein Tempo.

»Dann lass uns verschwinden, Bruder«, sagte sie.

»Es gibt da nur ein Problem«, fing er an.

»Ja«, hauchte sie.

»Ich habe keinen Fernauslöser mehr gehabt.«

Ein kurzes Schweigen trat ein.

»Du ... du ... Narr«, schimpfte sie. »Wie willst du vor der Detonation hier rauskommen?« Die Stimme seiner Schwester klang ärgerlich, dennoch lag eine gewisse Besorgnis in ihr.

»Ich beeile mich.«

»Ah, verdammt«, hörte er sie fluchen.

»Verschwindet von hier«, befahl er. »Ich schaffe es schon«, versprach er ihr fest.

»Nein!«

»Das ist ein Befehl!«, sagte er.

Keine Antwort.

Er runzelte die Stirn.

»Hast du gehört?«, fragte er.

»Ja«, hauchte sie.

»Los!«, befahl er energisch. »Ich bin auf dem Weg zu euch.«

»Lass mich nicht allein, Bruder«, ermahnte sie ihn mit Nachdruck.

»Werde ich nicht.«

Das Kommunikationsmodul knisterte abermals, und die Verbindung brach ab.

»Hallo«, sagte er. »Hallo«, wiederholte er, doch das Kommunikationsmodul blieb stumm.

Er floh, als wäre der Leibhaftige hinter ihm her, obwohl er wusste, dass es zwecklos war. Er hatte gehofft, irgendwann einmal eine Familie zu gründen und Kinder zu haben.

Nun war es zu spät dafür.

Aus und vorbei.

Ihm klopfte das Herz bis zum Hals. Die feindliche Basis war schon furchterregend genug, aber wenn er an die Erfindung seiner Feinde dachte und daran, was sie damit anstellen konnten, war er bereit zu sterben, um dafür Abermillionen Leben zu retten. Das schien ihm ein fairer Preis zu sein. Doch als er wieder an seine Schwester dachte – er brach den Gedanken ab und horchte.

In dem Moment vernahm er, dass der Sprengsatz detonierte.

Ohne sein Tempo zu verlangsamen, versuchte er wieder über das Kommunikationsmodul, einen Kontakt zu seiner Schwester herzustellen. Das blöde Ding funktionierte immer noch nicht und knisterte nur. Er versuchte es wieder und wieder, aber ohne jeglichen Erfolg.

»Es tut mir leid«, hauchte er und blieb stehen. »Verzeih mir, Schwester.«

Das Beben unter ihm nahm von Moment zu Moment an Stärke zu. Ein Grollen stieg tief aus der Erde empor.

Er senkte den Kopf.

»Verzeih mir, Schwester«, sagte er wieder. »Mein Versprechen kann ich wohl nicht mehr einlösen.«

Ihm war bewusst, dass eine Flucht vor der Detonation völlig Aussichtslos war – er konnte den rettenden Ausgang nicht mehr erreichen.

Das Kommunikationsmodul knisterte noch einmal und schaltete sich dann endgültig ab.

Es war niemand da, der seinen Namen rief.

Er atmete ein letztes Mal kräftig ein.

SIEG!

Die Mission war erfolgreich.

Er schloss die Augen und machte sich bereit seinen Göttern entgegenzutreten.

Dann riss ihn eine Druckwelle von den Beinen. Schwindel erfasste ihn, während das implodierende Tor ihn in eine unendliche Dunkelheit hineinzog.

Er war für immer verloren!

Die Zeit ist nicht, was sie scheint.
Sie fließt nicht nur in eine Richtung,
und die Zukunft existiert gleichzeitig mit der
Vergangenheit.
ALBERT EINSTEIN

Morgenstund hat Gold im Mund

1 Es war nicht der schrille Wecker sondern das Brummen in meinem Kopf, das mich aus dem tiefen Schlaf riss und somit das Schicksalsrad in Bewegung setzte.

Ich wälzte mich noch einmal herum, in der Hoffnung doch noch etwas Schlaf zu finden. Fehlanzeige, denn plötzlich ertönte der Wecker und ließ mir keine Ruhe. Sollte ich das blöde Ding mit der Faust erschlagen und damit zum Schweigen bringen? Als ich an den neuen Nachttisch dachte, ließ ich von meinem Vorhaben ab und stellte den Wecker aus. Der schrille Ton erlosch, aber das Brummen in meinem Kopf war noch da.

Von wegen: Morgenstund hat Gold im Mund. Ich sollte in eine Zeitmaschine steigen und einen Tag weiter reisen. Aber leider hatte diese Dinger noch niemand erfunden. Woher kam bloß dieser verdammte Brummton? Ich horchte, konnte aber keine genaue Quelle ausmachen.

O Gott, dachte ich beklommen. *Hoffentlich bin ich nicht ernsthaft krank.*

Den Gedanken verwarf ich schnell wieder. Ich hatte

in den letzten Monaten sehr viel gearbeitet, und das schien sich nun auf meine Gesundheit niederzuschlagen. Was mir fehlte war Urlaub – Sonne, Strand und Palmen.

Ich starrte zur Decke und berührte leicht mit den Fingerspitzen meine Schläfen. Schwindelig war es mir auch noch.

Langsam quälte ich mich aus dem Bett, gähnte kurz und ging in die Küche. Auch hier war das Brummen zu hören. Ich horchte wieder und versuchte die Quelle zu lokalisieren. Der Kühlschrank war es nicht und auch nicht der Gefrierschrank. Ob ich gestern Abend vergessen hatte, das Radio auszumachen? Als ich vor dem Radio stand, fuhr ich mir mit der Hand durch die Haare und überlegte, welches Gerät das Brummen verursachen konnte, denn das Radio war ausgeschaltet.

Verdammt, gestern hatte ich kein Bier angerührt. Trotzdem wurde ich von Kopfschmerzen geplagt. Als ich zum Fenster hinausblickte, hellte sich meine düstere Stimmung ein wenig auf. Der Himmel war klar, und es schien mir so, als ob es ein warmer, sonniger Junitag werden könnte. Danach warf ich einen flüchtigen Blick auf die Wanduhr.

Scheiße, warum ist es denn schon so spät?, dachte ich. *Habe ich etwa den Wecker falsch gestellt? Scheiß Montag!*

Ich atmete kurz durch. *Warum rege ich mich bloß so auf? Mir geht es eigentlich ganz gut. Ich habe ein schönes Zuhause und eine Arbeit, die mir Spaß macht.*

Ich eilte ins Bad und schaute in den Spiegel und dachte mir: *Warum eigentlich diese Hektik?* Ich rasierte mich in Ruhe. Plötzlich war das Brummen in meinem Kopf verschwunden. Keine Ahnung, was es gewesen war oder wodurch es ausgelöst wurde. Beim Duschen grübelte ich noch über diesen mysteriösen Ton nach.

So langsam kehrten meine Lebensgeister zu mir zurück. Ich schlenderte in die Küche, bereitete mir mit dem Kaffeeautomaten einen Cappuccino zu, nahm mir ein Sandwich aus dem Kühlschrank und stellte das Radio an. Eine sympathische Frauenstimme sagte, dass es heute ein sehr heißer Tag mit Temperaturen bis 30 Grad werden würde. Ich sollte besser ins Freibad gehen, aber das konnte ich mir abschminken, denn im Büro wartete genügend Arbeit auf mich. Ich lauschte der Musik. Die Radiosprecherin hatte *A Glass of Champagne* von den Sailors aufgelegt. Meine Arbeitskollegin Jennifer hörte dieses Lied gerne. Ich konnte mich nicht mehr daran erinnern, von wann dieses Lied war, aber Jennifer hatte mal zu mir gesagt, dass dieser Song schon fast ein gefühltes Jahrhundert alt sein musste.

Als ich das Sandwich gierig in mich hineingestopft hatte, bereitete ich mir noch einen Cappuccino zu. Dieser Kaffeeautomat war perfekt – der Kaffee ein Genuss; ich wäre am liebsten noch ein Stündchen hier sitzen geblieben. Ich trank den Cappuccino und lauschte der Musik, als plötzlich das Telefon läutete. Warum ich mich erschrak und dabei den Cappuccino verschüttete, wusste ich nicht, aber ich tat es und das Resultat war nicht zu übersehen – meine Hose war mit Kaffeeflecken übersät.

Mist, verdammter Mist. Der Morgen fing richtig beschissen an. Während ich fluchte, nahm ich den Telefonhörer in die Hand und meldete mich mit meinem Namen.

»**Clayton**«, bellte ich, und im gleichen Moment tat es mir leid, dass ich so zornig war. Der Anrufer konnte ja eigentlich nichts für mein Missgeschick.

»**Clayton**«, sagte ich nun sanfter, aber niemand meldete sich.

Ich horchte.

»Hallo«, sagte ich.

Na ja, egal – ich legte auf.

Passiert ist passiert, dachte ich, als ich eine saubere Hose anzog. Anschließend ging ich zum Kühlschrank, griff mir die Milch und goss mir ein Glas ein. Ich wollte noch ein wenig in meinem Lieblingssessel abhängen, aber zunächst wischte ich den verschütteten Kaffee vom Boden auf.

Endlich saß ich in meinem Sessel und trank einen Schluck Milch. Als ich das Glas auf den Tisch abgestellt hatte, überkam mich eine Schwäche von einem Augenblick auf den anderen. Ich konnte nichts dagegen tun.

Ich hatte plötzlich das Gefühl, als wären mir die Beine unter dem Körper weggezogen worden. Panik kam in mir auf. Was war geschehen? Ich spürte, wie mein Atem hastiger wurde und mein Herzschlag sich beschleunigte. Wieder kam Panik in mir auf, als ich sah, wie die Wohnzimmerwände auf mich zukamen.

Was war hier los? Ich musste hier schleunigst weg. Doch als ich aufstehen wollte, regte sich kein Muskel in mir. Mein Körper fühlte sich plötzlich an wie steif gefroren.

Verflucht.

Verdammt.

Was sollte ich tun?

Um Hilfe schreien?

Meine Stimme versagte.

Die Wände schwankten heftiger, und mit einem Ruck fielen sie nach vorn, hielten an, verzerrten sich wie Schlangenlinien. Mein Herz raste, als ich sah, wie sich vor mir, in diesen verzerrten Wänden, ein unförmiger, menschenähnlicher Körper bildete. Es musste ein Traum sein. Ich musste eingeschlafen sein. Das war die einzige logische Erklärung für dieses Chaos. Ich nickte und sah, wie diese unförmige Kreatur ein Schwert hielt, mit dem sie nun zu einem gewaltigen Schlag ausholte.

Wenn das nun doch kein Traum ist, trete ich gleich meinem Schöpfer gegenüber, dachte ich und versuchte zu entkommen.

Vergebens, denn immer noch konnte ich mich keinen Zentimeter bewegen. Mir blieb keine Wahl – der Tod würde über mich kommen, und ich konnte nichts dagegen tun. Mein Atem ging nur stoßweise. Speichel rann mir aus dem rechten Mundwinkel. Ich spürte Hilflosigkeit – ich war meinem Gegner ausgeliefert.

»Deine Zeit ist um!«

Verquirlte Scheiße, jetzt sprach die Kreatur auch noch zu mir. Es war kein Traum – es war Realität, war ich nun überzeugt.

»Die Rache holt dich ein. Du kannst deinem Schicksal nicht entgehen«, fauchte die Kreatur mich an, und das Schwert flammte plötzlich auf und kam auf mich zu.

Ich schloss die Augen. Mir war plötzlich kalt geworden, und als ich die Augen wieder öffnete, stand ich auf einem Friedhof, inmitten trauernder Gäste. Der Wind blies über die Gruppe hinweg und brachte Schneeregen mit. Das blattlose Geäst der Bäume bewegte sich hin und her.

Mist, ich hatte meinen Regenschirm vergessen. Also flüchtete ich in die Leichenhalle, wo eine Trauerfeier stattfand. Ich nahm auf einem freien Stuhl in der letzten Reihe Platz und hörte dem Pfarrer zu. Ich bekam mit, dass es sich bei dem Toten um einen Mann handelte, der vor drei Tagen gestorben war. In der Kunstszene war er ein bekannter Maler gewesen.

Ich wandte mich nach links und nickte einem älteren Mann zu. »Hallo«, flüsterte ich verlegen. Beerdigungen waren nicht so mein Ding. Sie hatten so etwas Endgültiges an sich.

»Waren Sie ein Freund von Mr. Largo«, fragte der alte Mann.

»Largo?«

»Ja«, bestätigte er mir.

»Nein«, sagte ich verlegen und fragte mich im Stillen, was ich hier eigentlich machte. Warum war ich auf dieser Beerdigung? Wer war dieser Largo? Ich versuchte mich zu erinnern, aber diesen Namen hatte ich noch nie gehört.

»Ich kannte Mr. Largo nicht so gut«, ergänzte ich.

»Dann sind Sie ein Sammler?«, fragte der alte Mann neugierig.

Anscheinend schien ihn die Rede des Pfarrers nicht zu interessieren. Ich erinnerte mich, dass der Pfarrer eben erwähnt hatte, dass der Tote ein bekannter Maler gewesen war.

»Ja«, flüsterte ich und warf einen flüchtigen Blick nach vorne. Aber niemand schien es zu stören, dass ich mich mit dem alten Mann unterhielt.

»Er galt als eigenwilliger Maler«, sagte der alte Mann.

Ich nickte ihm zu, obwohl ich überhaupt nicht wusste, was für Bilder der Künstler erschaffen hatte.

»Seine Bilder zeigen eigentlich das, was die meisten Menschen nicht sehen wollen.«

»Ach ja«, sagte ich nur.

»Seine Motive zeigen das Grauen mit viel Feuer im

Hintergrund.«

»Na ja«, sagte ich und zuckte mit den Schultern.

»Er malte seine düsteren Träume«, sagte der alte Mann und sah mich erwartungsvoll an. »Was denken Sie über Mr. Largo?«

Ich nickte nur. Was sollte ich ihm antworten? Ich kannte diesen Maler und seine Bilder nicht. Ich überlegte fieberhaft und suchte nach einer allgemeinen Antwort.

»Er ist zu früh gestorben«, lenkte ich ab. Woher zum Teufel wollte ich das wissen? Ich wusste ja noch nicht einmal, wie alt dieser Maler geworden war.

»Ja, leider«, sagte der alte Mann bedrückt.

Okay, mir fiel ein Stein vom Herzen. Dann war meine Aussage ja doch nicht so verkehrt gewesen.

»Sein Tod ist ein Rätsel«, flüsterte der alte Mann und kratzte sich dabei am Ohr.

»Ja, in der Tat«, hauchte ich.

»Niemand weiß, woran er gestorben ist«, sagte der alte Mann, und seine Stimme klang sehr geheimnisvoll.

Der Pfarrer räusperte sich. Ich wandte mich ihm zu. Hatten wir ihn mit unserem Gespräch unterbrochen? Doch der Pfarrer beachtete mich und den alten Mann mit keinem einzigen Blick.

»Flammentod«, sagte der alte Mann, und ich wandte mich ihm wieder zu. »So hieß sein letztes Bild«, erklärte er mir.

Ich erinnerte mich plötzlich wieder an das brennende Schwert, das auf mich zugekommen war. Ich stutzte und wandte mich dem Ausgang zu. Dann wandte ich mich dem Pfarrer zu, der von der hohen Menschlichkeit des Toten sprach. Was war geschehen? Warum war ich auf dieser blöden Beerdigung? Verquirlte

Scheiße, jetzt erinnerte ich mich an die Kreatur, die mich mit einem brennenden Schwert töten wollte. Wo war sie abgeblieben? Träumte ich etwa immer noch?

»Haben Sie etwas?«, fragte der alte Mann und sah mich irritiert an.

»Nein«, antwortete ich.

Ich begriff nicht, was mit mir geschehen war. Ich konnte aufstehen und gehen, aber ich tat es nicht. Irgendetwas hielt mich hier fest. Eine unsichtbare, starke Macht. Oder war es das Schicksal, das mich gefangen hielt, dem ich nicht entfliehen konnte?

Mir fiel auf, dass es zunehmend muffiger roch. Ich vermutete, dass die nasse Kleidung der Anwesenden dafür verantwortlich war. Zudem kam auch noch ein süßlicher Geruch hinzu, der von irgendwelchen Pflanzen abgegeben wurde, die vor dem Sarg aufgestellt waren. Na ja, irgendwie passte der schwarze Sarg in diese bedrückende Atmosphäre hinein. Er war von acht brennenden Kerzen umgeben, die plötzlich stark flackerten. Vermutlich durch einen Luftzug. Aber woher kam dieser so plötzlich? Ich wandte mich kurz dem Ausgang zu. Die Tür war geschlossen.

Die Rede des Pfarrers schien kein Ende mehr zu nehmen. Worte wie Himmelreich, Paradies und ewiges Leben schallten über die Köpfe der Trauergäste hinweg, als der Pfarrer seine Stimme anschwellen ließ. Der Pfarrer verstummte. Gott im Himmel hab' Dank dafür. Doch meine Freude war nur von kurzer Dauer. Der Pfarrer blätterte in der Bibel und las ein Stück daraus vor.

Ich wandte mich dem alten Mann zu, in der Hoffnung, dass er mir etwas zu sagen hatte. Doch sein Blick war starr auf den Pfarrer gerichtet.

»Ob er wirklich tot ist?«, hörte ich die Stimme des

alten Mannes, als ich mich von ihm abgewandt hatte.

»Wie?«, fragte ich verstört und blickte ihm direkt in die Augen.

»Der Sarg hat sich gerade ein Stück bewegt«, sagte der alte Mann.

»Ich glaube, das haben Sie ...«

»Das habe ich mir nicht eingebildet«, unterbrach er mich energisch.

Ich wandte mich dem Sarg zu, doch er rührte sich keinen Millimeter.

»Er bekämpfte die Monster, die unsere Welt bedrohen«, hörte ich den alten Mann sagen.

»Was für Monster?«, wandte ich mich ihm neugierig zu.

Mir ging das Monster durch den Kopf, das mich eben noch mit dem Schwert attackiert hatte und töten wollte.

»Grausame Kreaturen«, nickte er, »die unsere Welt bedrohen, ins Chaos stürzen und erobern wollen.«

Der alte Mann hatte wohl völlig den Verstand verloren. Ich hielt es für das Beste, seine Aussagen nicht weiter zu hinterfragen. Na ja, vielleicht hatte der Tod des Künstlers seinen Verstand ein wenig vernebelt.

Der alte Mann deutete auf den Sarg. »Es ist keine Einbildung von mir«, flüsterte er mir zu. »Er bewegt sich schon wieder.«

Und tatsächlich glaubte auch ich gesehen zu haben, dass sich der Sarg kurz bewegt hatte. Vielleicht war das Gestell auf dem er stand wackelig. Der Pfarrer verstummte und hob die Arme hoch. Er wollte den Toten noch einmal segnen. Und wieder fing der Pfarrer an zu reden. Es fielen die Worte Largo, Maler und Soldat.

»Soldat?«, stutzte ich.

»Ja«, sagte der alte Mann und nickte mir zu. »Er war ein guter Soldat. Doch leider hatte er eine gefährliche Mission zu erfüllen – ein Himmelfahrtskommando«, schüttelte er den Kopf. »Niemand hätte es für möglich gehalten, dass er diese Mission überleben würde.« Der alte Mann holte Luft. »Doch er hatte überlebt. Leider ist er nun tot.«

»Ich dachte er war Künstler – ein Maler.«

»Ja, das war er auch«, bestätigte der alte Mann mir, »aber er war auch ein Elitesoldat.«

Es gab einen lauten Knall, der mich regelrecht zusammenfahren ließ. Einige Trauergäste kreischten auf.

Verdammt!

Was war das?

Als ich mich dem Pfarrer zuwandte, sah ich, dass der Sarg zu Boden gefallen war. Da hatte das alte Gestell den schweren Sarg wohl doch nicht mehr verkraften können. Ein Glück, dass der Sarg ganz geblieben war. Schaurig, wenn er zerbrochen, der Tote aus ihm herausgefallen und über den Boden gerollt wäre.

Sollte ich nach vorne gehen und helfen, den Sarg wieder aufzustellen? Den Gedanken verwarf ich wieder, als zwei kräftige Sargträger kamen, um das Malheur wieder in Ordnung zu bringen.

»Und niemand weiß wirklich, woran Mr. Largo gestorben ist?«, wandte ich mich dem alten Mann zu.

»Niemand«, schüttelte er den Kopf.

»Eine Obduktion hätte das doch klären müssen«, stutzte ich erst jetzt.

»Es ist ja auch eine angeordnet worden, aber ...«

Ein erneuter Knall ließ mich wieder zusammenfahren. Hatten diese Idioten von Sargträgern etwa den Sarg fallen lassen? Wieder kreischten einige Trauergäste auf. Als ich mich dem Sarg zuwandte, lag das Ding schon wieder auf dem Boden. Ich sah die leichenblassen Gesichter der Sargträger und hörte, wie der Pfarrer zu Gott betete. Was war da vorne geschehen? Hatte sich der Sarg etwa schon wieder bewegt? Und hatten die Sargträger ihn deswegen fallen lassen? Ich hatte keinen Bock mehr auf Beerdigung, also beschloss ich die verdammte Leichenhalle zu verlassen. Sollten sie doch den verfluchten Maler ohne mich zu Grabe tragen. Ich hatte sowieso keinen Bezug zu ihm. Er war ein Fremder für mich, was nicht heißen soll, dass mir sein Tod egal war. Aber würde ich um jeden Menschen trauern, der an diesem Tag noch sterben würde, hätte ich keine Zeit mehr etwas anderes zu tun.

»Auf Wiedersehen«, sagte ich zu dem alten Mann und erhob mich langsam.

»Sie können doch jetzt nicht gehen.«

Und ob ich das kann, dachte ich.

»Ich habe noch einen Termin«, sagte ich beiläufig.

»Einen Termin?«, stutzte der alte Mann.

»Ja.«

»Nein«, schüttelte er den Kopf.

Was sollte das? Woher wollte er wissen, dass ich keinen Termin hatte?

»Der Sarg bewegt sich schon wieder«, sagte der alte Mann.

Das war mir im Augenblick wirklich scheißegal. Ich wollte nur weg von hier – schleunigst. Ich wollte gerade gehen und wandte mich noch einmal dem Sarg zu und sah, wie er regelrecht durchgeschüttelt wurde. Wieder kreischten einige Trauergäste auf.

Verdammtes Gekreische, dachte ich, *als wenn das etwas an der Situation ändern würde.*

Die Kraft, mit dem der Sarg bewegt wurde, schien aus dem Innern der Totenkiste zu kommen. Hatte der alte Mann etwa Recht und Mr. Largo war vielleicht doch noch am Leben? Mit einem lauten Knall flog der Sargdeckel empor und fiel auf den Pfarrer nieder. Die Trauergäste wurden wohl zu sehr überrascht. Niemand schrie mehr. Sie waren vor Angst wie gelähmt.

»Flammentod«, rief der alte Mann mir hinterher, als ich auf den Sarg zuging.

Ich verspürte einen Drang nach vorne zu gehen und mir den Toten anzusehen. Ich wollte wissen, ob er noch lebte.

Dann schlugen Flammen aus dem Sarg heraus und die Sargträger ergriffen die Flucht. Panik brach auch unter den Trauergästen aus. Sie eilten dem Ausgang entgegen. Das hätte ich auch tun sollen, aber meine Neugier überwog. Ich hatte den Sarg schon fast erreicht, konnte einen Körper sehen und auch die Flammen, die die Gestalt des Malers ergriffen hatten. Ich warf einen raschen Blick auf den Pfarrer. Er rührte sich nicht. Hoffentlich lebte er noch. Ich musste ihm helfen und ging auf ihn zu, um den verfluchten Sargdeckel von ihm zu nehmen, doch dann polterte es im Sarg, und er kippte zur Seite. Mir fuhr der Schreck in die Knochen, als der brennende Tote aus dem Sarg rollte. Mit dem Gesicht zu Boden blieb er liegen.

Ich warf einen hastigen Blick in die Trauerhalle. Alle Gäste bis auf den alten Mann waren verschwunden. Warum war er nicht mit den anderen hinausgelaufen?

Verflixt, das Feuer erfasste die Kränze und den Blumenschmuck. Auch ein Teil des Holzbodens hatte schon Feuer gefangen. Es würde nicht lange dauern, bis die ganze Trauerhalle in Flammen stand. Eine Feuerhölle aus dem es kein Entkommen mehr geben würde.

Egal, wie gefährlich es war, ich musste meine Angst

bekämpfen und dem Pfarrer helfen. Ich versuchte den Sargdeckel anzuheben. Scheiße! War das Ding etwa aus Stein? Ich atmete ein und versuchte es noch einmal mit aller Kraft.

Geschafft.

Wie bekam ich den Pfarrer von hier fort?

»Zusammen geht's leichter«, hörte ich eine Stimme neben mir.

Als ich mich ihr zuwandte, sah ich den alten Mann mit einem gequältem Lächeln.

»Okay«, nickte ich ihm zu. »Wir nehmen den Pfarrer in die Mitte.«

»Gut«, sagte der alte Mann.

Als wir den Pfarrer gepackt hatten und gehen wollten, warf ich noch einen schnellen Blick auf den Maler, von dem bald nur noch ein Häufchen Asche zurückbleiben würde. Wir eilten mit dem Pfarrer in unserer Mitte dem Ausgang entgegen. Als wir die Tür erreicht hatten, wandte ich mich noch einmal dem Toten zu. Mir fuhr wieder der Schreck in die Knochen, denn der Tote lag nicht mehr auf dem Boden, sondern stand lichterloh brennend neben dem Sargdeckel.

»Das gibt's doch nicht.«

»Er lebt«, sagte der alte Mann. »Er ist nicht so leicht totzukriegen«, lächelte er mich an.

Langsam erlosch das Feuer, und ich war gespannt auf das Gesicht des Malers – falls es noch erkennbar war.

Doch noch bevor das Feuer ganz ausging, zerrte der alte Mann an dem Pfarrer. Ich hätte den Pfarrer loslassen können, doch ich hielt ihn fest und folgte durch die Tür.

»Bin gleich wieder da«, sagte ich zu dem alten Mann und wollte zurück in die Trauerhalle.

Wie konnte es sein, dass der Maler noch lebte? Selbst wenn er versehentlich lebendig in den Sarg gelegt worden war, hätte er durch das Feuer den Tod finden müssen. Mir gingen so viele Fragen durch den Kopf, dass ich erst einmal meine Gedanken ordnen musste. *Wodurch ist das Feuer eigentlich ausgebrochen?*, dachte ich, als plötzlich ein Telefon klingelte.

Ich sah auf einmal nur noch weiße Blitze vor den Augen. Ein Zittern durchfuhr meinen Körper, und mein Kopf fiel nach vorn. Jetzt fiel mir wieder ein, wie alles begann. Wie die Panik in mir aufkam, als ich sah, wie die Wohnzimmerwände auf mich zukamen. Die Kreatur, die auftauchte und mich mit einem Schwert töten wollte. Es war alles nur ein Traum gewesen. Ich fühlte die Erleichterung in mir. Meine Beine und Hände konnte ich auch wieder bewegen. Als ich den Kopf ruckartig hob, saß ich in meinem Sessel, und alles war wieder normal. Die Wände waren an ihrem Platz, und die Kreatur war verschwunden. Ich atmete erleichtert aus.

Es war alles nur ein Traum, sagte ich mir wieder vor.

Ich muss wohl kurz eingenickt sein, dachte ich und stand langsam auf.

Das Telefon läutete immer noch.

»Clayton«, meldete ich mich und versuchte dabei freundlich zu bleiben.

Schon wieder war niemand am Apparat, aber dieses Mal war die Leitung nicht tot. Am anderen Ende war jemand, denn ich hörte Hintergrundgeräusche und Straßenverkehr.

»Hallo«, sagte ich mit fester Stimme, aber niemand meldete sich.

Einen Augenblick wartete ich und wollte gerade auflegen, als mir ein schweres Atmen entgegenschlug, das in einem Röcheln endete. Wieder trat eine Stille ein, die aber nur von kurzer Dauer war. Das Atmen nahm zu. Es wurde lauter und dumpfer.

»Sehr witzig«, sagte ich und legte verärgert auf.

Das war ein außergewöhnlich beschissener Start in den Morgen. Was, wenn das heute so weitergehen würde? Was würde mich im Büro erwarten? Sollte ich mir freinehmen und den Tag im Bett verbringen? Als ich an den merkwürdigen Traum dachte, den ich soeben erlebt hatte, beschloss ich doch besser zur Arbeit zu fahren. Schlimmer konnte es ja wohl nicht mehr kommen.

Wie spät war es eigentlich? Ich warf einen hastigen Blick auf meine Armbanduhr. Mir fiel ein Stein vom Herzen – zehn Minuten war ich im Sessel eingenickt, mehr nicht. Ich nahm mir noch zwei Sandwichs aus dem Kühlschrank, die ich später auf der Arbeit bei einer Tasse Kaffee essen wollte.

So, jetzt noch schnell das Radio ausmachen, das Milchglas wegräumen und ... ich überlegte – Zähneputzen hatte ich vergessen.

Also eilte ich wieder ins Bad, bevor ich dann endlich das Haus verließ.

Ich nickte zufrieden, als ich in meinen neuen Jeep einstieg – Jimmy hatte ich ihn genannt. Ich ließ den Motor an und hatte mit einem Mal den ganzen Schlamassel vergessen, der mir an diesem Morgen zugestoßen war. Jimmy konnte Wunder bei mir bewirken, und eines dieser Wunder war, die ganze Scheiße, die in dieser Welt passierte, einfach für einen Moment aus meinem Bewusstsein auszublenden. Ich war Redakteur bei dem Londoner Zeitungsverlag *Time News* und wusste genau, wovon ich sprach.

Ich gab Gas und fuhr los.

Lange war ich noch nicht unterwegs, als ich auf die Bremse trat.

»**Affenarsch**«, fluchte ich laut. Fast hätte ein Bus meinen lieben Jimmy geplättet, als er von der rechten auf die linke Spur zog.

Der Bus sah klapprig aus. Ein Linienbus war es nicht. Er erinnerte mich an einen Bus, in dem ich vor ungefähr vier Jahren in Bolivien unterwegs gewesen war. Ich sollte damals eine Recherche über ein unbekanntes Flugobjekt machen. Das war sozusagen mein erster großer Auftrag, den ich von meiner neuen Firma erhalten hatte.

Wenn ich so darüber nachdachte, war das schon eine merkwürdige Reise gewesen. Mein Spanisch war miserabel, dennoch gelang es mir, mich irgendwie zu verständigen. Als ich damals in dem Bus gesessen hatte, kam es mir so vor, als würde jede verflixte Schraube und Niete klappern. Ich erinnerte mich noch an jede Einzelheit, wie ich neugierig durch das gesprungene Fenster des alten Busses blickte und eine atemberaubende Landschaft an mir vorüberzog: Mächtige Berge, grüne Täler und saftige Wiesen.

Jemand vor mir hupte und riss mich damit unsanft aus meinen Erinnerungen heraus.

Mist!

Der Wagen vor mir blieb stehen.

Ein Stau!

Da hatte ich wohl Zeit, mir noch über andere Dinge in meinem Leben Gedanken zu machen.

Es ging im Schritttempo weiter.

Durch den beschissenen Alptraum am frühen Morgen fühlte ich mich wie gerädert. Warum hatte ich von einer Beerdigung geträumt? Hoffentlich war es kein böses Omen. Ich musste wieder einen klaren Kopf bekommen.

Höllenkacke! Schnell trat ich auf die Bremse. Beinahe hätte ich eine rote Ampel übersehen. Mir geisterte der Maler im Kopf herum. Warum hatte ich von ihm geträumt? Der Name Largo war mir nicht bekannt. Hinter mir hupte jemand. Ich schaute auf die Ampel. Grün. Ich fuhr los.

Verdammt! Der Verkehr nahm zu. Ich kam so gut wie nicht mehr voran. Die Straße schien abgesperrt zu sein. Was war hier wieder los? Ein Unfall? Hätte ich doch einen anderen Weg gewählt. Ich schaltete das Navi ein und suchte nach einer alternativen Strecke. Der Verkehr rollte wieder an. Nun sah ich Polizisten, die den Verkehr regelten. Eine Umleitung war eingerichtet worden, die ich wohl oder übel nehmen musste.

Als ich gedankenversunken etwas langsamer fuhr und nicht sofort an den anfahrenden Verkehr aufschloss, hupte jemand hinter mir. Ich warf einen Blick in den Rückspiegel und sah, wie ein Mann wild mit den Händen vor seinem Gesicht herumfuchtelte und vermutlich irgendwelche Schimpfwörter von sich gab.

Was regte der Vollidiot sich bloß so auf? Die paar Meter brachten ihn wohl auch nicht schneller ans Ziel. Ich blieb ruhig und beachtete ihn nicht weiter. Von mir aus konnte er soviel gestikulieren und herumbrüllen wie er wollte. Reagieren wollte ich auf diesen Anfall von Wahnsinn auf gar keinen Fall.

Nun sah ich dunkle Rauchwolken, die auf einen Großbrand hindeuteten. Wie ein böses Omen lagen sie in der Luft und schwebten in meine Richtung. Der Verkehr kam wieder ins Stocken. An der Sperre hielt ich mit geöffnetem Fenster an. Neben meinem Wagen stand ein Polizist.

»Entschuldigen Sie«, sprach ich ihn an. »Was ist denn hier passiert?«

Er wandte sich mir zu.

»In einem Supermarkt ist ein Feuer ausgebrochen«, antwortete er mir und wandte sich kurz von mir ab.

Das war heute absolut nicht mein Tag.

»Der Brand ist noch nicht unter Kontrolle«, wandte sich der Polizist mir wieder zu.

Eben hatte ich noch von einem Feuer geträumt. Ob es eine Vorahnung war?

»Gibt es Tote?«, fragte ich.

»Nein«, antwortete der Polizist.

Dann hörte ich eine Detonation und bemerkte, dass der Polizist unruhig wurde. Wahrscheinlich überlegte er wie auch ich, was gerade geschehen war.

»Vielleicht ist ...«, fing ich an und brach ab, als eine zweite Detonation folgte.

Wäre ich doch nur im Bett geblieben. Scheiß Tag! Hoffentlich gab es dort keine Tankstelle, die Feuer gefangen hatte. *Mal den Teufel nicht an die Wand*, sagte ich mir im Stillen vor. Der Verkehr rollte wieder, und ich war froh, dass ich hier fortkam.

Der erste Kontakt

2 Langsam fuhr ich auf den Firmenparkplatz und warf einen kurzen Blick auf die Uhr im Armaturenbrett. Es war schon halb zehn. Als ich Jimmy geparkt hatte, blickte ich fast zehn Sekunden wortlos aus dem Seitenfenster, bevor ich die Wagentür öffnete und ausstieg. Eine Stimme in mir sagte: *Steig wieder in den Wagen und fahr weg – weit weg, so weit du kannst.* Warum ich diese Empfindung hatte – keine Ahnung. Mit gemischten Gefühlen ging ich dem Bürogebäude entgegen.

»Hallo, Bill!«, rief jemand hinter mir.

Tolles Timing – die Stimme kannte ich nur zu gut. Es war Roberto Rossellini, mein Chef. Ich blieb stehen und wandte mich ihm zu.

»Ausgeschlafen?«, fragte Rossellini mit einem breiten Lächeln.

»Die ganze Strecke war Stau. Grauenhaft«, schummelte ich.

»Hab ich schon im Radio gehört, dass auf den Straßen die Hölle los ist. Es wurden jede Menge Unfälle gemeldet.«

Na ja, das war gut für mich, dass Rossellini heute Radio gehört hatte, dann konnte ich ihn im Glauben lassen, dass ich die ganze Zeit im Stau gestanden hatte und musste ihm nicht auf die Nase binden, dass ich mit Jimmy noch eine kleine Spritztour unternommen hatte. Ja, Jimmy und ich waren die besten Freunde, lächelte ich in mich hinein.

»Gibt es etwas Neues?«, fragte ich beiläufig und war auf seine Antwort gespannt.

Diesen Gesichtsausdruck von Rossellini kannte ich nur zu gut. Wenn er die Nase rümpfte, die Augenbrauen hochzog und sich dieses gewisse Etwas über seine Gesichtszüge legte, war etwas im Busch. Wie immer antwortete er nicht gleich auf meine Frage, sondern ließ sich einen Moment Zeit, zog die rechte Augenbraue hoch, räusperte sich kurz und sagte mit geheimnisvoller Stimme: »Ja, ich habe eine tolle Story. Gestern um 22:13 sind auf mysteriöser Weise im Kraftwerk einige Sicherungen durchgebrannt und zwei Schaltanlagen explodiert.«

»Einfach so?«, fragte ich erstaunt.

Rossellini nickte.

»Davon habe ich ja gar nichts mitbekommen«, staunte ich. »Hätte dann nicht der Strom ausfallen müssen?«, grübelte ich.

»Ein Reservenetz konnte schnell zugeschaltet werden«, erklärte Rossellini, »die Reparaturen sind allerdings noch in Gang.«

»Und niemand hat eine Erklärung dafür?«, hakte ich nach.

»Es ist noch völlig unklar, wie es dazu kommen konnte«, sagte Rossellini.

»Äußerst mysteriös«, stellte ich fest und musste an mein Erlebnis heute morgen mit dem Telefon denken.

»Ja«, sagte Rossellini nur und zuckte mit den Schultern.

Das waren wieder mal interessante Neuigkeiten, die mir Rossellini mitgeteilt hatte. Er gab mir prompt den

Auftrag, über dieses Ereignis einen Artikel für die Zeitung zu verfassen. Obwohl ich noch mit einem anderen Artikeln beschäftigt war, der sich mit einem Monster in Grönland beschäftigte, freute ich mich auf die neue Aufgabe. Gleich hatte ich ein Interview mit David Miller, der mir mehr über das Monster aus dem ewigen Eis erzählen konnte. Danach wollte ich den Artikel zu Ende schreiben und mich auf meine neue Aufgabe vorbereiten. Zwei wissenschaftliche Artikel die noch anstanden, konnte ich auch danach noch bearbeiten.

Wenigstens hatte mir mein Chef für meine Recherchen bis Mittwoch Zeit gegeben. Da ich ja kein Buch schreiben wollte, sondern lediglich eine Seite, würden drei Tage völlig ausreichend sein.

»Dann gehe ich mal und mache mich an die Arbeit«, sagte ich.

»Dann mal los!«, antwortete er.

Ich ging durch den Haupteingang ins Gebäude, grüßte mit einem: »Guten Morgen, Angelina«, und einem Grinsen unsere Empfangsdame.

»Guten Morgen«, erwiderte sie mit ihrer bezaubernden Stimme und einem netten Lächeln.

Der Arbeitstag sollte immer mit einem Lächeln begonnen werden, nickte ich und hoffte, dass ich eben nicht zu breit gegrinst hatte. Doch als ich Mr. Stocksteif traf, das war natürlich nicht sein richtiger Name, der immer mit einer Miene herumlief, als hätte gerade ein Troll auf seine Schuhe gekotzt, war ich mir sicher, dass dagegen mein breites Grinsen gar nicht so schlimm gewesen war. Als ich sah, wie Mr. Stocksteif wortlos an Angelina vorbeiging und sie ihr Gesicht angewidert verzog, lächelte ich und grüßte daraufhin einen freundlichen Kollegen.

Okay, ich war auch nicht immer gut drauf, hatte auch miese Tage, an denen ich mit einer Stocksteif-Flappe herumlief, aber Mr. Stocksteif hatte ich noch nie gut gelaunt gesehen.

Dann ging ich langsam zu den Fahrstühlen, und ich hatte das Glück, dass einer der beiden Aufzüge mit offener Tür bereitstand. Schnell stieg ich ein, drückte auf die Taste mit der Nummer 5 und wartete. Es dauerte nur wenige Sekunden, bis sich die Türen schlossen und der Aufzug nach oben fuhr. Als sich die Türen wieder öffneten, freute ich mich schon auf eine frische Tasse Kaffee. Mit den tollen Neuigkeiten von Rossellini machte ich mich auf den Weg zu meinem Büro. Auf dem Flur grüßte ich noch ein paar Arbeitskollegen, bis endlich meine Bürotür in Sichtweite kam. Natürlich wollte ich Jennifer nicht belauschen, als ich neben der Tür stehen blieb, aber ich hörte, dass Jennifer nicht allein war. Die Stimme gehörte Bob, und ich hatte nicht die geringste Lust ihm heute Morgen zu begegnen. Er würde ein Gespräch anfangen, und es wäre schwer ihn wieder zum Schweigen zu bringen. Montags verhielt sich Bob nämlich wie ein Teddybär, der eine Schnur besaß, an der jemand immer und immer wieder zog, wenn das Brummen des Teddys abgelaufen war. Also, dazu hatte ich wirklich nicht die geringste Lust.

Obwohl ich für einen Augenblick schwach wurde und das Büro betreten wollte, weil es aus ihm heraus verführerisch nach frischem Kaffee duftete, schreckte ich zurück, als Bob laut lachte. Ein Glück, dass kein Kollege vorbeikam, als ich vorsichtig einen Blick ins Büro wagte. Jennifer saß am Computer und bediente die Tastatur. Vermutlich bearbeitete sie die eingegangen E-Mails wie jeden Morgen. Bob stand mit dem

Rücken zu mir, aber Jennifer brauchte nur den Kopf leicht zu drehen, um mich sehen zu können. Deswegen trat ich einen Schritt zurück und horchte. Bob schlürfte seinen Kaffee, während Jennifer ans Telefon ging.

»Guten Morgen, Mr. Rossellini«, hörte ich sie mit freundlicher Stimme sagen und hoffte, dass sie nicht von meinem Chef erfuhr, dass ich auf dem Weg in mein Büro war.

»Okay«, sagte Jennifer nur und legte wieder auf.

»Was wollte denn der Alte?«, fragte Bob.

»Er hat mir nur einen Besprechungstermin mitgeteilt«, antwortete Jennifer.

»Bill kommt heute aber spät«, bemerkte Bob.

»Ja«, sagte Jennifer, »ich habe ein komisches Gefühl.«

»Bill hat bestimmt verschlafen«, lachte Bob. »Jeder hier weiß doch, dass er ein Montagmorgen-Muffel ist.«

Dieser Kerl brachte mich an manchen Tagen mit seinen blöden Bemerkungen auf die Palme, und heute war so ein Tag.

»Ja, alles klar, Bobby«, erwiderte Jennifer, und ich hörte aus ihrer Stimme heraus, dass sie nicht einer Meinung mit ihm war.

»Wo bleibt Bill denn nur? Er hat gleich ein Interview mit David Miller«, sagte Jennifer besorgt.

»Mach dir mal keine Sorgen, Jenny! Im Radio wurden überall Staus gemeldet. Bestimmt steht Bill irgendwo mittendrin und ist wieder am Fluchen.« Bob holte kurz Luft. »So ein Mist, demnächst fahre ich mit dem Bus. Ich kaufe mir morgen ein Fahrrad«, äffte er mich nach und sagte dann mit ruhiger Stimme: »Du kennst ihn doch.«

Na ja, manchmal konnte der Kerl ja auch ganz nett sein, jedoch heute zog er ziemlich über mich her.

»Ich weiß, es ist kindisch von mir ...«, fing Jennifer an, als Bob sie unterbrach: »Ist es nicht.«

»Möchtest du noch einen Kaffee?«, fragte Jennifer.

Nein, schoss es mir durch den Kopf, *bloß das nicht*, und ich fluchte, als Bob die Einladung dankend annahm. Was hatte ich bloß verbrochen, dass ich heute so gestraft wurde? Warum konnte der Kerl nicht gehen? Ich nickte und wusste es – Jennifer kochte den besten Kaffee der Welt. Ein Glück für mich, dass wir beide uns ein Büro teilten. Jennifer machte den gleichen Job wie ich, und sie war verdammt gut darin. Ich hörte, wie Bob dankend den Kaffee entgegennahm und schlürfte.

Blöder Kerl, ging es mir durch den Kopf. Nicht er sondern ich sollte jetzt vor Jennifers Schreibtisch stehen und Kaffee trinken.

Bob lobte wieder den Kaffee und sagte geradewegs heraus: »Es wird Zeit, dass du bald heiratest.«

»Wen soll ich denn heiraten?«, erwiderte sie verlegen.

Ein kurzes Schweigen trat zwischen den beiden ein.

»Jetzt muss ich aber zurück in mein Büro«, wechselte Bob das Thema. »Vielen Dank für den wundervollen Kaffee, und mach dir keine Sorgen wegen Bill!«, sagte er noch.

Verdammt, Bob würde jeden Augenblick aus der Tür treten. Was sollte ich tun? Zurück zum Aufzug laufen? Ich wandte mich um und sah, dass eine Kollegin den Gang entlangkam. Ich war aufgeschmissen. Was sollte ich Bob sagen? Blödsinn, ich konnte ja so tun, als wäre ich gerade angekommen. Etwas weiter vor mir, auf der gegenüberliegenden Seite, stand eine

Bürotür offen. Auwei, das war das Büro von Mrs. Reibeisen.

Hätte ich doch bloß eben meinen Gedanken in die Tat umgesetzt, als ich mir vorstellte, wie ich wie ein wild gewordener Tiger ins Büro stürmte, mir diesen Bob schnappte und ihn samt Kaffeetasse vor die Tür setzte. Zu spät. Ich rannte durch die offen stehende Tür, direkt in die Höhle des Löwen: Mrs. Reibeisen. Ich stellte mir schon vor, wie sie mich mit ihrer mürrischen Visage empfing und darauf wartete, was ich ihr zu sagen hatte.

Die Woge der Erleichterung wallte durch meinen Körper, als ich sah, dass Mrs. Reibeisen nicht an ihrem Schreibtisch saß. Aber, weil die Tür offen stand, vermutete ich, dass sie schon bald zurückkehren würde. Auf dem Flur hörte ich Bob, wie er die Kollegin grüßte, die den Gang entlangkam. Ich hoffte nur, dass sie nicht zu Mrs. Reibeisen wollte. Sekunden der Ungewissheit verstrichen, als ich erleichtert aufatmete. Sie ging an der Bürotür vorbei und hatte mich nicht bemerkt. Trotzdem war ich im Büro des Schreckens gefangen, da Bob noch auf dem Flur stand und Jennifer noch einen schönen Tag wünschte. Konnte er nicht endlich seine Klappe halten und gehen? Wieder atmete ich erleichtert auf, als ich Bobs Schritte im Gang hörte, die sich von mir entfernten. Er war in Richtung Aufzüge unterwegs, als ich aus der Tür auf den Flur lugte. Ich sah, dass Tricia Cast, eine Arbeitskollegin und zugleich gute Freundin von Jennifer, an Bob vorbeiging. Verdammter Mist, ich war davon überzeugt, dass sie auf dem Weg zu Jennifer war. Tricia bekam noch ein paar Informationen für ihren nächsten Artikel von mir, die ich aber noch nicht alle beisammen hatte, also wartete ich ab und hoffte, dass Mrs. Reibeisen noch ein Weilchen fortblieb.

Jennifers Telefon klingelte. Ich hörte, wie sie sich meldete, da die Bürotür immer noch offen stand. Als sie aufgelegt hatte, klingelte das Telefon wieder. Zugleich drehte sie das Radio extrem laut auf. Was sollte das? Wollte sie eine Party feiern? Dann rauschte und knisterte das Radio so laut, dass ich befürchtete, die kleinen Boxen würden jeden Augenblick explodieren. Sollte ich nicht besser mal nach dem Rechten sehen? Blödsinn, Tricia war ja nicht mehr weit entfernt. Sie würde gleich bei Jennifer sein. Nun hörte ich ein unangenehmes Zischen, das vermutlich aus dem Radio kam.

Ich riskierte einen Blick und sah, wie Tricia ins Büro ging.

»Was ist denn hier los?«, sagte sie entsetzt. »Jennifer, alles in Ordnung mit dir?«, hörte ich sie sagen.

Doch von Jennifer hörte ich keinen einzigen Ton. Sie schwieg. Was war da los?

»Jennifer!«, sagte Tricia noch einmal etwas lauter. »Mach das Radio aus!«, befahl sie.

»Das habe ich versucht, es geht aber nicht«, erwiderte Jennifer.

Schnell verließ ich die Höhle des Löwen, wandte mich im Flur nach links und rechts, doch von Mrs. Reibeisen war nichts zu sehen. Glückspilz, dachte ich und hörte, wie das Zischen erlosch und ein Brummen auftauchte, das langsam an Intensität zunahm.

»Ich schalte das verdammte Ding jetzt aus!«, hörte ich Tricia sagen.

Kurz darauf hörte ich eine Detonation.

Ich rannte los.

Es war still im Büro geworden, und ich vermutet das Schlimmste, als ich durch die Tür stürmte wie ein

Soldat im Kampfeinsatz. Jennifer zitterte vor Angst, und Tricia stand neben ihr starr vor Schreck wie eine Figur aus Stein. Das Radio war zerstört. Die Einzelteile lagen im Büro verstreut herum.

»Alles in Ordnung mit euch?«, fragte ich besorgt, doch kein Laut drang über ihre Lippen, aber beide Frauen schienen unverletzt zu sein.

Dann klingelte wieder das Telefon, der Drucker lief plötzlich an und mein Handy vibrierte. Was war hier los? Einen kurzen Gedankengang später wurde es still im Raum – es war eine unheimliche, unnatürliche Stille.

»Was ist passiert?«, wollte ich von Tricia wissen, als ich sah, wie sie sich mir zuwandte.

»Keine Ahnung«, antwortete sie und ihre Hände zitterten.

»Das Radio ist explodiert, als Tricia es ausschalten wollte«, erklärte Jennifer plötzlich, auch sie hatte sich vom ersten Schrecken erholt.

»Einfach so?«, staunte ich.

»Ja«, sagte Jennifer.

»Euch ist aber nichts passiert?«, hakte ich nach.

Mir fiel ein Stein vom Herzen, als Jennifer und Tricia mir bestätigten, dass sie bei der Explosion unverletzt geblieben waren. Da hatte wohl ein Schutzengel über sie gewacht.

»Wo hast du denn das Radio gekauft? Hat ja nicht lange gehalten«, bemerkte ich und wollte die beiden damit ein wenig aufheitern, was mir aber nicht gelang.

»Was ist denn das für eine Marke?«, fragte ich und sah mir das Emblem an, mit dem ich nichts anfangen konnte. »Demnächst solltest du dir besser etwas Anständiges kaufen«, lächelte ich Jennifer zu. »Ich hatte mir mal so einen billigen Felgenständer gekauft, alles richtig montiert, die zulässige Gesamtbelastung eingehalten, aber trotzdem war nach einem Tag die ganze Kacke zusammengebrochen«, erzählte ich euphorisch. »Total ärgerlich«, ergänzte ich.

Links neben der Tür stand ein Kleiderständer, daneben hing ein runder Spiegel an der Wand, der meine Aufmerksamkeit auf sich lenkte. Mir schien es, als hätte ich ein Licht in ihm gesehen.

»Ich räume hier auf«, schlug ich vor, »und ihr beide setzt euch besser mal hin und trinkt in Ruhe einen Kaffee auf den Schrecken.«

Jeder in diesem Bürogebäude bekommt hier heute Morgen einen frischen Kaffee nur ich nicht, ging es mir durch den Kopf.

Ich machte mich an die Arbeit, das Büro wieder auf Vordermann zu bringen. Als ich die zum Teil verschmorten Geräteteile einsammelte, grenzte es wirklich an ein Wunder, dass Jennifer und Tricia keinen Kratzer abbekommen hatten.

Der Montag fing total beschissen an, und ich war gespannt, was mir heute noch so alles passieren würde. In Gedanken versunken, wanderte mein Blick zur Bürotür. Ich wurde das Gefühl nicht los, dass irgendein unangenehmer Besuch in wenigen Augenblicken durch diese Tür kommen würde. Doch meine Befürchtung traf nicht ein. Niemand kam.

Ich wurde kurz geblendet. Eine Lichtquelle schien sich im Spiegel reflektiert zu haben. Doch als ich mich umsah und die Lichtquelle suchte, konnte ich keine entdecken. Ich trat an den Spiegel heran und schreckte zurück, als ein buntes Licht über ihn hinweg huschte. Was war denn das? Als ich mich kurz Jennifer und Tricia zuwandte, tranken sie ihren Kaffee und schienen nichts bemerkt zu haben.

»Alles in Ordnung, Bill?«, hörte ich Jennifers Stimme.

»Ja, alles klar«, antwortete ich und warf schnell noch einen Blick in den Spiegel. Alles schien wieder normal zu sein, und endlich bekam auch ich eine Tasse Kaffee von Jennifer überreicht.

»Vielen Dank!«, sagte ich nur und trank den ersten Schluck Kaffee, bevor ich zu meinem Schreibtisch ging.

»Ich habe dir zu danken, Bill, weil du das Büro aufgeräumt hast«, sagte Jennifer.

»Nicht der Rede wert«, winkte ich ab.

Sie lächelte mir zu.

Tricia hatte den Schrecken überwunden und verließ das Büro, weil sie gleich ein wichtiges Meeting hatte. Ob sie nach diesem Ereignis aber ganz bei der Sache sein würde, bezweifelte ich stark.

»So, dann muss ich wohl«, sagte ich.

»Was denn?«, fragte Jennifer.

»David Miller wartet auf mich«, stöhnte ich leise.

»Na, dann viel Spaß.« Jennifer schenkte mir ein freundliches Lächeln, das mich wieder leicht aufmunterte.

Ich setzte mich an meinen Computer und stellte eine Videokonferenz zu David Miller her, den ich vor einer Wochen schon einmal interviewt hatte. Miller arbeitete als Meteorologe auf einer Wetterstation, die im ewigen Eis Grönlands lag. Das Bild war nicht ganz deutlich und ruckelte, aber der Ton war klar. Nachdem wir uns begrüßt hatten, begann Miller zu erzählen.

»Es ist bitterkalt hier in dieser gottverlassenen Gegend. Der böige Wind heult unheimlich, reißt lange Schneefahnen mit sich und trägt sie über das weiße

Eis hinweg. Aber hier drinnen ist es angenehm warm ...«

Miller präsentierte eine ausschweifende Darstellung der Geschehnisse, genauso wie bei unserer letzten Unterhaltung.

»... und meine beiden Kollegen sind mit Auswertungen beschäftigt.«

»Ist das Lichtphänomen nochmals aufgetaucht?«, fragte ich schnell, als Miller eine kurze Atempause einlegte. Das war der Grund, weshalb wir Kontakt zueinander hatten. Ein plötzlich auftauchendes Wetterleuchten und ein kurzer Temperaturanstieg, der das Eis in der Nähe der Wetterstation zum Schmelzen gebracht hatte. Genau darüber sollte ich einen kleinen Artikel verfassen.

»Ja«, hauchte Miller, »und nicht nur das«, sagte er geheimnisvoll. »Gestern Abend fingen die Hunde aus irgendeinem Grund an zu bellen«, fing Miller an, »und das ging eine Stunde so weiter. Wir haben draußen nachgesehen, konnten aber nichts außergewöhnliches in dieser hellen Nacht entdecken.«

»Ja«, sagte ich nur und kratzte mich am Kinn.

Miller war ein geborener Geschichtenerzähler. Hätte er im achtzehnten Jahrhundert gelebt, wäre das seine Bestimmung gewesen.

»Wir gingen dann wieder hinein und wollten noch ein paar Daten auswerten ...«

Ich musste mich in Geduld üben. Vielleicht redete er auch nur soviel, weil er und seine Mannschaft nur alle vier Monate ausgewechselt wurden. Vier Monate Kälte, Eis und Schnee. Das kann einem ganz schön aufs Gemüt schlagen.

»... doch dann fingen die Hunde wieder an zu bellen, wilder und lauter als je zuvor. Ich legte mein iPad zur Seite und eilte mit den schweren Stiefeln durch die Hütte ...«

Konnte Miller nicht mal auf den Punkt kommen? Sollte ich ihn unterbrechen und auf eine kurze Version der Geschichte bestehen? Vielleicht würde er dann beleidigt sein und mir keine Auskunft mehr geben. Dann könnte ich den Artikel nicht schreiben und musste dann Rossellini dafür Rede und Antwort stehen.

»... meine Kollegen und ich schauten durch das Fenster, aber nichts war zu sehen. Kein Wetterleuchten. Kein Sturm, der sich näherte. Es wehte nur ein starker Wind. Sonst nichts. Aber irgendetwas musste die Hunde ja beunruhigen ...«

Blabla, dachte ich, *komm endlich mal auf den Punkt.*

»Haben Sie nochmals draußen nachgesehen?«, hakte ich nach und trank den letzten Schluck Kaffee.

»Ja, aber auch dieses Mal konnten wir nicht das Geringste entdecken. Alles war wie immer – trostlos.«

»Aha«, sagte ich nur und warf einen kurzen Blick auf meine Armbanduhr.

»Aber ich hatte auf einmal so ein mieses Gefühl im Bauch«, sagte Miller. »Und auch meine Kollegen fanden das Gebell sonderbar.«

Jennifer kam mit der Kaffeekanne und füllte meine Tasse auf. Ich lächelte ihr zufrieden zu und trank sofort einen Schluck. Ich sah, wie Miller nach einer Thermoskanne griff und sich ebenfalls einen Kaffee eingoss.

»Larry fragte mich zwar, ob ich das Essen nicht vertragen hätte und aufs Klo müsste, weil ich so ein komisches Gefühl im Magen hatte«, lachte Miller.

Ich lachte ebenfalls. Warum, das wusste ich wohl selber nicht.

»Also, zogen Larry und ich unsere Daunenjacken

an, schnappten uns unsere Fellmützen und Handschuhe. Draußen würde es verdammt kalt sein ...«, erzählte Miller und trank nachdenklich seinen Kaffee.

Larry Knuth hatte ich auch schon mal kurz zu Gesicht bekommen. Er war im Gegensatz zu Miller bullig und vollbärtig.

»... aber unsere Jacken sind ja mit dickem Fell gefüttert. He, was hast du denn da?, sagte ich noch zu meinem Kumpel Larry, als ich sah, dass er einen Revolver bei sich trug. Er meinte nur, dass die Hunde nicht ohne einen Grund so verrückt spielten. Na ja, da musste ich ihm ja Recht geben.«

»War denn ein wildes Tier in der Nähe?«, fragte ich nach und hoffte, dass Miller meine Frage bejahen würde und die Geschichte ein Ende fand.

»Nein«, schüttelte er den Kopf und trank seinen Kaffee. Ich tat es ihm nach und wartete geduldig, bis er mit seiner Erzählung fortfuhr. Etwas anderes blieb mir ja auch nicht übrig. Obwohl mir für einen Moment der Gedanke kam, den Computer einfach auszuschalten und Miller per E-Mail zu schreiben, dass es leider eine technische Panne im System gegeben hatte.

»Schließlich öffnete Larry die Tür, und ich stand direkt hinter ihm. Eine eiskalte Windböe jagte uns zuerst ins Gesicht und hüllte uns dann ein. Wir gingen schnell nach draußen und schlossen die Tür.« Miller atmete tief ein. »Nördlich von uns tauchte das Wetterleuchten wieder auf«, sagte Miller plötzlich, »und es war intensiver als je zuvor.«

Jetzt wurde die Geschichte doch noch interessant. Vielleicht würde sie sich ja doch noch zu einer großen Story entwickeln.

»Unsere Wetterstation besteht ja aus zwei Gebäuden, in denen je ein Team von drei Mann arbeitet«, erklärte Miller. »Auch bei dem zweiten Team bellten die Schlittenhunde wie verrückt. Aber das andere Team hatte wohl nicht den Ehrgeiz, bei diesem Sauwetter der Sache nachzugehen. Larry und ich gingen also zu unseren Schlittenhunden, und Larry versuchte sie zu beruhigen, als wir plötzlich ein lautes Knacken vernahmen, das aus Richtung des Wetterleuchtens kam. Wir rätselten, ob dort Spannung in der Eisschicht aufgetreten und das Eis aufgebrochen war.«

Miller trank seinen Kaffee.

»Haben Sie nachgesehen?«, fragte ich schnell.

»Augenblicke später war wieder ein lautes Knacken zu hören, das dieses Mal von einem lauten Summen begleitet wurde. Wir überlegten, ob wir das andere Team informieren und alle zusammen nachsehen sollten.«

Miller füllte seine Tasse auf.

»Neben der Hütte standen Eispickel. Wir schnappten sie uns, spannten die Hunde vor den Schlitten und fuhren kurzentschlossen in Richtung Wetterleuchten. Wieder war ein lautes Knacken zu hören. Die Hunde hielten an und wollten nicht weiter. Larry vermutete, dass eine große Kraft von unten gegen die Eisfläche wirkte. Ich hoffte, dass unter uns nicht ein Vulkan war, der nach vielen Jahrhunderten wieder aktiv wurde.«

Ich rieb mir die Augen und trank den Kaffee aus. Die vergangene Nacht und die schlechten Träume, hatten Spuren bei mir hinterlassen.

»Plötzlich kauerten sich die Hunde zu Boden und zogen den Schwanz ein. Larry nahm die Pistole zur Hand, und ich hielt den Eispickel bereit. Larry fragte mich, ob wir nicht besser zur Hütte zurückkehren sollten. Ich stimmte zu, doch die Hunde wollten nicht. Sie hatten große Angst. Der verdammte Wind nahm zu.

Obwohl wir warm angezogen waren, drang die Kälte in unsere Glieder ein.«

»Komisch, dass die Hunde nicht die Flucht ergriffen«, sagte ich.

»Ja, das fanden wir auch seltsam.«

»Haben Sie denn nicht die Station verständigt?«, fragte ich.

»Dummerweise haben wir die Funkgeräte vergessen. Wir hätten den anderen sagen sollen, dass wir mit den Hunden wegfahren. Niemand wusste, wo wir waren.«

»Das hätte euch das Leben kosten können«, sagte ich.

»Ja«, nickte Miller. »Wir überlegten, ob wir zu Fuß zurückkehren sollten, als wieder das Knacken ertönte. Das Geräusch erschreckte uns so sehr, dass wir beide regelrecht zusammenfuhren. Auch die Hunde erschraken und sprangen wieder auf. Sie bellten und fletschten die Zähne. Larry wollte sie noch festhalten, aber sie nahmen dann doch Reißaus. Sie rannten und kläfften, als wäre der Leibhaftige hinter ihnen her.«

»Scheiße«, rutschte es mir heraus.

»Dann stieß mit ungeheurer Kraft Etwas von unten nach oben und durchdrang die Eisfläche. Zwei spiegelglatte Eisplatten von ungefähr zehn Metern Höhe bäumten sich vor uns auf. Die beiden Platten standen parallel zueinander«, erklärte Miller und trank einen Schluck Kaffee. »Dann hörten wir ein Brüllen, das aus der Eiswand zu kommen schien. Wir traten einige Schritte zurück und überlegten uns, ob wir fliehen sollten«, Miller machte eine kurze Atempausen, »doch dann blitzte es zwischen den beiden Eisplatten, und eine giftgrüne Hand mit langen Krallen erschien aus der rechten Eiswand. Uns rutschte das Herz in die

Hose, doch wir blieben. Larry hob den Revolver und ich den Eispickel. Wir wollten vorbereitet sein, denn niemand von uns beiden wusste, was in den nächsten Sekunden aus dieser Eiswand treten würde.«

Ich lauschte, doch Miller hatte aufgehört zu erzählen. Ich hörte eine Stimme. Larry Knuth musste bei ihm stehen. Jetzt kam er ins Bild.

»Die Hand war riesig«, sagte Larry Knuth, »und wirkte auf mich tödlich.«

»Ja«, bestätigte Miller nickend.

»Was ist dann geschehen?«, wollte ich endlich wissen.

»Ein grünes Monster trat aus der Eiswand heraus und stand zwischen den beiden gigantischen Eisplatten, die mit Blitzen überzogen war«, erzählte Miller schnell. »Das Ding war größer als ein Mensch. Grünliche Augen mit einer schwarzen Pupille, nahmen uns ins Visier. Plötzlich hielt die Kreatur eine Art Schwert in seiner schuppenbedeckten Hand mit den dünnen, langen Fingern ...«

Hat er eben nicht von einer großen, giftgrünen Hand mit Krullen gesprochen?, ging es mir durch den Kopf.

»... und sie sah so aus, als wollte sie uns gleich angreifen. Ich hörte einen lauten Knall und sah, dass Larry geschossen hatte. Er war wohl etwas außer Übung und traf nur die linke Eisplatte. Larry fluchte und schoss noch zweimal. Auch dieses Mal traf er nur die Eisplatte.«

Ich wartete geduldig, bis sich Miller Kaffee eingegossen hatte.

»Also, wir hatten die Hosen verdammt voll«, wandte Larry Knuth ein, »und wir flohen.

»Ja«, bestätigte Miller und fuhr mit lauter Stimme fort: »Mein Herz trommelte wie wild, und als wir schon ein ganzes Stück gelaufen waren, hörten wir eine Detonation, und Sekunden später wurden wir zu Boden geschleudert.«

»Oh«, sagte ich nur.

»Die beiden Eisplatten sind explodiert. Warum? Keine Ahnung«, sagte Miller. »Aber das war uns auch scheißegal, denn wir waren überzeugt, dass uns die Kreatur getötet hätte. Und wer weiß, vielleicht wäre ein ganzes Heer durch diese Eisplatten gekommen.«

Das war eine verrückte Story. Hatten Miller und Knuth zu lange in der Einsamkeit des ewigen Eises gelebt und sind von Hirngespinsten überfallen worden? Oder wollte mir Miller nur einen Bären aufbinden? Wollte er etwa die Aufmerksamkeit der Öffentlichkeit auf sich und sein Team ziehen? Ich wusste es nicht, dennoch sprach ich Miller meinen Dank für seine Informationen aus und versprach ihm, einen Artikel darüber zu schreiben. Er bot mir seine Hilfe an, falls ich noch Fragen hätte. Als wir uns verabschiedet hatten, sagte Miller mir noch, dass ich ihn zu jeder Tageszeit anrufen dürfte.

Ich atmete tief durch. *Grüne Monster im ewigen Eis. Ist ja totaler Schwachsinn*, dachte ich. Jennifer kam und füllte meine Tasse auf. Ich bedankte mich und trank einen Schluck.

»Du machst einen skeptischen Eindruck«, sagte sie.

»Ja«, nickte ich.

»Was hat Miller denn alles erzählt?«, fragte sie.

Jennifer hatte nicht das ganze Gespräch mitbekommen, weil sie zwischendurch das Büro verlassen hatte. Sie nahm neben mir auf einem Stuhl Platz und stellte ihre Tasse auf meinen Schreibtisch.

»Also, die Geschichte ist total abgefahren. Ich bin mir nicht sicher, ob Miller mir einen Bären aufgebunden hat ...«, fing ich an.

»Miller erzählt zwar viel und ausgiebig«, sagte Jennifer, »aber ich glaube schon, dass an seiner Geschichte etwas dran ist.«

»Okay«, stimmte ich ihr zu. »Miller wird sicherlich nicht alles erfunden haben«, sagte ich. »Könnte eine gute Story werden.«

»Ja«, bestätigte Jennifer mir.

Meine Tasse war wieder leer. Jennifer goss mir frischen Kaffee ein und wollte dann endlich wissen, was Miller mir erzählt hatte.

Dem Tod ins Auge schauen

3 Eine Besuchergruppe stürmte durch den Verlagshaupteingang ins Gebäude hinein und stand nun führungslos und verunsichert in der großen Empfangshalle. Angelina, die Empfangsdame, hatte alle Hände voll zu tun und konnte sich nicht sofort um die Ankömmlinge kümmern. Als sie den Telefonhörer aufgelegt hatte, wollte schon der Nächste eine Auskunft von ihr haben. Sie warf einen raschen Blick auf die Uhr. In zehn Minuten würde Lisa kommen und sie ablösen, dann konnte sie endlich mit Tricia zum Mittagessen gehen.

Sie winkte der Gruppe zu und rief: »Einen Moment noch, bitte. Ich komme gleich zu ihnen.«

Ein junger Mann murmelte gleich mehrere Male *Guten Morgen*, drängte sich an einer Frau vorbei, die am Empfang bei Angelina anstand, und sagte, dass er gleich einen wichtigen Termin bei Mr. Rossellini hatte.

Angelina musste freundlich bleiben, auch dann, wenn ein unsympathischer Zeitgenosse auftauchte, das war manchmal gar nicht so einfach; aber trotzdem machte ihr die Arbeit Spaß. Sie hatte auch Glück, dass sich die Frau zurückhielt und sich nicht über den unfreundlichen Mann beschwerte. Bei dem Gedanken, dass sie gleich Pause hatte, legte sich ein leichtes Lächeln über ihr schmales Gesicht. Sie telefonierte mit

Rossellini und meldete den Besuch an.

Angelina entschuldigte sich bei der Frau, dass sie warten musste und hörte ihr geduldig zu. Als Angelina die Fragen beantwortet hatte, eilte sie zu der Besuchergruppe.

»Montags ist hier immer sehr viel los«, sagte Angelina freundlich, »aber heute ist es die Hölle«, stöhnte sie.

»Mein Name ist Stanford«, stellte sich der Gruppenführer vor. »Wir haben uns für eine Verlagsführung angemeldet.«

»Einen Moment, bitte«, sagte Angelina, nahm ihr Handy und wählte eine Nummer.

Während sie sprach, warf sie einen kurzen Blick auf ihre Armbanduhr.

»Okay, danke dir«, beendete Angelina das Gespräch und wandte sich Stanford zu.

»In ein paar Minuten kommt jemand und führt sie dann nach oben in den Besprechungsraum, wo ihnen der Verlag vorgestellt wird. Nach dem Mittagessen beginnt die Besichtigung«, erklärte Angelina freundlich.

»Oh, vielen Dank«, sagte Stanford erfreut.

Angelina blinzelte, als die Sonne durch den gläsernen Haupteingang schien. Die Lichtstrahlen brachen sich im Raum und spiegelten sich auf dem glänzendem Marmorboden wider. Sie ging zurück zu ihrem Platz. Das Telefon läutete wieder. Sie nahm ab, und als ihr Blick auf die Uhr fiel, atmete sie durch. Noch zwei Minuten und sie hatte endlich Pause. Wo blieb Lisa bloß? Sie war doch sonst immer überpünktlich. Angelina sah nervös auf ihre Uhr und wandte sich dem Flachbildschirmen zu. Hoffentlich würde Lisa nicht anrufen und ihr sagen, dass sie heute später kommen würde. Bei dem schönen Wetter wollte sie nicht auf die Mittagspause mit Tricia verzichten. Gedankenverloren blickte sie auf den Bildschirm. Was wäre, wenn Lisa heute keine Zeit hatte? Wer würde sie dann vertreten?

»Lisa!«, rief sie freudestrahlend.

Ein Glück, Lisa kam doch noch.

»Ich habe Tricia im Aufzug getroffen«, erklärte Lisa und fuhr sich mit der Hand durch ihre kurzen, knallroten Haare. »Budd war auch dabei«, stöhnte sie laut und fuhr in einem Atemzug fort: »Du kennst ja diesen Budd. Tricia erzählte, dass ihr beide heute Mittag zum Italiener an der Ecke eine Pizza essen gehen wollt. Natürlich hatte Budd wieder dumme Bemerkungen über italienisches Essen gemacht«, winkte sie ab. »Ah, Pizza-Grande. Italienisch ist etwas Feines, wenn man es nicht gerade essen muss«, äffte Lisa Budds Stimme nach.

Angelina lachte und warf einen kurzen Blick hinüber zu den Fahrstühlen.

»Na ja, Budd ist halt so«, winkte Angelina ab.

»Hm«, brummte Lisa. »Ich kann den Kerl nicht ausstehen.«

»Wo ist Tricia?«, fragte Angelina.

»Sie kommt fünf Minuten später. Sie muss Rossellini noch eine Mappe bringen«, erklärte Lisa und verdrehte die Augen. »Rossellini wollte die Unterlagen unbedingt noch vor ihrer Mittagspause haben – angeblich war es ganz wichtig«, zuckte Lisa mit den Schultern.

Angelinas Magen knurrte so laut, dass Lisa grinsend fragte: »Hunger?« Dabei zog sie zweimal die Augenbrauen hoch.

Angelina nickte. Sie hatte einen Bärenhunger und freute sich auf eine große Pizza mit Salami, Peperoni,

Champions und Schinken.

»Tricia muss bald kommen«, sagte Lisa. »Kannst dir mit Tricia auch Zeit lassen. Ich bleibe dann halt ein wenig länger.«

»Ja?«, fragte Angelina.

Lisa nickte.

»Danke.«

Lisa lächelte und nahm schon mal Angelinas Platz ein.

Angelina grübelte. Hoffentlich hatte Rossellini nicht noch eine andere Aufgabe für Tricia. Eigentlich müsste sie jeden Moment kommen.

Das Telefon klingelte. Lisa nahm ab und meldete sich freundlich. Sekunden später hielt sie den Hörer weit weg vom Ohr. Das Rauschen und Pfeifen in der Leitung bekam auch Angelina mit.

»Das habe ich heute auch schon zweimal gehabt«, sagte Angelina. »Ich habe unseren Techniker bestellt, der konnte aber keinen Fehler finden«, erklärte sie.

Lisa legte auf.

»Da hat der Techniker sich aber keine große Mühe gegeben«, sagte Lisa ärgerlich.

Angelina schwieg.

»Spürst du das auch?«, fragte Lisa.

»Es kribbelt auf der Haut«, sagte Angelina.

»Ja«, hauchte Lisa, »eigenartig.«

»Was ist das?«, fragte Lisa und wandte sich dem brummendem Telefon zu. Ein paar Sekunden später klingelte es wieder – lauter als üblich.

»Fass das Ding besser nicht an!«, ermahnte Angelina sie.

»Auf gar keinen Fall«, sagte Lisa.

»Ich rufe über mein Handy den Techniker an«, sagte Angelina und wählte die Nummer.

»Gute Idee.«

»Scheiße, was ist denn das?«, fragte Angelina, als kleine elektrische Blitze über das Telefon liefen. »Nimm besser ein wenig Abstand, Lisa«, schlug sie vor.

Lisa nickte mit ängstlichem Blick.

Als sich der Techniker meldete, erklärte Angelina ihm das Problem.

»Er kommt gleich. Wir sollen das Telefon nicht anfassen«, sagte Angelina.

»Das hatte ich auch nicht vor.«

Lisa trat einen Schritt zurück.

»Es riecht verschmort«, stellte Lisa fest.

»Ja«, hauchte Angelina. »Komm, wir gehen!«, sagte sie noch.

Lisa runzelte die Stirn und deutete wortlos auf das Telefon.

»Komm schon, Lisa!«, sagte Angelina mit Nachdruck, als sie sah, dass wieder kleine elektrische Blitze über das Telefon liefen, die wild umhertanzten und größer wurden.

Angelina trat einige Schritte zurück. Als Lisa gerade den Platz verlassen wollte, explodierte das Telefon. Der laute Knall schallte durch die ganze Eingangshalle. Angelina hatte Glück, dass sie nicht von einem herumfliegende Teil getroffen wurde. Im Gegensatz zu Lisa, die blutüberströmt zu Boden fiel. Der Telefonhörer hatte ihr eine Platzwunde am Kopf zugefügt.

»Mein Gott, Lisa! Lisa!«, rief Angelina und eilte zu ihrer Freundin. »Wie geht es dir?«, fragte sie besorgt, als sie neben ihrer Freundin kniete.

Angelina schaute hilfesuchend auf. Die Eingangshalle war voll Menschen – Mitarbeiter, Geschäftsleute und andere Besucher. Stanford und seine Gruppe waren mit einem Verlagsmitarbeiter gerade auf dem Weg zu den Aufzügen. Sie alle verharrten und wandten sich dem Unglücksort zu. Angelina sah, dass Stanford und der Verlagsmitarbeiter auf sie und Lisa zuliefen.

»Sie ist bewusstlos«, stellte Stanford fest. »Ich bin Arzt«, erklärte er kurz. »Gibt es hier einen Verbandskasten?«, fragte er schnell.

Angelina deutete auf ihren Arbeitsplatz. Der Verlagsmitarbeiter lief sofort dorthin.

»Was ist passiert?«, fragte Stanford und kümmerte sich um Lisa.

»Kleine Blitze tauchten am Telefon auf«, erklärte Angelina aufgeregt. »Dann ist es explodiert«, sagte sie.

Ratlosigkeit breitete sich in den Gesichtern von Stanford und dem Verlagsmitarbeiter aus, der Stanford den Verbandskasten reichte. Angelina rief über ihr Handy den Rettungsdienst an, während Stanford Lisa verarztete.

Angelina schrie kurz auf, als sie einen Blick auf ihren Arbeitsplatz warf. Blitze umtänzelten Teile des zerstörten Telefons und sprangen auf den Flachbildschirm über. Wenige Augenblicke später war auch der Computer mit Blitzen infiziert. Wie ein bösartiges Geschwür drangen sie in das Innere der Rechneranlage ein und begannen mit ihrer zerstörerischen Arbeit. Die ratlosen Blicke von Angelina und Stanford trafen sich. Der Verlagsmitarbeiter trat einige Schritte zurück – er bekam es wohl mit der Angst zu tun.

Auf der Oberfläche des Bildschirms erschien ein Lichtstrahl, dessen Herkunft Angelina nicht ausmachen konnte. Wie ein suchender Kreis, mit einigen Zentimetern Durchmesser, glitt er hin und her. Der Kreis wurde größer. Niemand hatte ihn wohl bemerkt. Als Angelina Mr. Stanford und den Verlagsmitarbeiter warnen wollte, erlosch der Lichtstrahl auf dem Bildschirm. Was war das? Woher kam dieser merkwürdige Lichtstrahl? Noch bevor Angelina Mr. Stanford ihre Beobachtungen mitteilen konnte, löste sich ein kleiner Blitz vom Telefon, der sich nun eigenständig auf dem Schreibtisch fortbewegte und an Größe gewann.

»**VORSICHT!**«, schrie Angelina.

Es knisterte und funkte auf dem Schreibtisch, während sich der Blitz durch die Holzplatte fraß wie ein hungriger Wurm. Stanford sprang auf. Der Blitz wuchs mannshoch an und raste auf Stanford zu. Angelina schrie auf, während der Blitz Stanford nur knapp verfehlte, dafür aber den Verlagsmitarbeiter traf. Der junge Mann hatte nicht den Hauch einer Chance. Der Blitz schleuderte ihn meterweit zurück und raste auf die Aufzüge zu.

Angelina erstarrte vor Angst, als der Blitz unverhofft kehrtmachte und auf sie zukam. Panik brach in der Halle aus. Hätte Stanford sie nicht am Arm gepackt und fortgerissen, hätte der Blitz sie frontal getroffen.

Wie ein zerstörerischer Taifun bewegte sich der Blitz über den glänzenden Marmorboden hinweg, bis er in viele kleine Blitze zersprang. Einige Personen versuchten den Ausgang zu erreichen, andere wiederum liefen zum Treppenhaus, und andere standen da wie erstarrt.

»Mein Gott«, hauchte Angelina, als sie sah, wie die Blitze durch die Eingangshalle jagten und es so aussah, als würden sie sich auf Beutejagd befinden. Sie hörte Schreie und sah, wie Menschen von den Blitzen zu Boden gerissen wurden – so hart, so brutal und so erbarmungslos.

Ein grauenhaftes Kreischen, als würde jemand gefoltert, ließ Angelina zusammenschrecken. Sie sah, wie sich ein alter Mann bekreuzigte und kurz danach von einem Blitz getroffen wurde.

»Wir müssen hier fort!«, schrie Stanford und zerrte an ihrem Arm.

Wohin sollte sie fliehen? Die Blitze waren überall. Angelina blieb stehen. Würde sie in Panik davonlaufen, könnte sie die Blitze nicht im Auge behalten. Vielleicht würde sie ausgerechnet dadurch in einen Blitz laufen.

Angelina beobachtete eine Ansammlung von Blitzen, die sich zu formieren schienen. Als sie Stanford, der bei ihr geblieben war, auf die Formation aufmerksam machte, geschah genau das, was sie vermutet hatte, aber nicht aussprechen wollte. Die Blitzformation raste auf den gläsernen Haupteingang zu und schlug mit einer so gewaltigen Kraft ein, dass sämtliches Glas zerbrach. Aber die Glasscherben wurden nicht nach draußen geschleudert, sondern flogen in die Eingangshalle und regneten dort auf die Menschen nieder. Viele suchten nach einer Deckung, aber es gab so gut wie keine.

Angelina und Stanford warfen sich zu Boden.

»Das ist doch völlig unmöglich«, sagte Stanford, »die Scherben hätten nach draußen fliegen müssen.«

Erneut wurde Angelina auf einen Lichtstrahl aufmerksam, der im Eingangsbereich auf der Oberfläche des Marmorbodens erschienen war und diesmal dort wie ein suchender Kreis hin und her glitt. Vorhin war er nur einige Zentimeter groß gewesen, doch jetzt schätzte sie ihn auf einige Meter. Sie deutete auf den Lichtstrahl.

»Was ist denn das?«, kam es von Stanford.

Augenblicke später fiel ein Kronleuchter von der

Decke herunter und begrub einen Mann unter sich. Es war ein lautes, splitterndes Geräusch, das Angelina und Stanford erschrocken zusammenzucken ließ.

Die Blitze sammelten sich in der Eingangshalle. Ein Energieball entstand, der wie ein ausgewachsener, wütender Tyrannosaurus durch die Halle fegte, auf der jagt nach Beute. Auf seinem zerstörerischem Weg, verletzte er viele Menschen schwer.

Angelina und Stanford waren hinter dem Empfang in Deckung gegangen. Hörte das Grauen denn gar nicht mehr auf? Angelina zitterte am ganzen Leib, als sie sah, wie der Energieball die Richtung änderte und auf die Aufzüge zuraste. Und wie das Schicksal es wollte, hielt in diesem Moment ein Aufzug im Erdgeschoss an, und die Türen öffneten sich.

Angelinas Herz klopfe schneller, als sie Tricia im Aufzug sah. Sie wurde von Budd und zwei anderen Herren begleitet. Angelina wollte schreien, ihrer Freundin zurufen, aber ihr blieben die Worte im Halse stecken. Stanford ergriff die Initiative und warnte Tricia und ihre Begleiter. Sein Rufen war so laut, dass Tricia sofort darauf aufmerksam wurde. Sie trat in den Aufzug zurück, während Budd und die beiden Herren ihn verließen.

Der Energieball kam auf den Aufzug zugeschossen wie ein wütender Saurier und hinterließ eine Schneise der Zerstörung. Budd war wie gelähmt, seine beiden Begleiter sprangen zur Seite, und Tricia drückte panisch die berührungsempfindlichen Taster auf dem Kabinentableau, doch die Türen schlossen sich nicht.

»Raus aus dem Aufzug! Lauft weg!«, schrie Stanford.

Budd hechtete zur Seite und fiel zu Boden, während seine beiden Begleiter fortliefen. Die Türen des Aufzugs schlossen sich. Angelina atmete erleichtert aus, und der Energieball schlug in die Wand rechts neben der Aufzugstür ein.

Die beiden Begleiter von Budd wurden von der Druckwelle zu Boden geworfen. Budd hatte die Hände über den Kopf verschränkt, um sich vor den Steinen zu Schützen, die der Energieball aus der Wand herausgerissen hatte und umherflogen.

Angelina war froh, dass Tricia mit dem Aufzug entkommen war. Zum Glück war der Energieball in die Wand und nicht in die Aufzugstüren eingeschlagen. Aber war sie wirklich der zerstörerischen Hölle entkommen? Die Anzeige für die Stockwerke über den Türen änderte sich nämlich nicht.

Spieglein, Spieglein an der Wand

4 Jennifer zuckte zusammen, als ein lauter Donner zu hören war.

»Was war denn das?«, staunte ich.

Wir waren irritiert und wandten uns dem Fenster zu, doch der Himmel war klar, und die Sonne schien.

»Gehst du heute Mittag in die Kantine?«, fragte Jennifer.

»Nein«, schüttelte ich den Kopf, »habe mir zwei Sandwichs und einen Jogurt mitgebracht.«

»Gehst du in die Kantine?«, wollte ich wissen.

»Ja«, nickte sie, »heute gibt es Gulasch mit Knödeln. Das will ich mir nicht entgehen lassen.«

»Gulasch?«, fragte ich und überlegte, ob ich nicht doch mit ihr zum Essen gehen sollte.

Jennifer nickte.

»Das habe ich ganz vergessen«, brummte ich. »Den Gulasch bekommt der Koch immer sehr gut hin.«

»Kannst die Sandwichs ja in den Kühlschrank legen und morgen noch essen«, schlug Jennifer vor.

»Okay«, sagte ich kurzentschlossen, da ich mir Gulasch mit Knödeln nicht entgehen lassen wollte.

Ich ging zum Fenster, wo mein Schreibtisch stand,

und warf einen Blick hinaus. Dann wollte ich noch kurz die E-Mails checken.

»Verdammt«, fluchte ich.

»Was hast du?«, fragte Jennifer.

Ich hielt eine schwarze Mappe in meiner rechten Hand und wedelte damit vor meiner Nase herum.

»Die Mappe hat mir Rossellini am Freitag für Tricia gegeben«, erklärte ich, »und ich habe es vergessen.«

»Kannst ihr die Mappe ja nach dem Mittagessen vorbeibringen«, sagte sie.

»Mache ich besser noch vorher. Da sind Unterlagen für ihre neue Reportage drin.«

»Dann gehen wir vor dem Essen bei Tricia vorbei«, schlug Jennifer vor. »Ich rufe sie an und sage ihr, dass wir vorbeikommen«, ergänzte sie.

»Danke«, nickte ich.

Ich sah die E-Mails durch und sortierte einige aus. Es schien nichts Wichtiges dabei zu sein. Ungewöhnlich für einen Montag, dachte ich, als ich Jennifers Stimme hörte.

»Habe Tricia nicht erreicht, aber ich habe ihr einen Spruch auf dem Anrufbeantworter hinterlassen.«

Ich dankte Jennifer, aber ich entschloss mich die Unterlagen noch vor dem Mittagessen bei Tricia vorbeizubringen. Wenn sie nicht in ihrem Büro sein sollte, wollte ich ihr die Mappe mit einem Zettel auf den Schreibtisch legen und sie dann nach dem Mittag anrufen.

Jennifer musste noch einen Anruf tätigen, deswegen verabredete ich mich mit ihr in einer Viertelstunde vor der Kantine.

Als ich gerade gehen wollte, war ein dumpfer Knall zu hören, und Jennifer zuckte abermals zusammen.

»Was war denn das schon wieder?«, fluchte ich und

hatte ein ungutes Gefühl.

»Sollen wir mal nachsehen?«, fragte Jennifer.

»Ich muss eh ins Erdgeschoss fahren. Kann dich ja kurz anrufen, wenn etwas außergewöhnliches passiert ist«, schlug ich vor.

»Okay.«

»Bis nachher«, sagte ich, verließ zügig das Büro und machte mich auf den Weg zu den Aufzügen.

Schon merkwürdig, ging es mir durch den Kopf, *zuerst ein lauter Donner und dann ein dumpfer Knall.*

Als ich die Aufzüge erreicht hatte, drückte ich auf den Knopf und wartete geduldig. Die beiden Aufzüge reagierten nicht. Keiner von beiden kam. Ich drückte wieder auf den Knopf, doch dieses Mal mit Ungeduld.

Wenn ich noch lange auf den Aufzug warten würde, müsste Jennifer mich einholen und bald hier ankommen. Sollte ich besser das Treppenhaus benutzen? Dann könnte es knapp werden, denn in zehn Minuten war ich mit Jennifer verabredet. Die Anzeige für die Stockwerke über den Türen zeigte an, dass der linke Aufzug in der obersten und der rechte Aufzug im Erdgeschoss festhing. Endlich kam der oberste Aufzug heruntergefahren. Wurde ja auch langsam Zeit.

Die Türen öffneten sich. Der Aufzug war leer. Ich stieg ein und drückte gedankenversunken auf **Erdgeschoss**. Der Aufzug fuhr los, und ich fluchte laut, denn eigentlich wollte ich vier Etagen nach oben fahren. Verdammt, es ging aber heute so ziemlich alles schief. Vom Empfang aus konnte ich Jennifer anrufen und ihr sagen, dass es bei mir zehn Minuten später werden würde.

Ich sollte Jennifer mal zum Abendessen einladen, ging es mir durch den Kopf. *Ja, ich könnte mit ihr mal indisch Essen gehen.* Ich erinnerte mich an Jennifers freudiges

Lächeln, als wir mal auf indisches Essen zu sprechen kamen, und entschloss mich, sie beim Mittagessen zu fragen, ob sie mal mit mir ...

Ein helles *BING* unterbrach meine Gedanken. Der Aufzug hielt an. Langsam öffneten sich die Türen. Mir kam es für einen Moment so vor, als würde alles in Zeitlupe geschehen. Mir wurde ein wenig schwindlig, und als ich durch die offene Tür in den Eingangsbereich blickte, bot sich mir ein Bild der Zerstörung. Was war hier geschehen? Ein Anschlag? Wer steckte dahinter? Mir gingen viele Fragen durch den Kopf, als ich den Aufzug vorsichtig verließ.

Ich sah Lisa beim Empfang auf dem Boden liegen und wollte schon losrennen, als Angelina schrie: »Bleib da, Bill!«

Ich sah Angelina und einen Mann hinter dem Empfang aus der Deckung hervorkommen.

»**VORSICHT!**«, rief der Mann und deutete nach links. Dort schwebte eine Lichtkugel mitten im Raum.

Was war denn das? Eine Waffe? Erst jetzt fielen mir die vielen Menschen auf, die verletzt oder vielleicht sogar tot überall in der Eingangshalle auf dem Boden lagen. Was immer dieses Ding da war, was in der Luft schwebte, es war gefährlich.

Wieder erklang ein helles *BING*, und ich hörte, wie sich hinter mir eine Aufzugstür öffnete. Als ich mich der Tür zuwandte, fiel mir auf, dass etwas Abseits von mir ein Mann auf dem Boden lag. Ich zögerte, dann erkannte ich ihn. Es war Budd. Er sah mich auch und rief in meine Richtung, bevor sein Kopf bewusstlos zu Boden fiel: »Schnell, der Aufzug! Tricia!«

Tricia stand im Aufzug. Ihr Gesicht war kreidebleich.

»**VORSICHT!**«, hörte ich wieder den Mann rufen,

der bei Angelina stand. Als ich mich ihm zuwandte, rief er: »Der Energieball dehnt sich aus!« Kurz darauf explodierte dieser verflixte Energieball und zerfiel dabei in zehn kleinere Energiebälle, die in alle Richtungen davon sausten. Zwei schlugen direkt wie explodierende Handgranaten in den Fußboden ein. Drei weitere rasten der Decke entgegen und durchschlugen sie. Betonstücke rieselten in die Halle hinab. Angelina und der Mann warfen sich zu Boden, als ein Energieball direkt auf sie zukam. Vor Angst um die beiden schlug mir das Herz bis zum Hals, doch als der Energieball über sie hinwegflog und in die Wand hinter ihnen einschlug, atmete ich erleichtert aus.

Schnell wandte ich mich Tricia zu und sah, wie sie immer noch im Aufzug stand. Sie wirkte wie erstarrt. Ich hörte Angelinas Warnruf, warf einen Blick über die Schulter zurück und sah, wie ein Energieball auf mich zukam. Ich wollte schon in Deckung hechten, dann bemerkte ich aber, dass er nicht auf mich sondern Kurs auf den Aufzug nahm.

»Komm da raus, Tricia!«, rief ich ihr zu, doch Tricia war immer noch erstarrt vor Angst. Ich stürmte in den Aufzug hinein und drückte irgendeinen Taster auf dem Kabinentableau. Das würde knapp werden. Die Türen schlossen sich langsam. Der funkelnd blaue Energieball kam rasend schnell auf uns zu. Was konnte ich tun? Nichts. Nur abwarten.

»Verdammte Scheiße«, fluchte ich, als ich durch den Spalt der schließenden Tür blickte. Welche verdammte Terrororganisation besaß eine so verheerende Waffe?

Der Energieball sauste durch den sich schließenden Spalt hindurch, in den Aufzug hinein und bremste abrupt ab. Nachdem die Türen geschlossen waren, fuhr der Aufzug nach oben. Der Energieball verhielt sich erstaunlicherweise ruhig und schwebte langsam zur Aufzugsdecke. Was war das für ein Ding? Irgendwie schien es mir nicht von dieser Welt zu sein.

Eine unangenehme Stille trat ein. Erst nach einer langen Pause ertönte Tricias piepsende Stimme: »Was ist das?«

»Bleib ganz ruhig«, sagte ich leise und nahm ihre Hand. »Der Aufzug hält gleich an, und wir steigen aus«, flüsterte ich, als würde ich befürchten, dass dieses Lichtding uns belauschen könnte.

Der Aufzug war innen komplett mit Spiegeln ausgestattet, die das Licht des Energieballs reflektierten. Ich ließ das verfluchte Ding nicht aus den Augen. Es schwebte abwärts, und ich vermutete schon das Schlimmste. Eine Explosion des Energieballs würden wir mit Sicherheit nicht überleben. Das Ding schwebte nun auf die Aufzugsrückwand zu und verschwand im Spiegel. Zum Jubeln erschien es mir zu diesem Zeitpunkt noch zu früh, denn alle drei Spiegel leuchteten mit einem Mal hell auf.

Warum hielt der Aufzug nicht an? Mittlerweile hatte ich alle Taster auf dem Kabinentableau gedrückt. Ich spürte, wie der Aufzug allmählich langsamer wurde und erwartete, dass er beim nächsten Stockwerk anhalten würde.

Fehlanzeige.

Der Aufzug fuhr daran vorbei.

»Sind wir außer Gefahr?«, wimmerte Tricia.

»Ich denke schon«, sagte ich langsam. »Es sieht so aus ... als ob der Aufzug beim nächsten Stockwerk halten wird«, vermutete ich, da er noch langsamer geworden war.

Der Aufzug blieb abrupt stehen.

»Was ist los?«, fragte Tricia verstört, und ich konnte

die Angst in ihren Augen sehen.

Die Luft war mit einem leichten, elektrischen Knistern erfüllt. Es bildeten sich kleine Blitze auf dem Aufzugsboden, die um uns herumtanzten. Der Schreck fuhr mir in die Knochen, denn ich vermutete, dass die Blitze größer werden könnten und was dann geschehen würde, wollte ich mir nicht vorstellen.

»Ich habe Angst, Bill«, sagte Tricia und klammerte sich an mir fest.

Was sollte ich ihr sagen? Das ich keine Angst hatte. Das wäre gelogen gewesen, denn ich hatte Angst, obwohl es man mir vielleicht nicht ansah. Trotzdem blieb ich ruhig und überlegte, was ich tun könnte.

Im Augenwinkel sah ich, wie Tricia einen Blick über die Schulter nach hinten zur Aufzugswand warf. Dort schimmerte das Licht besonders grell und bunt.

»Da ist etwas im Spiegel«, schrie sie plötzlich.

Was sollte da schon sein, dachte ich und befreite mich von ihrem Griff. Trotz all dem Chaos hielt ich immer noch die Mappe für Tricia in meiner Hand. Ich ließ sie los. Sie fiel zu Boden. Verzweifelt versuchte ich die Aufzugstüren mit den Händen zu öffnen. Sekunden später gab ich auf. Das war ein völlig blödsinniger Versuch.

»Verdammter Mist«, fluchte ich laut und wandte mich Tricia zu.

Was ich nun zu sehen bekam, ließ mir das Blut in den Adern gefrieren. Eine grüne, schuppenbedeckte Hand mit dünnen, langen Fingern hatte Tricias Hals wie eine Kletterpflanze umschlungen und zog sie an den Spiegel heran. Ich vermutete, dass Tricia das Bewusstsein verloren hatte, denn ihr Körper hing schlaff im Griff dieser monströsen Klaue.

»Halt aus, Tricia!«, schrie ich, obwohl sie mich mit

großer Wahrscheinlichkeit nicht hören konnte.

Der Aufzug war mittlerweile hell erleuchtet, die kleinen herumtanzenden Blitze im Aufzug waren verschwunden.

Eine Sorge weniger, dachte ich und griff mit beiden Händen nach dem Handgelenk des Angreifers, das ich eisern festhielt, damit Tricia nicht im Spiegel versank.

Doch ich befürchtete, dass der Angreifer ihr die Kehle zerdrücken könnte, deswegen musste ich handeln. Also, was konnte ich tun?

Der Spiegel, aus der die Klaue kam, sah zähflüssig aus. Als ich den Fuß gegen den Spiegel setzen wollte, um mehr Halt zu bekommen, tauchte er in den Spiegel ein.

»So eine Scheiße!«, fluchte ich laut, nahm den Fuß zurück und musste an David Miller und seine Story denken. Der Meteorologe war wohl doch nicht so verrückt, wie ich gedacht hatte. Miller hatte mir die Wahrheit erzählt, war ich nun überzeugt.

Schnell warf ich einen Blick auf die Spiegel an der linken und rechten Aufzugswand. Sie schienen noch in einem festen Zustand zu sein.

Als ich in den Spiegel vor mir blickte, tauchte schemenhaft eine Kreatur auf. Ihre schuppenartige Haut war hellgrün. Grünliche Augen mit einer schwarzen Pupille, die aus einem kahlköpfigen Gesicht hervorstachen, nahmen mich ins Visier. Ich hatte der Kraft dieses Monsters nicht viel entgegenzusetzen. Es würde nicht mehr lange dauern, bis Tricias Gesicht samt meinen Händen in dem Spiegel verschwinden würden.

Woher kam diese Kreatur? Die kalte Furcht hielt mich in Schach, weil ich wusste, dass irgendwann unser beider Ende kommen würde, denn lange konnte ich dem Monster nicht mehr standhalten.

Was sollte ich bloß tun? Wir waren verloren. Die Kreatur, wer immer sie war, hatte unheimliche Kräfte. Ich ließ das Handgelenk des Monsters los, und kurz darauf versank Tricias Kopf bereits in der zähflüssig gewordenen Spiegelfläche.

Bald würde Tricia gänzlich aus dieser Welt verschwunden sein. Aber was hätte ich anderes tun sollen? Mein Gegner war zu stark, und ich hoffte, dass meine Entscheidung richtig gewesen war. Mit einem Ruck wandte ich mich der linken Aufzugswand zu und schlug mit meinen Fäusten auf den Spiegel ein. Ein Glück, dass er nicht zähflüssig war. Der Spiegel zersprang. Meine rechte Hand blutete. Das war mir egal, und schon hatte ich mich der gegenüberliegenden Aufzugswand zugewandt und schlug mit Leibeskräften auf den Spiegel ein. Kurz darauf zersprang auch er. Ich zog mir eine tiefe Schnittwunde am rechten Unterarm zu. Aber auch das war mir egal. Flink wie ein Wiesel wandte ich mich Tricia zu. Der zähflüssige Spiegel verlor langsam an Leuchtkraft. Ich zögerte nicht lange und packte Tricia mit beiden Händen an ihrer Hüfte. Mit aller Kraft zog ich sie ruckartig zurück. Mein Gegner hatte sie wohl losgelassen, denn wir fielen rücklings zu Boden. Wir hatten Glück, dass wir uns nicht an den Glasscherben verletzten, die auf dem Boden lagen.

»Geschafft«, schnaufte ich.

Die zähflüssige Spiegelfläche wurde wieder fest, und das Leuchten in ihr verblasste ganz.

»Tricia!«, sagte ich besorgt. »Tricia!«, meine Stimme wurde lauter, und als sie ihren Kopf bewegte, fiel mir ein Stein vom Herzen.

Sie lebte.

Langsam schlug sie ihre Augen auf.

»Was ist geschehen?«, fragte Tricia benommen.

»Wir haben es geschafft, Tricia«, antwortete ich ruhig. »Es ist alles vorbei.«

Tricia nickte langsam. Sie legte ihren Kopf an meine rechte Schulter und weinte.

»Ist ja gut! Wir haben es überstanden«, hoffte ich, und im nächsten Moment öffneten sich die Aufzugstüren hinter uns.

Alles war überstanden. Wir konnten aussteigen und diesen schrecklichen Ort verlassen. Als ich einen Blick über die Schulter warf und nach draußen sah, stand Jennifer vor dem Aufzug und sah zu uns hinab.

»Wir sind wieder da«, sagte ich erleichtert.

Sie schaute mich verdutzt an.

»Was ist denn passiert?«, fragte Jennifer besorgt.

Ich und Tricia standen auf und verließen den Aufzug. Da Tricia nur von leuchtenden Spiegeln, Blitzen und dem Energieball aber nichts von dem Monster erzählte, das sie in den Spiegel zerren wollte, beschloss ich vorläufig auch darüber zu schweigen. Ich hoffte nur, dass niemand die blauen Flecken an Tricias Hals auffielen.

»Bill, du bist ja verletzt.« Jennifer bemerkte, dass ich am rechten Arm blutete.

»Halb so wild«, winkte ich ab und ärgerte mich, dass mein neues Hemd ruiniert war.

»Ich rufe einen Arzt«, sagte Jennifer, und schon hatte sie ihr Handy zur Hand.

»Lass es gut sein, Jennifer. Da unten sind Menschen, die einen Arzt dringender benötigen als ich.«

Jennifer warf noch einmal einen Blick in den Aufzug. Als sie sich mir wieder zuwandte, fragte sie nochmals: »Was ist geschehen?«

»Also, das weiß ich auch nicht so genau, aber als ich mit dem Aufzug ...«, fing ich an zu erzählen.

»Hier«, sagte Jennifer und überreichte mir ein Halstuch.

»Was soll ich damit?«

»Deinen Arm verbinden.«

»Danke.«

»Du hast Glück gehabt, dass die Pulsader nicht verletzt wurde.«

»Ja, das hab ich wohl.«

Ich erzählte kurz, was ich in der Eingangshalle gesehen und im Aufzug erlebt hatte. Jennifer wollte ins Erdgeschoss.

»Da steige ich nicht mehr ein«, sagte Tricia laut und deutete auf den Aufzug.

Wir gingen zum Treppenhaus. Als wir in der ersten Etage ankamen, ging die Tür auf, und Roberto Rossellini kam ins Treppenhaus.

»Ich habe gerade erfahren, dass die Eingangshalle in Schutt und Asche liegt«, erklärte Rossellini ziemlich aufgebracht und eilte an uns vorbei, die Treppe hinab. Wir folgten ihm schnell.

Rossellini war ein guter Chef. Trotz der vielen Arbeit gab es nur wenige Tage, an denen er nicht gut drauf war. Dieser Mann liebte seinen Job – eigentlich lebte er ihn. Obwohl er gerne – wie er mir mal gebeichtet hatte – mehr Zeit mit seiner Familie verbringen würde, war dies in seiner Position nicht möglich.

Wir kamen im Erdgeschoss an. Als Rossellini durch die Tür trat, die direkt in die Eingangshalle führte, holte er erst einmal tief Luft. Hier sah es aus, wie nach einem Bombenangriff. Menschen lagen oder saßen blutüberströmt auf dem Boden.

Wir hörten Polizeisirenen. Einige Minuten später

kamen Krankenwagen vor die Eingangshalle gefahren. Es dauerte nur kurze Zeit, dann wimmelte es in der Halle von Polizisten und Krankenhelfer. Kommandos wurden gegeben. Die Verletzten versorgt. Wir gingen zur Hallenmitte, doch niemand beachtete uns.

»Was ist hier geschehen?«, fragte Rossellini.

Ich sah das pure Entsetzen in seinem Gesicht. So gerne ich ihm die Frage beantwortet hätte, aber zu diesem Zeitpunkt wusste ich nicht, was vorgefallen war.

Ein Polizeibeamter kam auf uns zu.

»Ist jemand von ihnen verletzt?«, fragte er uns.

»Uns geht es gut«, antwortete ich vorschnell.

Rossellini stellte sich ihm kurz vor. Er führte uns nach draußen zu zwei Herren, die Anzüge trugen.

Und das bei diesem Wetter, schüttelte ich verständnislos den Kopf.

Der Jüngere trug eine Sonnenbrille. Der Ältere hatte einen Schnurrbart und kurze Haare. Er ergriff das Wort und stellte sich und seinen Kollegen kurz vor.

»Mein Name ist Lone Burner von der Metropolitan Police, und mein Kollege heißt Patrick Harp.«

»Ist nicht normalerweise die City of London Police hierfür zuständig?«, fragte ich.

»Ja«, hauchte Burner, »aber bei diesem Fall nicht«, sagte er nur.

Anschließend übernahm Rossellini das Wort und stellte uns alle vor. Lone Burner wollte wissen, was geschehen war, aber niemand von uns wusste darauf eine Antwort. Tricia erzählte von den Blitzen und den leuchtenden Spiegeln. Ich sah das Schmunzeln in Harps Gesicht und wusste, dass er ihr nicht glaubte.

Harp schien mir ein wenig überheblich zu sein, deswegen forderte ich ihn heraus: »Und Sie haben schon eine Erklärung für das Chaos hier gefunden?«

Harp warf mir einen finsteren Blick zu.

»Nein?«, sagte ich.

»Wir führen noch Ermittlungen durch«, sagte Harp mit ernster Miene.

»Das dachte ich mir«, sagte ich und verzog die Mundwinkel dabei.

»Vielleicht waren es ja Außerirdische, die eine Invasion geplant hatten?«, antwortete Patrick Harp bissig.

Für einen Moment sahen wir uns schweigend in die Augen.

»Ja, vielleicht waren es ja wirklich Außerirdische«, sagte ich.

»Ich glaube, Sie haben ein ernsthaftes Problem ...«, sprach Harp mich streng an.

»Jetzt ist es aber gut, Patrick!«, ermahnte Lone Burner seinen jüngeren Kollegen.

Was bildete sich dieser Harp ein. Eins stand schon mal fest: Auf meiner Sympathieskala lag er weit unten.

Zwei Sanitäter kamen mit einer Bahre an uns vorbei, auf der eine junge Frau lag. Sie trug Jeans und ein T-Shirt, das blutverschmiert war.

Burner wollte in die Eingangshalle gehen. Wir sollten ihm folgen. Als wir in der Halle standen, kamen wieder zwei Sanitäter mit einer Bahre an uns vorbei. Ich erkannte Budd. Er hatte eine Platzwunde an der Stirn. Überall war Blut auf seiner Kleidung.

»Warten Sie!«, sagte Rossellini. »Ist er schwer verletzt?«, fragte Rossellini.

»Keine Angst! Es sieht schlimmer aus als es ist«, antwortete der ältere Sanitäter. »Er ist nur Ohnmächtig«, ergänzte er noch, bevor die beiden Sanitäter Budd wegtrugen.

»Hier sieht es aus wie im Krieg«, bemerkte Burner.

»Ich gehe mal zu den Kollegen von der Spurensicherung. Vielleicht wissen die schon etwas«, sagte Harp.

»Okay!«, sagte Burner.

»Ihr Kollege wirkt ein wenig hektisch auf mich«, wandte ich mich an Burner, als Harp außer Hörweite war.

»Patrick ist neu in meinem Team«, mehr sagte Burner nicht dazu. »Das ist alles sehr mysteriös«, grübelte Burner und visierte mich an. »Wie war nochmal Ihr Name?«, fragte er.

»Bill Clayton«, antwortete ich kurz.

Während sich Burner Jennifer und Tricia zuwandte und befragte, sagte ich zu Rossellini: »Also, ich habe mir gedacht, dass hier wäre eine gute Story, an der ich arbeiten könnte.«

Rossellini zog die Augenbrauen hoch.

»Du hast noch andere wichtige Aufgaben zu erledigen«, gab er mir zu verstehen.

»Das schaffe ich schon«, winkte ich ab. »Das ist eine gute Story. Wer wäre dafür besser geeignet als ich?«, fragte ich ihn herausfordernd.

Rossellini zog schon wieder die Augenbrauen hoch und warf einen kurzen Blick zu Jennifer. Da wusste ich, dass er meiner Kollegin eher diese Story übergeben würde als mir. Verdammt, wie konnte ich Rossellini nur davon überzeugen, dass ich der Richtige dafür war. Als ich durch den Ruf von einem Sanitäter aus meinen Gedanken gerissen wurde und wieder das Elend sah, das um uns herum herrschte, beschloss ich Rossellini erst später wieder darauf anzusprechen.

In dem ganzen Trubel hatte ich gar nicht bemerkt, dass Jennifer einen Arzt angesprochen hatte, mit der

Bitte, dass er sich meine Wunde am Arm ansehen sollte, die ich mit Jennifers Halstuch provisorisch verbunden hatte. Eigentlich erschien es mir sinnlos, weil ich keinerlei Schmerzen hatte.

»Es geht mir gut«, winkte ich ab, doch Jennifer bestand darauf, und als auch der Arzt sagte, dass er sich die Wunde mal ansehen wollte, stimmte ich dem zu.

»Sie ist ja schon fast verheilt«, stutzte Jennifer.

»Tja, vielleicht war die Verletzung ja gar nicht so schlimm gewesen«, sagte ich.

»Aber dein Arm hat doch stark geblutet«, sagte Jennifer irritiert.

»Ja, vielleicht ... war die Wunde nicht tief, sondern hat nur stark geblutet«, erklärte ich.

»Ich werde die Wunde trotzdem desinfizieren«, sagte der Arzt.

Ich nickte ihm einverstanden zu.

Während der Arzt mich behandelte, kam Harp zurück, und wir erfuhren von ihm, dass die Beamten von der Spurensicherung noch vor einem Rätsel standen. Sie konnten noch nicht sagen, wodurch die Detonationen ausgelöst wurden.

»Wie lange arbeiten Sie schon hier?«, wollte Burner plötzlich von mir wissen.

»Ungefähr vier Jahre«, stutzte ich. »Warum interessiert Sie das?«, fragte ich.

»Berufsneugier«, antwortete Burner knapp.

Burner musterte mich eindringlich – ich warf einen prüfenden Blick zurück. Ein bedrückendes Schweigen trat ein, das Rossellini unterbrach: »Sie glauben doch nicht, dass Bill etwas mit dieser Sache zu tun hat?«

»Nein, ich war nur neugierig«, schüttelte Burner den Kopf.

»Dann ist es ja gut«, sagte Rossellini.

So wie Burner mich angesehen hatte, glaubte ich ihm die Antwort nicht. Was er gegen mich hatte und warum er glaubte, dass ich mit dem Anschlag in Verbindung stehen könnte, war mir ein Rätsel. Burner verabschiedete sich freundlich, weil er mit seinem Kollegen noch Zeugen befragen wollte. Bevor er ging, bat er mich am nächsten Morgen in sein Büro zu kommen, um meine Aussage zu machen. Natürlich sagte ich zu, obwohl ich eigentlich keine Zeit dafür hatte. Aber was blieb mir anderes übrig?

Rossellini wollte hinauf in sein Büro gehen. Das war die Gelegenheit ihn nochmals auf die Story anzusprechen, also sagte ich, dass ich noch etwas in meinem Büro zu erledigen hätte und mit ihm hinauf gehen würde. Ich biss die Zähne zusammen, als Jennifer mit nach oben kommen wollte. Tricia verabschiedete sich von uns. Obwohl noch sehr viel Arbeit auf ihrem Schreibtisch lag, fuhr sie nach Hause. Das hätte ich auch gerne getan, wenn da nicht diese eine Frage wäre, die mir die ganze Zeit auf den Lippen lag. Wir betraten schweigend das Treppenhaus und folgten Rossellini hinauf. Die Stille war bedrückend. Was sollte das? Hatte jeder von uns ein Schweigegelübde abgelegt?

»Roberto ...«, fing ich an, doch noch bevor ich weitersprechen konnte, blieb Rossellini stehen und wandte sich uns zu. Er grinste. »Worum geht es denn?«

Als ob er das nicht wüsste, dachte ich und antwortete ihm direkt mit festem Blickkontakt: »Ich will die Story haben, Roberto, bitte.«

»So, so, du möchtest also diesen mysteriösen Fall übernehmen ...«, sagte Rossellini und überlegte kurz. »Gut, der Fall gehört dir. Ich will eine gute Reportage bekommen, Bill.«

Ich war so geplättet, dass ich kein Wort mehr herausbekam. Mit allen möglichen Ausreden hatte ich gerechnet, aber dass er sofort zusagen würde, daran hatte ich nicht gedacht. Ich brachte nur ein, »Ähm ...«, über die Lippen. *Peinlich*, dachte ich. Mir fehlten in diesem Moment einfach die Worte.

»Was ist mit dir, Bill? Willst du jetzt einen Rückzieher machen?«, fragte Rossellini.

»Natürlich nicht. Ich werde dich nicht enttäuschen«, antwortete ich fröhlich.

»Ich bin auch mit dabei. Du brauchst jemanden, der dir zur Hand geht und dich bei der Reportage unterstützt«, fuhr Jennifer dazwischen.

Ich hatte es geahnt. Jennifer war an dieser außergewöhnlichen Story ebenfalls interessiert.

»Nein, das schaffe ich allein«, winkte ich ab.

»Ich will aber ...«, sagte sie energisch.

»Du hast noch so viele andere Aufgaben zu erledigen«, unterbrach ich sie.

»Mach dir darüber mal keine Gedanken, das schaffe ich schon.« Jennifers Stimme klang wütend.

Während ich mich mit Jennifer stritt, beobachtete Rossellini uns schweigsam.

»Ihr beide«, unterbrach Rossellini unser Streitgespräch, »arbeitet zusammen, und kein Wort mehr, sonst macht die Reportage jemand anders!«

Ich biss wieder die Zähne zusammen und schwieg. Auch Jennifer blieb stumm. Wir kannten Rossellini gut und wussten, dass er seine Drohung ernst meinte. Also nahm ich die Weisung von Rossellini hin.

»Gut«, äußerte ich mich knapp. »Dann treffen wir uns morgen im Büro und fangen an«, sagte ich zu Jennifer.

»Okay«, brummte Jennifer.

»Ich gehe noch kurz in mein Büro und mache dann für heute Feierabend«, sagte ich.

»Ich fahre auch gleich nach Hause«, sagte Jennifer und blickte Rossellini dabei an.

»Okay«, sagte Rossellini.

Er hatte wohl Verständnis dafür, dass wir nach Hause wollten, obwohl es erst früh am Nachmittag war. Wir verabschiedeten uns von Rossellini, als wir im ersten Stockwerk angekommen waren.

Feindkontakt

5 My home is my Castle – an diesem Spruch war schon etwas dran. Endlich war ich zu Hause angekommen und stand vor der alten Eingangstür aus massivem Holz.

Als ich den Schlüssel ins Schloss steckte, nickte ich zufrieden, und mir wurde wieder bewusst, dass dieses Haus die richtige Kaufentscheidung gewesen war. Einige Kollegen fanden das Haus zu alt, das Treppenhaus zu marode – was aber nicht stimmte. Das Holz im Treppenhaus musste ich noch dunkel beizen, dann würde es perfekt aussehen. Alte Dinge faszinierten mich eben. Das Haus hatte schon über hundert Jahre Geschichte hinter sich gebracht – grandios, wenn man bedachte, was es für Geschichten aus der Vergangenheit erzählen könnte.

Ich schloss die Türe auf und betrat den kleinen Flur. Bevor ich in die Küche ging, stellte ich die Tasche mit dem Laptop im Flur ab.

Was für ein beschissener Tag, ging es mir durch den Kopf, als ich die Kühlschranktür öffnete und nach einer kleinen Flasche Guinness griff. Ich drehte den Deckel ab und nahm einen kräftigen Schluck zu mir. Die Welt um mich herum spielte auf einmal verrückt. Wer hätte ein Interesse daran, ein Kraftwerk lahm zu legen? Nachdenklich ging ich ins Wohnzimmer und nahm in meinem Lieblingssessel Platz. Vielleicht Terroristen? Aber wer würde einen Anschlag auf den Verlag verüben? Ich trank einen Schluck Guinness und stellte die Flasche auf den Tisch.

Heute war absolut nicht mein Tag, stellte ich nochmals fest. Hoffentlich fand der Abend einen guten Ausklang.

Mir ging wieder die Busreise in Bolivien durch den Kopf. Ich erinnerte mich, wie ich im Bus gesessen und aus meiner Reisetasche die nagelneue Kamera herausgenommen und einen Mann mit grauem Bart auf einem Pferd fotografiert hatte, hinter welchem sich ein saftig grüner Hügel erhob. Atemberaubende Landschaften – freundliche Menschen, nickte ich.

Die Reise hatte ich nicht nur mit der Kamera, sondern auch mit meinem Laptop durch das Führen eines Tagebuchs dokumentiert. Damals hatte ich gehofft, dass jeder neue Auftrag so ein gewaltiges Abenteuer mit sich bringen würde.

Ich dachte an den klapprigen Bus, wie er sich auf einer steilen Bergstraße empor schaukelte, und ich wusste noch genau, wie ich bei jeder engen Kurve geflucht hatte. Doch obwohl die Straße schmal und der Abgrund tödlich war, konnte ich es nicht lassen unentwegt aus dem Fenster zu blicken. Mich faszinierte die Schönheit der schneebedeckten Gipfel – sie übertrafen meine kühnsten Erwartungen. Der Bus war damals in den frühen Morgenstunden gestartet, und es hatte heftig geregnet, doch gegen Mittag war der Himmel makellos blau geworden. Die Sonne verlieh den verschneiten Gipfeln einen ganz besonderen Zauber. Es schien mir damals so, als wäre dort hinter diesen Gipfeln eine magische Welt verborgen, und ich versuchte die Stimmung auf einem Foto einzufangen, obwohl mir bewusst war, dass sich die Schönheit einer Landschaft manchmal nicht auf einem Foto einfangen lassen wollte.

Mein Blick fiel auf die Bierflasche. Ich nahm einen Schluck zu mir, bevor ich meine Erinnerungen an diese Reise fortsetzte.

Das war ein mulmiges Gefühl, als sich der Bus plötzlich leicht nach links neigte und in einer Kurve um den Berg herumfuhr. Der spektakuläre Blick auf die schneebedeckten Gipfel verschwand. Dann fuhr der Bus bergab. Die Aussicht war immer noch beeindruckend, und ich schoss noch einige tolle Fotos, bevor ich meinen Blick über die Mitreisenden schweifen ließ. Klar, der Bus war bis zum letzten Platz besetzt. Unter den Mitreisenden waren auch einige Bergsteiger gewesen, wie ich in Gesprächen mitbekommen hatte. Zwei Sitzplätze vor mir hatte ein hochgewachsener Bergsteiger gesessen. Er redete wie ein Wasserfall. Der Mann, der neben ihm gesessen hatte, kam kaum zu Wort, wenn er es tat, sprach er durch die Nase und es klang wie ein Grunzen. Einige Reihen hinter mir hatte eine alte Frau gesessen, mit einem Käfig auf dem Schoß, in dem zwei Hühner gackerten. Ich fragte mich, ob eines von ihnen gerade ein Ei gelegt hatte.

Ich erinnerte mich noch ganz genau, wie der Bus weiter bergab schaukelte. Währenddessen hatte ich mir die Bilder auf dem Monitor meiner Kamera betrachtet. Ein Tag zuvor war es mir gelungen, an Absperrungen vorbeizukommen und einige Fotos von der Gegend zu schießen, in der ein unbekanntes Flugobjekt gesichtet worden war. Ein Ufo war mir zwar nicht vor die Linse geflogen, aber dafür hatte ich seltsame Lichtphänomene aufnehmen können.

Wenn ich so darüber nachdachte, hatten diese Phänomene Ähnlichkeiten mit denen, die heute in meinem Verlag für die verheerende Zerstörung verantwortlich waren.

Eigenartig.

Seltsam.

Unnatürlich.

Eine gigantische Lichtquelle musste auch damals dahintergesteckt haben. Aber mitten in den Bergen? Woher kam sie? Eine unvorstellbare Energie musste dafür aufgewendet werden. Wer hatte Interesse, die Öffentlichkeit auf sich aufmerksam zu machen? Wofür? Fragen auf die ich bis heute keine Antwort gefunden hatte.

Ich wusste noch ganz genau, wie dieser alte Bus die Bergstraße verlassen hatte und wieder auf ebenem Gelände fuhr und plötzlich ruckelte und an Fahrt verlor, bis er zum Stillstand kam. Ich wandte mich dem Fenster zu und sah am Straßenrand einige Fahrzeuge stehen, die von bewaffneten Männern umringt waren. Dass Getuschel im Bus ließ mich vermuten, dass nicht nur ich besorgt über diese Situation war.

Nur eine Passkontrolle hatte ich damals schon ausgeschlossen, denn dafür war der Aufwand zu groß gewesen. Deswegen hatte ich vermutet, dass irgendjemand gesucht wurde, und dieser Jemand schien mir äußerst gefährlich zu sein. Ich hatte gehofft, dass er nicht in diesem Bus war. Bei dem Gedanken an eine Schießerei im Bus, wurde es mir übel.

Ich wusste noch, wie ich zusammengezuckt war, als sich die Tür neben dem Fahrersitz geräuschvoll öffnete. Keiner der Reisenden hatte einen Laut von sich gegeben – alle warteten, was nun passieren würde.

Dann tauchte neben dem Busfahrer ein kräftiger Mann in Uniform auf, und die Spannung unter den

Passagieren ließ nach. Der Mann ließ den Blick über die Insassen des Busses schweifen und forderte die Reisenden auf, den Bus zu verlassen. Ich hielt, wie auch die anderen Fahrgäste, meinen Pass bereit. Die Kamera hatte ich wieder in meine Reisetasche gelegt, in der sich auch mein Laptop befand. Die Reisetasche nahm ich mit nach draußen, denn ich traute den Männern nicht. Es hätte mich nicht gewundert, wenn sie den Bus durchsucht und die Taschen durchwühlt hätten. Am Ende hätte noch meine Kamera gefehlt.

Da ich ziemlich weit hinten im Bus saß, musste ich etwas länger warten, bis die Reisenden vor mir ausgestiegen waren. Ein paar Minuten später stand ich mit den anderen Reisenden am Straßenrand und wartete auf die Kontrolle.

Der Führungsoffizier und zwei junge Soldaten waren auf uns zugekommen, und er redete in Spanisch.

Was sollte er auch sonst reden? Ich hatte kein einziges Wort verstanden und beschlossen, bei meiner Rückkehr nach London, meine Sprachkenntnisse in Spanisch zu erweitern.

Ich sah noch genau das Gesicht von dem Offizier vor mir, wie er dastand und etwas zu mir sagte. Als ich ihm nicht antwortete, wurde er unfreundlich.

Ich schmunzelte und griff nach der Flasche Bier, denn mir fiel ein, dass ich nur Ombre, Homber, Kalakombre verstanden hatte.

Trotzdem war ich ihm gegenüber freundlich geblieben und reichte ihm mit einem kleinen Lächeln meinen Pass.

Die Reisenden neben mir nahmen Abstand von mir. Ich grübelte, was los war und vermutete ein Missverständnis und versuchte mich mit dem Offizier in meiner Sprache zu verständigen. Er hatte mir in gebrochenem Englisch zu verstehen gegeben, dass ich in eine Sperrzone eingedrungen war. Danach sprach er wieder auf Spanisch, und die zwei jungen Soldaten kamen auf mich zu. Einer wollte mir die Reisetasche aus der Hand reißen. Als ich mich wehrte, schlug mir der andere Soldat den Gewehrkolben in den Magen. Ich ging in die Knie und ließ meine Reisetasche los.

Wenn ich heute so darüber nachdachte, hatte ich wohl Glück im Unglück gehabt, denn als der Soldat meine Kamera in der Hand hielt, machte ich einen Schritt auf ihn zu und brüllte ihn wütend an. Dieses Mal traf mich der Gewehrkolben gegen die Stirn, und ich fiel blutend zu Boden.

Scheiß was auf die Kamera, hatte ich gedacht. Soll er sie doch behalten.

Der Soldat hatte mir meine Reisetasche vor die Füße geworfen, und wir wurden aufgefordert in den Bus zu steigen. Ich sah noch, wie die anderen Soldaten die Fahrzeuge am Straßenrand aufforderten zu fahren. Der ganze Aufwand nur wegen den lächerlichen Fotos, auf denen eh nichts zu erkennen war.

Der Bus hatte wieder Fahrt aufgenommen. Ich grinste wissend, als ich einen Blick über die Schulter zurück durch die gesprungene Scheibe warf und den Offizier mit meiner Kamera sah.

Was dieser Idiot von einem Bergaffen nicht wusste war, dass ich alle Fotos, bis auf die von dieser Busfahrt, schon auf meinem Laptop gesichert hatte.

Ich griff nach der Flasche Bier und trank sie aus. Meine Augenlider wurden schwer. Ich schüttelte den Kopf, damit ich nicht einschlief. Als ich meine Wunde am Unterarm betrachtete, stellte ich fest, dass sie schon fast verheilt war. Sie hatte schlimmer ausgesehen, als sie in Wirklichkeit gewesen war, nahm ich an.

Meine Augenlider wurden immer schwerer, und ich beschloss, ein kleines Nickerchen zu machen.

»Feindkontakt«, meldete eine weibliche Stimme. »Soll Ausweichmanöver Delta 4 eingeleitet werden?«

Feindkontakt?, ging es mir durch den Kopf. Ich stutzte und betrachtete meine blaue Uniform. Warum trug ich diese Uniform? Was war Delta 4? Wo war ich überhaupt?

»Wir stehen unter starkem Beschuss«, meldete die weibliche Stimme. »Ich bitte um Anweisung.«

»Sofort Delta 4 einleiten!«, befahl ich und wusste nicht, was ich damit in Gang gebracht hatte.

»Bestätige Delta 4 ist eingeleitet worden«, sagte die weibliche Stimme, während ich mich umsah und wie durch einen Nebel in ängstliche Gesichter blickte. Wo war ich? Ein Alarmton erklang, und eine monotone Stimme sagte: »Begeben sie sich zu den Rettungskapseln!«

Rettungskapseln?, dachte ich. *Scheiße, was ist hier los?*

Der Boden unter meinen Füßen bebte, und jetzt, als ich den großen Bildschirm an der Wand vor mir erblickte, wurde mir mit aller Deutlichkeit bewusst, dass ich auf einem Raumschiff war, und als mich jemand ansprach, musste ich verwundert feststellen, dass ich der Kommandant dieses Schiffes war.

»Schnell, alle raus hier!«, befahl ich, und jeder verließ die Kommandozentrale.

»Kommen Sie nicht mit?«, fragte mich ein junger Mann.

»Gleich«, sagte ich und starrte fasziniert auf den Bildschirm.

»Das Schiff wird jeden Augenblick in die Atmosphäre des Planeten eintauchen«, sagte der Mann,

»wenn Sie zu spät in der Rettungskapsel sind, werden Sie mit dem Schiff zerschellen.«

Auf dem Bildschirm tauchte ein riesiger Planet auf.

»Schnell, gehen Sie!«, befahl ich dem Mann.

»Bleiben Sie nicht zu lange hier«, sagte er und verschwand.

Auf dem Bildschirm tauchten zwei Raumschiffe auf, die bedrohlich näher kamen und eine Salve Energiestrahlen abfeuerten. Sekunden später bebte das Schiff und das Licht flackerte. Als die zweite Salve das Schiff traf, wurde ich zu Boden geschleudert und der Bildschirm an der Wand explodierte.

»Verdammt«, fluchte ich.

War es ein Traum oder passierte das hier wirklich?

Schnell erhob ich mich wieder und hatte keine Lust abzuwarten, um zu erfahren, ob es ein Traum oder die Realität war. Ich rannte durch die offene Tür, hinaus auf einen Gang. Ich blieb stehen.

Verflixt noch..., dachte ich, als wieder der Boden unter meinen Füßen bebte. In welche Richtung musste ich laufen, um die Rettungskapseln zu erreichen? Ich musste mich entscheiden und rannte nach rechts.

Plötzlich fiel das Licht aus, nur der monotone Alarmton tönte durch den Gang. Um mich herum herrschte totale Finsternis. Jegliche Orientierung war unmöglich geworden.

Der Alarmton verstummte.

Es war wie die Stille des Todes.

Der Kontrast zwischen der lautlosen Finsternis und dem Entsetzen, das kurz zuvor noch alle meine Sinne beherrscht hatte, war so ungeheuer stark, dass ich sekundenlang keinen einzigen Gedanken mehr fassen konnte.

Plötzlich flammte das elektrische Licht im Schiff

wieder auf und der Alarmton ertönte wieder. Ich atmete auf und lief den Gang entlang. Wohin er mich führte, wusste ich nicht, aber ich hoffte, dass ich jemandem begegnen würde, der mir sagen konnte, wo sich die Rettungskapseln befanden.

Ein gewaltiger Ruck ging durch das Schiff, und ich wurde zu Boden geschleudert. Ob wieder eine Salve Energiestrahlen das Schiff getroffen hatte oder etwas anderes dafür verantwortlich war, wusste ich nicht. Ich sprang auf und lief weiter den Gang entlang, der mir langsam unendlich vorkam. Rechts und links befanden sich zwar Türen, aber noch war ich an keiner Abzweigung vorbeigekommen. Ob es hier auf dem Schiff auch einen Aufzug gab?

Scheiße, ich musste gerade an die Serie Enterprise denken, und mir wurde bewusst, wie groß so ein verdammtes Raumschiff sein konnte. Ich könnte hier noch Minuten oder vielleicht sogar Stunden herumirren und keiner Menschenseele begegnen. Der Mann vorhin hatte gesagt, dass es nicht mehr lange dauern würde, bis das Schiff auf dem Planeten zerschellen wird. Also, blieb mir nicht mehr viel Zeit, um so eine verfluchte Rettungskapsel zu erreichen.

Dann hörte ich wieder die weibliche Stimme und vermutete, dass sie zum Bordcomputer gehörte. Was sie sagte, gefiel mir ganz und gar nicht.

»Verlassen Sie umgehend das Schiff«, ich horchte, mein Herz klopfte vor Aufregung so schnell, dass ich glaubte, es würde mir aus der Brust herausspringen, »der Aufschlag erfolgt in wenigen Minuten.«

Die Zeit wurde verdammt knapp. Ich gab nicht auf und suchte einen Weg, der zu den Rettungskapseln führte, auch wenn es mit Sicherheit sinnlos war, denn ich vermutete, dass sie schon alle gestartet waren. Eine gewaltige Explosion hinter mir, deren Donnergetöse meine Ohren schmerzen ließ, bestätigte meine Gedanken, dass meine Zeit bald vorbei sein würde. Ein Flammenmeer breitete sich aus und kam direkt auf mich zu. Ich flüchtete den breiten Gang entlang und bog einige Meter später, nach links in einen schmalen Gang ein und lief so schnell ich konnte. Augenblicke später wandte ich mich im Laufen um und sah erleichtert, wie die Feuerwalze den breiten Gang entlangraste. Erst einmal konnte ich aufatmen und war froh, dem Tod entkommen zu sein.

War ich auf dem richtigen Weg? Niemand begegnete mir. Ich war auf mich allein gestellt. Wenig später endete dieser schmale Gang an einer verschlossenen Tür. Vorsichtig betätigte ich den grünen Knopf rechts neben der Tür. *Glück muss auch mal sein*, dachte ich, als die Tür zur Seite glitt. Ich trat in den Raum ein. Die ganze Wand war voll von Schalttafeln mit blinkenden Lämpchen, Anzeigegeräten und kleinen Monitoren. Auf einem großen Monitor konnte ich verfolgen, worauf sich das Raumschiff zubewegte.

Also endete meine Reise hier auf diesem gottverdammten Planeten. Das Raumschiff raste auf einen gewaltigen Krater zu, der mit einer kohlrabenschwarzen, glänzenden Flüssigkeit gefüllt war. Eine unheimlich düstere Bedrohung ging von diesem Ort aus. Für mich war es zu spät, aber ich hoffte, dass die Besatzung des Raumschiffes mit den Rettungskapseln fliehen konnte. Wie es schien, blieb mir nichts anderes übrig, als sich meinem Schicksal zu ergeben, und ich betete, dass dieses Schicksal nicht zu schmerzvoll für mich enden würde.

Dann überschlugen sich die Ereignisse. Das Raumschiff wurde durchgerüttelt und fiel nicht, wie ich vermutete, in den See, sondern streifte eine Bergspitze, die kurz vorher auf dem Bildschirm aufgetaucht war. Das Schiff trudelte nach links, und ich fiel gegen die Schalttafeln. Es zischte und knisterte um mich herum. Irgendwo in meiner Nähe schien etwas explodiert zu sein, denn ein ohrenbetäubender Knall drang zu mir vor. Dann hörte ich schleifende Geräusche und ein lautes Krachen und Explosionen, die das Schiff erschütterten. Ich warf einen hektischen Blick zum Monitor und sah einen Wald, durch den das Raumschiff schlitterte. Vielleicht schaffte ich es ja doch noch zu überleben, denn die Bäume wirkten wie ein Airbag, das stellte ich mir zumindest so vor.

Das Schiff wollte einfach nicht zum Stillstand kommen, aber Gott sei Dank war der Krater mit der kohlrabenschwarzen, glänzenden Flüssigkeit links von mir. Dort konnte das Schiff schon mal nicht mehr hineinfallen. Krampfhaft hielt ich mich an den Schalttafeln fest und hoffte, dass ich keinen elektrischen Schlag abbekam, der meinem Leben ein jähes Ende setzen würde.

Auf den Anzeigegeräten und kleinen Monitoren tanzten die Zeiger immer noch wie wild, schlugen mehrmals bis zum Anschlag durch und sanken dann langsam wieder zurück. Irgendwo krachte es wieder, und auf dem Monitor konnte ich verfolgen, wie ein Teil der Außenhülle hinwegflog und im Wald rechts von mir niederging. Das Raumschiff musste eine gewaltige Verwüstung im Wald hinterlassen haben. Hoffentlich wohnte niemand dort. Das Schiff wurde endlich langsamer. Die Detonationen um mich herum häufiger. Dann fuhr mir der Schreck durch die Glieder. Was wäre, wenn das Schiff zum Stillstand kam und ich überlebte? Die Außenhülle war zerrissen, und ich wusste nicht, ob die Atmosphäre auf diesem Planeten lebenstauglich war.

Fuck!

Auf dem Monitor tauchte ein schwarzes Bergmassiv auf, worauf sich das Schiff zubewegte. Die Geschwindigkeit mit der sich das Schiff durch den Wald wälzte, war immer noch hoch, und ich glaubte nicht daran, dass das Schiff bis zu diesem Berg zum Stillstand kam.

Fuck!

Den Absturz habe ich überlebt, bin dem tödlichen Krater entkommen, um jetzt an einem Berg zu zerschellen und dort den Tod zu finden.

Was konnte ich tun, um zu überleben? Weglaufen? Aber wohin? Ob ich anderswo im Raumschiff sicherer gewesen wäre, wusste ich nicht, also blieb ich hier, wo der Monitor mir die Außenbilder lieferte.

Die Bäume knickten wie Streichhölzer um, und der gottverdammte schwarze Berg kam bedrohlich näher. Hinter mir zischte es. Ein Anzeigegerät neben mir sprühte Funken, und der große Monitor begann zu flackern. *Bitte nicht ausgehen*, betete ich.

»Was zum Teufel ...«, fluchte ich.

Mir blieb das Wort im Munde stecken. Den Wald hatte ich überlebt. Der schwarze Berg war noch ein ganzes Stück entfernt. Doch ich zweifelte daran, dass ich den Sturz in den Abgrund, der sich unmittelbar vor mir auftat, überleben würde. Es holperte stark, dann wurde ich kräftig durchgeschüttelt. Ein gewaltiger Ruck ging durch das Schiff. Der große Monitor flackerte. Der Schreck fuhr mir wieder durch die Glieder, als das Raumschiff langsam über die Kante des Abgrundes schlitterte. Die Beleuchtung flackerte, und als der große Monitor ausfiel, stürzte das Schiff in die Tiefe.

Der kalte Hauch des Todes streifte mich, als das Schiff letztendlich am Boden zerschellte. Vor meinen Augen wurde es dunkel.

Mein Atem ging schnell. Ich spürte, wie Schweißperlen meine Stirn hinunterliefen. Ich schreckte hoch, als das Telefon klingelte.

Ein verdammter, beschissener Traum, fuhr es mir wie ein Blitz durch den Kopf.

Ich versuchte mich zu beruhigen, doch der Traum war so intensiv gewesen, dass meine Hände zitterten. Ich stand auf und ging zum Tisch, auf dem der Telefonhörer lag. Ich wartete einen Augenblick, atmete noch einmal kräftig durch, bevor ich den Hörer nahm und mich meldete.

»Clayton.«

»Hallo, Bill, hier ist Jennifer.«

»Ja«, hauchte ich nur und fühlte mich immer noch etwas benommen.

»Ist etwas mit dir?«, fragte sie.

»Nein.«

»Du hörst dich komisch an.«

»Bin gerade in meinem Lieblingssessel eingenickt und hatte einen total besch...«, ich atmete durch, »einen schlechten Traum«, beendete ich den Satz.

»Mir geht es auch nicht besonders gut«, sagte sie und nach einer kurzen Pause fuhr sie fort: »Ich habe eben mit Tricia telefoniert. Sie will sich morgen auch noch freinehmen.«

»Kann ich verstehen«, sagte ich. »Und du? Kommst du morgen?«

»Natürlich«, antwortete sie.

»Warum rufst du an?«, fragte ich.

»Ich wollte nur mal hören, wie es dir geht.«

Machte sie sich etwa Sorgen um mich?

»Bill? Bist du noch da?«

»'tschuldigung. Irgendwie fühle ich mich ein wenig daneben.«

Das war noch milde ausgedrückt. Ich fühlte mich wie gerädert.

»Ich werde gleich meine Mutter besuchen«, sagte sie.

»Eine gute Idee. Sie wird sich bestimmt freuen.«

»Ja, das wird sie«, sagte sie.

Warum erzählt Jennifer mir etwas von ihrer Mutter?, überlegte ich. *Okay, vielleicht will sie mit mir über private Dinge reden, um die schrecklichen Ereignisse zu verdrängen?*

»Ich habe eben Rossellini angerufen«, wechselte Jennifer plötzlich das Thema.

»Was hat er gesagt?«, fragte ich neugierig.

»Die Metropolitan Police vermutet, dass es sich um einen Anschlag handeln könnte«, erzählte Jennifer.

»Ein Anschlag?«, stutzte ich und musste dabei an die Kreatur im Aufzug denken.

»Ja.«

»Das ist doch völliger Blödsinn«, sagte ich und ergänzte: »Das hat bestimmt dieser Harp gesagt.«

»Du magst ihn nicht«, stellte Jennifer fest.

»Nein«, sagte ich knapp.

»Ein wenig komisch ist er schon«, sagte Jennifer.

»Glaubst du denn, dass es ein Anschlag war?«, fragte ich.

»Weiß nicht, Bill«, antwortete sie. »Was soll es denn sonst gewesen sein?«

»Hm«, überlegte ich.

Ich hatte ihr nicht die ganze Geschichte von dem seltsamen Erlebnis im Aufzug erzählt, sonst würde sie mit Sicherheit auch anders darüber denken.

»Ich werde noch ein Glas Wein trinken«, sagte Jennifer ohne meine Antwort abzuwarten. »Also, dann bis morgen.«

»Bis morgen ...«

»Um acht Uhr«, verabschiedete sie sich von mir.

Ich lächelte.

»Um acht Uhr«, wiederholte ich und legte auf.

Klar freute es mich, dass ich zusammen mit ihr an dieser Reportage arbeiten konnte. Aber mir war nicht wohl bei dieser Sache. Falls doch eine terroristische Organisation an diesem Anschlag beteiligt war, konnten die Nachforschungen für uns sehr gefährlich werden.

Noch mehr Rätsel knacken

6 Gerne sah ich im Kino die Enterprise durch das Weltall fliegen und wäre auch mal gerne mit so einem Raumschiff geflogen, aber in so einem Ding sterben, das wollte ich nun auch wieder nicht. Hätte ich Jennifer von meinem Traum erzählen sollen?

Als ich in den Flur ging, schnappte ich mir die Laptoptasche. Dann betrat ich das Arbeitszimmer und nahm auf dem Bürostuhl Platz. Ich stellte den Laptop auf dem Schreibtisch ab und wollte noch ein wenig arbeiten. Doch dann fiel mein Blick auf eine braune Holzkiste im Regal, die kaum größer als ein Schuhkarton war. Den Laptop schob ich zur Seite und nahm die Kiste zur Hand. Als sie vor mir auf dem Schreibtisch stand, ergriff mich urplötzlich ein Schauder. Langsam öffnete ich den Deckel der Kiste und entnahm ihr einen quadratischen, ledernen Behälter, stellte ihn auf dem Schreibtisch ab und öffnete ihn. Ich wusste was hier drin war, aber alle meine Erinnerungen, woher ich dieses mysteriöse Ding hatte, das sich in diesem Behälter befand, waren verschwunden. Was konnte es sein? Es war ein technisches Gerät, soviel stand schon mal fest. Aber wozu diente es? Bis heute hatte ich noch niemandem dieses Ding gezeigt. Hatte ich es von meinem Vater geerbt?

Wieder überkam mich ein Schauder. Ich konnte

mich an meine Eltern leider nicht mehr erinnern. Da sie seit meinem Verkehrsunfall keinen Kontakt zu mir aufgenommen hatten, vermutete ich, dass sie leider bereits verstorben waren. Sie hätten mir bestimmt viele Fragen beantworten können. Seltsamerweise hatte ich auch keinerlei Unterlagen und Kontaktdaten von meinen Eltern. Warum hatte die Polizei sie nicht ausfindig machen können? Ärgerlich, ich wusste nicht einmal, wo ihr Grab war.

Die Ärzte hatten mir erzählt, dass ich nur mit Prellungen ins Krankenhaus eingeliefert wurde, obwohl mein Wagen schrottreif war. Das grenzte schon an ein Wunder. Ein paar Tage lag ich im Koma, dann wachte ich ohne jegliche Erinnerungen auf. *Ein komisches Gefühl, wenn man nicht weiß, wer man ist*, dachte ich. Auch regelmäßige Therapien brachten meine Erinnerungen nicht zurück.

Ich öffnete den ledernen Behälter und nahm den rätselhaften Inhalt heraus. Das Ding sah ähnlich aus wie ein Tablet, es war allerdings etwas dicker. Oben, ich nahm an, dass es oben war, befand sich ein rotes, dreieckiges Symbol auf schwarzem Untergrund, darunter waren zwölf verschiedene Symbole, die alle auch eine andere Farbe hatten. Nach ihnen hatte ich auch schon mal gegoogelt – ohne Erfolg. Rechts und links am Gerät waren je zwei Steckverbindungen. Ich drehte das Gerät behutsam um. Die Unterseite war silbern. Ich hatte absolut keine Ahnung, was das für ein Ding war – ich hatte auch nichts Vergleichbares im Internet gefunden.

Ich lehnte mich im Bürostuhl zurück. Meine Träume waren mir ebenfalls ein Rätsel. In letzter Zeit häuften sie sich und blieben mir in fester Erinnerung zurück.

Ich musste an einen seltsamen Traum denken, den ich vor ungefähr einer Woche hatte.

Ich erwachte nur langsam, als käme ich aus einer tiefen Schwärze hinauf ans Licht. Ein Telefon klingelte schrill.

Das Telefon stand in letzter Zeit immer wieder im Mittelpunkt. Eigenartig. Was hatte es damit auf sich? Egal, irgendwann würde sich das Rätsel lüften.

Im Dunkeln tastete ich nach dem Schalter der Nachttischlampe und erwischte ihn schließlich. Das Licht flammte auf. Blinzelnd ließ ich den Blick durch das geräumige Schlafzimmer schweifen, welches mit hellbraunen Möbeln ausgestattet war, und überlegte, wo ich eigentlich war. Nur langsam lichtete sich der dichte Nebel in meinem Hirn. Als ich den Hörer abhob, meldete ich mich: »Hallo?«

An jedes einzelne Wort konnte ich mich noch ganz genau erinnern.

»Herr Clayton?«, meldete sich eine bezaubernde, weibliche Stimme. »Ich habe Sie hoffentlich nicht geweckt?«

Ich schaute auf die Uhr neben dem Bett.

»Nein, ich wollte gerade aufstehen.«

»Hier ist die Rezeption. Ich bedauere die Störung, aber hier ist ein Herr, der Sie dringend sprechen möchte.«

Damit wusste ich schon mal, dass ich in einem Hotel war. Es war nicht irgendein Hotel, sondern ein Luxushotel stellte ich fest, als ich mich umsah.

»Wer möchte mich denn so früh sprechen?«, fragte ich.

Ein kurzes Schweigen trat ein, dann sagte die Frau: »Es tut mir leid, aber er hat mir seinen Namen nicht gesagt.«

»Ist er bei Ihnen?«, fragte ich, obwohl ich eigentlich sicher war, dass der Mann an der Rezeption stehen musste.

»Ja«, antwortete sie knapp.

»Können Sie mir ihn dann bitte geben.«

»Ja, natürlich, Herr Clayton«, sagte sie höflich.

»Hallo?«, sagte ich, als einige Sekunden verstrichen waren, und ich dachte, die Verbindung sei unterbrochen worden.

»Guten Morgen, Herr Clayton«, meldete sich eine dunkle Männerstimme.

Da war mir die weibliche Stimme von eben viel sympathischer gewesen, dachte ich in diesem Moment.

»Was kann ich für Sie tun?«, fragte ich neugierig.

»Alles fügt sich hier und jetzt zusammen«, sprach er in Rätseln.

Er hätte sich höflicher Weise erst einmal vorstellen können, dachte ich.

»Was meinen Sie damit?«, fragte ich, als er schwieg.

»Ich möchte Ihnen noch nicht zu viel verraten«, sagte er, »aber hier in München wird das Tor zur Ewigkeit geöffnet werden.«

Jetzt wusste ich schon mal in welcher Stadt ich war: München. Ich warf einen Blick aus dem Fenster und sah, dass ich in einem Hotel in der Innenstadt sein musste. Jetzt gingen mir nochmals die Worte von dem Fremden durch den Kopf. *Was hatte er da für einen Unsinn gefaselt? Was für ein Tor sollte sich öffnen?*, dachte ich.

»Hallo?«, sagte ich, als der Mann wieder schwieg.

»Ich bin noch dran, Herr Clayton«, sagte er. »Ich wollte nur einen Moment abwarten. Also, das Tor wird sich irgendwo hier in München stabilisieren, soviel steht schon mal fest. Wo genau das sein wird, kann ich Ihnen leider noch nicht sagen.«

»Und was hat es mit diesem Tor auf sich?«, hakte ich nach.

Was sollte diese ganze Heimlichtuerei? Konnte der Kerl mir nicht klipp und klar sagen, worum es ging.

»Entschuldigung, ich habe mich Ihnen ja noch nicht vorgestellt«, sagte er. Das konnte er sich nun auch sparen, dachte ich. Er sollte endlich zur Sache kommen. Sein Name interessierte mich nicht mehr. Meine Neugier war geweckt. »Mein Name ist ...«

Kacke. Was war das? Ich hielt den Hörer weit weg. Es knirschte und piepste so laut, dass ich schon befürchtete einen Hörsturz zu bekommen. Nach einigen Sekunden wurden die unangenehmen Geräusche leiser, und ich hörte die männliche Stimme sagen: »Sie müssen dringend nach München kommen und das Tor suchen und finden!«

Die Verbindung brach ab.

Ich wartete kurz, dann rief ich die Rezeption an. Die weibliche Stimme von eben meldete sich höflich und ich sagte: »Können Sie mir den Herrn von eben bitte noch mal geben. Wir sind unterbrochen worden.«

»Wen meinen Sie?«, fragte sie.

»Sie haben mich doch eben angerufen und mir einen Herrn ans Telefon gegeben, der mich dringend sprechen wollte.«

»Es tut mir leid, aber Sie müssen sich irren. Mit wem spreche ich, bitte.«

»Clayton«, sagte ich aufgeregt. »Herrn Clayton.«

»Ich bedauere es sehr, Herr Clayton, aber hier war niemand, der Sie sprechen wollte.«

Was war nun schon wieder los? Unmöglich, die Frau musste sich irren.

»Wie war denn sein Name?«, fragte sie mich.

»Als er sich mir vorstellen wollte, wurden wir unterbrochen«, antwortete ich.

»Hm«, drang mir ihre Stimme ans Ohr. »Es tut mir wirklich leid, Herr Clayton, aber ...«

»Haben Sie vielen Dank. Mir tut es leid, dass ich Ihre Zeit in Anspruch genommen habe«, unterbrach ich sie und legte auf.

Als ich zum Fenster ging und aus dem ersten Stock auf die Straße schaute, sah ich einen Mann, der mich direkt anblickte. Er trug einen hellen Sommermantel und einen Hut. Er grüßte mich mit der rechten Hand. Als ich das Fenster öffnen wollte, wurde mir schwarz vor Augen und ich wachte auf.

Das war wieder einer dieser eigenartigen Träume gewesen, die mich in letzter Zeit verfolgten. Irgendwie wurde ich das Gefühl nicht los, dass ich auf diesen Traum hören und nach München fliegen sollte, damit ich herausfinden konnte, ob die mysteriösen Träume eine Bedeutung hatten. Vielleicht waren sie ja eine Art Botschaft. Jetzt schweiften meine Gedanken schon zu sehr ins Mysterium ab. Trotzdem nahm ich mir vor nach München zu reisen. Nur wie brachte ich das meinem Chef bei? Sollte ich ihm von meinen Träumen erzählen und die Reise damit begründen? Er würde mich für verrückt erklären, zu Recht. Also musste ich mir eine andere Taktik ausdenken.

Ich ging in die Küche zum Kühlschrank, nahm eine Flasche Guinness heraus und betrachtete mir das Etikett. Sollte das heute so weitergehen, würde ich noch vor dem Abend einen sitzen haben. Als ich im Wohnzimmer stand, nahm ich den Sessel ins Visier. Sollte ich mich wirklich dort niederlassen? Ich schüttelte den

Kopf, denn ich hatte keine Lust auf ein Nickerchen. Also ging ich zurück in die Küche und nahm auf einem Stuhl Platz, drehte den Verschluss der Bierflasche auf und trank einen Schluck Guinness.

Was sollte ich Rossellini sagen? Ob er noch im Büro war?

Ich stellte mir vor, wie Rossellini an seinem großen, massiven Schreibtisch aus Mahagoni saß und er ebenso wie ich über die heutigen Ereignisse nachdachte. Er würde sich den Kopf zerbrechen und genauso wie ich keine plausible Erklärung für das Geschehen finden. Ich ging ins Wohnzimmer und griff nach dem Mobilteil, das auf dem Tisch lag. Einen kurzen Augenblick zögerte ich, bevor mein Zeigefinger die Kurzwahltaste betätigte.

»Hallo, Bill. Was ist los? Möchtest du eine Gehaltserhöhung, oder warum rufst du an?«, empfing Rossellini mich am Telefon.

»Gehaltserhöhung hört sich gut an«, lächelte ich. »Hast du schon ... ähm ... erfahren können, wie die Lichtkugeln entstanden sind und ob es ein Anschlag war?«, fragte ich ernst.

»Nein, noch hat man nicht herausgefunden, wodurch das ganze Unglück verursacht wurde ...«, sagte Rossellini und machte eine kurze Pause, »... oder ob es ein Anschlag war.«

»Das jemand einen Anschlag auf unseren Verlag ausübt, ist doch eher unwahrscheinlich«, sagte ich. »Aus welchem Grund sollte jemand das tun?«

»An einen Anschlag glaube ich auch nicht, Bill. Aber auszuschließen ist es nicht.«

Ich kratzte mich am Ohr. Wie sollte ich vorgehen?

»Bleibst du noch lange im Büro?«, fragte ich.

»Eigentlich habe ich keine Lust mehr, aber ich bleibe wohl noch etwas. Vielleicht kommt die Spurensicherung doch noch zu einem Ergebnis.«

»Ich bin auch gespannt, was die Spezialisten herausfinden werden.«

»Deswegen rufst du mich aber nicht an, oder?«

»Ähm ...«

»Also, raus damit! Was ist los?«, fragte Rossellini direkt.

Er kannte mich wohl sehr gut und wusste, dass ich etwas von ihm wollte.

»Ich habe eben mit einem Informanten gesprochen«, sagte ich. In gewisser Weise log ich ihn nicht an, dass der Informant mir in einem Traum begegnet war, musste ich ihm ja nicht auf die Nase binden.

»Was für ein Informant?«, fragte Rossellini schnell.

»Den Namen kann ich dir leider nicht verraten. Er will unerkannt bleiben«, sagte ich, und irgendwie hörte sich meine Erklärung blödsinnig an. Warum sollte er nicht erkannt werden wollen? Ich kratzte mich am Kopf.

»Warum sollte ich den Namen nicht wissen?«, fragte Rossellini.

Genau das hatte ich mich ja auch gerade gefragt. Ein Schweigen trat zwischen uns ein, das mir äußerst unangenehm war.

»Falls es sich doch um einen Anschlag handeln sollte ...«, fing ich an, »... also, mein Informant hat diesbezüglich ... er sorgt sich um sein Leben.«

Wieder trat eine kurze Pause zwischen uns ein.

»Das kann ich verstehen«, sagte Rossellini und hakte nicht weiter nach.

Ein Aufatmen ging durch meinen Körper. *Das habe ich schon mal geschafft. Mal sehen, wie Rossellini auf meine nächste Mitteilung reagiert,* ging es mir durch den

Kopf.

»Ich muss nach Deutschland!«, sagte ich kurz.

»Nach Deutschland? Was willst du denn dort?«, seine Stimme klang verstört.

Das hätte ich mir eigentlich denken können, dass Rossellini so reagieren würde.

Ich muss nach Deutschland, war eine dumme Aussage von mir. Natürlich mussten diesbezüglich Fragen auf mich zukommen. Was nun? Überlege dir schnell etwas, Bill, dachte ich. *Hätte ich mir doch bloß vor dem Gespräch mehr Gedanken gemacht.*

»Es geht um die Reportage, die ich mit Jennifer machen soll. Ich habe von dem Informanten erfahren, dass dort auch etwas eigenartiges geschehen ist ...«, ich überlegte, »... und zwar ist vorige Woche für eine halbe Stunde der Strom in einigen Stadtteilen von München ausgefallen ...« *Ja! Warum habe ich nicht schon vorher daran gedacht? Genau das habe ich vorige Woche in der Zeitung gelesen. Ob es vielleicht einen Zusammenhang mit den Ereignissen hierzulande gibt?* »... deswegen möchte ich nach München«, beendete ich den Satz.

»Hm«, hörte ich Rossellini sagen.

Er schien zu überlegen. Geduld war in diesem Moment nicht meine Stärke, trotzdem wartete ich seine Antwort ab.

»Hör zu, Bill. Wir kennen uns jetzt vier Jahre, und du machst einen guten Job ...«, das hörte sich für mich im Moment nicht so an, als würde mir Rossellini seine Zustimmung geben, »... nun gut, wenn dein Informant wirklich zuverlässig ist, dann kannst du nach München fliegen.«

»Das ist er«, bestätigte ich schnell.

»Wann willst du los?«

»Es wäre gut ...«, ich überlegte, weil ich ja schließlich noch packen und im Büro noch einige Vorbereitungen treffen musste, »... wenn am Donnerstag noch ein Platz frei wäre.«

»Gut, Bill. Ich veranlasse dann, dass für Donnerstag zwei Plätze gebucht werden ...«, sagte Rossellini.

Das gefiel mir ganz und gar nicht, denn ich wusste, was jetzt kommen würde.

»... Jennifer wird dich begleiten.«

»Muss das sein?«, fragte ich.

»Entweder sie fliegt mit nach München oder du kannst dich in deinem Büro ans Telefon hängen und dich mit deinem Informanten austauschen.«

Das war eine klare Antwort. Es hatte keinen Zweck einen neuen Versuch zu starten, um Rossellini doch noch umzustimmen.

»Okay«, sagte ich nur.

»Kommst du morgen ins Büro?«, fragte Rossellini.

»Ja, ich muss noch einiges für die Reise vorbereiten und noch eine kleine Reportage vor Donnerstag abliefern.«

»Gut, dann können wir uns morgen mit Jennifer zusammen über alles weitere unterhalten.«

»Okay, dann bis morgen«, verabschiedete ich mich.

»Bis morgen, Bill.«

Rossellini legte auf. Ich setzte mich auf das Sofa, versuchte meine Gedanken zu ordnen. Was war los mit mir? Warum bloß hatte ich diese eigenartigen Träume? Dann war da noch das Brummen in meinem Kopf. Woher kam es? Wurde es durch diese Träume verursacht oder war es ein Überbleibsel von meinem Unfall? Meine Vergangenheit war ausgelöscht. Ein beschissenes Gefühl. Meine ganzen Nachforschungen hatten bis heute zu keinem Ergebnis geführt. Eigenartig. Es war so, als hätte ich vor meinem Unfall nicht existiert.

Anstatt nach München zu fliegen, um zu arbeiten, sollte ich mal Urlaub in der Karibik machen. Sonne – Strand – Cocktails. Ja, genau das würde ich tun, wenn diese Reportage abgeschlossen war.

Es klingelte an der Tür. Wer konnte das sein? Für den Postboten war es schon zu spät. Ein Paket erwartete ich auch nicht. Und eine Verabredung hatte ich … oder hatte ich mich auf ein Bier mit Westernhagen … nein, erst nächste Woche Montag. Die Verabredung musste ich absagen, dachte ich, als ich zur Tür ging und gespannt war, wer mich besuchen wollte.

Ein korpulenter Mann in einem schlecht sitzenden Anzug stand vor mir und lächelte gequält. Seine Gesichtszüge waren weich und freundlich, die melierten Haar wuchsen ihm schon bis zum Hemdkragen. Er trug einen Aktenkoffer bei sich.

»Guten Tag«, stammelte er, »Mr. Clayton.«

Wollte er mir etwa etwas verkaufen? Einen Staubsauger vielleicht? Mein Blick fiel auf den Aktenkoffer. Er wollte mir wohl eher eine Versicherung andrehen, ging es mir durch den Kopf.

»Ja«, sagte ich nur und lächelte zurück.

»Ich bringe Ihnen ihren Koffer«, sagte der Mann.

»Meinen Koffer?«, fragte ich verdutzt. »Das muss ein Irrtum sein.«

Der Mann schüttelte den Kopf.

»Wer sind Sie?«

»Mein Name ist John Smith«, sagte er.

»Smith?«

»Ja«, nickte er.

Was für ein Spiel trieb dieser Kerl mit mir? *Smith, dass ich nicht lache.*

»Wie kommen Sie darauf, dass das mein Koffer sein soll?«, fragte ich ihn fordernd.

Sein verstörter Blick traf mich wie eine Messerspitze. Er stand mit offenem Mund vor mir und wusste wohl nicht, was er sagen sollte.

»Bitte«, sagte er schließlich und machte eine schnelle Handbewegung.

Ich wich einen Schritt zurück. Smith hielt mir den Koffer entgegen.

»Er gehört Ihnen. Sie haben ihn mir selbst zur Aufbewahrung gegeben«, sagte er.

Daran würde ich mich ja wohl erinnern. Niemals hatte ich diesem Typen diesen Koffer gegeben. Ich durchschaute noch nicht, was er von mir wollte. Er senkte langsam die Hand und stellte mir den Koffer vor die Füße. Was kam jetzt?

»Ich kann mich wirklich nicht daran erinnern, Ihnen diesen Koffer gegeben zu haben«, sagte ich. »Wann soll das denn gewesen sein?« Meine Neugier war plötzlich geweckt.

»Vor ungefähr fünf Jahren«, antwortete er.

Ich fröstelte.

»Vor fünf Jahren hatte ich einen Verkehrsunfall«, stutzte ich, »wobei ich mein Gedächtnis verloren hatte«, erklärte ich ihm.

»Das tut mir leid«, sagte er.

»Und dieser Koffer gehört wirklich mir?«, fragte ich ihn abermals.

Er nickte nur.

»Warum habe ich Ihnen diesen Koffer gegeben?«

Er zuckte mit den Schultern.

»Warum kommen Sie erst nach so vielen Jahren zu mir?«

»Wir hatten ausgemacht, dass ich Ihnen den Koffer

geben sollte, wenn dieses Gerät hier«, er hielt mir ein kugelförmiges Etwas entgegen, »einen Ton aussendet. Mehr weiß ich nicht.«

»Was?«, fragte ich verstört und schaute verdutzt auf seine Hand, in der das kugelförmige Ding lag.

»Das gehört ebenfalls Ihnen«, sagte Smith. »Nehmen Sie es«, forderte er mich auf.

»Tja, also ...« Ich zögerte einen Augenblick, bevor ich zugriff.

»Danke«, sagte ich. »Wie unhöflich von mir. Möchten Sie auf einen Kaffee hereinkommen?«

»Nein, vielen Dank«, sagte er. »Ich habe noch einen wichtigen Termin mit einem Kunden.«

»Ach, ja?«

»Ja«, nickte er. »Ich bin Privatdetektiv«, erklärte er mir. »Haben Sie noch meine Adresse?«, fragte Smith.

Ich zögerte mit der Antwort.

»Hier ist meine Karte, falls Sie noch irgendwelche Fragen haben«, sagte er, »oder vielleicht einen neuen Auftrag für mich.« Seine hellblauen Augen strahlten.

»Danke«, sagte ich und nahm die Visitenkarte von ihm entgegen.

»Was schulde ich Ihnen denn?«, wollte ich wissen, und dann ging mir ein Licht auf. Dumm von mir, diese Geschichte von ihm so hinzunehmen. Äußerst dumm. Smith war ein Betrüger. Er hatte herausgefunden, dass ich mein Gedächtnis verloren hatte und kam mit dieser abgefahrenen Story an, um Kapital daraus zu schlagen. Nun war ich sehr gespannt, was er mir für eine Rechnung präsentieren würde.

»Sie haben mich schon im Voraus bezahlt«, schüttelte er den Kopf.

Da hatte ich ihn wohl völlig falsch eingeschätzt. Ich kam mir vor wie ein Idiot.

»Auf Wiedersehen, Mr. Clayton«, sagte Smith.

»Falls Sie doch einen Kaffee möchten, kann ich ...«

»Nein, es geht heute wirklich nicht, aber haben Sie vielen Dank für das Angebot«, unterbrach er mich.

»Ich danke Ihnen, Mr. Smith«, verabschiedete ich mich von ihm.

Er hob kurz die Hand und eilte davon. Ich nahm den Aktenkoffer und schloss die Tür hinter mir. Nachdem ich einen kurzen Blick auf die Visitenkarte geworfen hatte, ging ich ins Wohnzimmer, stellte den Aktenkoffer auf den Tisch und legte das kugelförmige Ding und die Visitenkarte daneben. Gedankenversunken nahm ich auf dem Sofa Platz. Meine Hände zitterten leicht vor Aufregung. Was war in diesem Koffer?

»Das gibt's doch nicht.« Ich nahm den Koffer an mich und versucht ihn zu öffnen. »Scheiße! Scheiße!«, fluchte ich laut. Der Koffer hatte ein Zahlenschloss, und ich hatte keinen Code dafür. Schnell nahm ich die Visitenkarte zur Hand und griff nach dem Telefonhörer. Hoffentlich wusste Smith die Kombination. Natürlich könnte ich den Koffer auch aufbrechen, ging es mir durch den Kopf. Aber dann war das edle Stück hin und die Gefahr war groß, dass ich den Inhalt – was immer es auch war – beschädigen könnte.

Ich wählte die Nummer von seinem Handy und wartete. Augenblicke später ging die Mailbox an, und ich hinterließ einen Spruch, dass er mich bitte mal zurückrufen sollte.

Ich ging in mein Arbeitszimmer und kam mit der schlichten Holzkiste zurück, in der sich der lederne Behälter mit dem unbekannten, technischen Gerät befand.

Nun saß ich vor vielen Rätseln, die darauf warteten, von mir geknackt zu werden. Ich nahm die Visitenkarte zur Hand. Wie habe ich diesen Smith kennengelernt? Hatte ich seine Adresse aus dem Telefonbuch? Würde ich einem Unbekannten einen Koffer mit wertvollem Inhalt überlassen? Falls der Inhalt denn wertvoll war. Ich legte die Visitenkarte auf den Tisch zurück und betrachtete mir den Aktenkoffer. Er bestand aus einem stabilen Material, das den Eindruck erweckte, dass man es nicht mit einem Messer durchstechen und aufschneiden konnte. Auch das Zahlenschloss sah außergewöhnlich stabil aus. Den Inhalt der Holzkiste kannte ich ja schon, also nahm ich diese eigenartige Kugel ins Visier. Die Oberfläche war silbrig und glatt. Sie fühlte sich kalt an. Ich legte die Kugel wieder auf den Tisch.

Wem sollte ich mich anvertrauen? Jennifer? Rossellini? Ich grübelte und kam zu dem Entschluss, dass ich erst einmal abwarten wollte, bis ich wusste, was in dem Koffer war. John Smith hatte immer noch nicht zurückgerufen. Der Abend nahte, und ich überlegte, ob ich mir im Imbiss um die Ecke einen Gyros holen sollte.

Ja, das war eine gute Idee – Gyros mit Tsatsiki und eine Portion Pommes – dazu ein kühles Guinness und zum Abschluss einen Malt Whisky.

Ich stand auf, zog mir kurzentschlossen die Jacke über und setzte meine Gedanken in die Tat um.

Was ist in dem Aktenkoffer?

7 *Wow, Bill, ein Aktenkoffer voller Geheimnisse, und ich komme nicht an sie heran. Zu blöd, dass ich John Smith noch immer nicht erreicht habe.*

Als ich mit Jimmy auf dem Weg zum Büro war, klingelte mein Handy.

»Clayton«, meldete ich mich über die Freisprechanlage.

»Hier ist John Smith«, meldete sich eine Männerstimme. »Gestern hatte ich sehr viel zu tun und konnte sie leider nicht mehr zurückrufen«, entschuldigte er sich.

Da hatte es sich ja doch noch gelohnt, Smith gestern Abend anzurufen und ihm meine Handynummer auf der Mailbox zu hinterlassen.

»Nett von Ihnen, dass Sie mich anrufen«, sagte ich. »Ich wollte den Aktenkoffer öffnen, und da ist mir aufgefallen, dass er ein Zahlenschloss hat. Kennen Sie die Kombination?«, fragte ich und war auf die Antwort sehr gespannt.

»Ich habe vergessen, Ihnen den Brief zu geben«, antwortete Smith, »vielleicht finden Sie darin eine Antwort.«

»Sie haben einen Brief für mich?«

»Ja.«

In diesem Brief musste die Kombination für das Zahlenschloss stehen, war ich überzeugt.

»Wann können Sie mir den Brief bringen?«

»Hm, warten Sie einen Augenblick!«, überlegte Smith. Es rumpelte, als er den Hörer aus der Hand legte. Ich hörte, wie er in – vermutlich – seinem Terminkalender blätterte. Das ist selten – jemand der noch nicht vollständig digitalisiert war, dachte ich und wartete geduldig.

»Hören Sie?«

»Ja.«

»Wie wäre es, wenn wir uns gleich treffen würden?«

Darauf war ich nicht vorbereitet und überlegte kurz: Um ein Uhr hatte ich einen Termin mit Rossellini und Jennifer und um vier Uhr einen Termin bei Burner und Harp. Also sprach nichts gegen ein Treffen mit Smith.

»In Ordnung«, antwortete ich. »Wo sollen wir uns treffen?«

»Wie wäre es, wenn wir uns in einer halben Stunde im Café Ludwig treffen würden?«

»Okay«, sagte ich, »dann bis nachher«, und legte auf.

Das Café befand sich in der Nähe von meinem Verlag. Also konnte ich auf dem Firmenparkplatz parken und zu Fuß gehen. Ich rief Jennifer an, dass ich noch etwas zu erledigen hätte und später ins Büro kommen würde.

Auf dem Weg zum Café grübelte ich über diesen Brief nach, den mir Smith gleich geben würde. Stand in diesem Brief wirklich die Kombination des Zahlenschlosses? Wäre ich so töricht einem Fremden einen

Koffer mit einem Zahlenschloss zu überreichen und dazu die Kombination in einem Brief? Nein, schüttelte ich den Kopf. So etwas Blödsinniges hätte ich nicht getan. Aber was stand dann in dem Brief geschrieben? Meine Neugier war so groß, dass ich einen Schritt zulegte.

Ich hatte an einem Tisch am Fenster Platz genommen und mir einen Espresso bestellt. Smith war noch nicht aufgetaucht. Ich schaute auf meine Armbanduhr. Er verspätete sich. Eine freundliche Bedienung brachte mir den Espresso und verabschiedete sich mit einem zarten Lächeln. Ich rührte ein wenig Zucker unter den Espresso und trank. Er schmeckte gut. Wo blieb dieser Smith?

Ein gemütliches Café, dachte ich. Die antiken Tische und Stühle gefielen mir. Die Wände waren in Terrakotta gestrichen. An ihnen hingen verschiedene Musikinstrumente. Mein Blick blieb an einer Geige haften. Ich fragte mich, warum ich noch nie in diesem Café gewesen war.

Dann entdeckte ich einen kleinen Tisch, auf dem Zeitungen lagen. Sollte ich mir eine holen? Smith schien wohl nichts von Pünktlichkeit zu halten. Ich warf abermals einen Blick auf meine Armbanduhr.

»Darf ich mich zu Ihnen setzen?« Eine Männerstimme riss mich aus meinen Gedanken.

»Natürlich«, sagte ich.

Smith war also doch noch gekommen.

»Entschuldigen Sie die Verspätung, Mr. Clayton, aber ich habe keinen Parkplatz gefunden und musste ins Parkhaus fahren.«

»Kein Problem«, winkte ich ab.

Smith bestellte sich einen Cappuccino und ein

Croissant. Etwas Hunger hatte ich auch und bestellte mir ebenfalls ein Croissant und einen Milchkaffee dazu.

»Hier ist Ihr Brief«, sagte Smith und überreichte mir einen kleinen Umschlag.

»Danke.«

Ich nahm ihn entgegen.

Schweigen.

Smith warf einen Blick aus dem Fenster.

Ich hielt den Brief in meiner Hand. Sollte ich ihn sofort öffnen?

»Mir scheint, dass noch etwas anderes als nur ein Brief da drin ist«, sagte Smith plötzlich.

Ich bewegte den Brief, und etwas rutschte hin und her. Als ich nach dem Gegenstand tastete, sagte ich: »Es könnte ein Schlüssel sein.«

»Das habe ich auch schon vermutet.«

Die Bedienung kam zurück und brachte die Bestellung.

Ich nahm einen Schluck Milchkaffee zu mir, während Smith ins Croissant biss.

»Wie habe ich Sie eigentlich kennengelernt?«, fragte ich.

»Sie haben mich angerufen.«

»Auf Empfehlung?«, wollte ich wissen.

Smith überlegte kurz und sagte mit vollem Mund: »Nicht das ich wüsste.«

Hatte ich wirklich einem wildfremden Detektiv vertraut? Oder war er mir vielleicht doch von einem Freund empfohlen worden und dieser Smith wusste nichts davon?

»Aber irgendwie war die ganze Sache mit Ihnen schon etwas eigenartig«, fing Smith an, und ich horchte. »Sie nahmen mit mir Kontakt auf, übergaben mir diesen Aktenkoffer, dieses komische Ding und den Brief. Dann sagten Sie zu mir, dass ich nur Kontakt zu Ihnen aufnehmen dürfte, wenn dieses Ding einen Dauerton von sich geben würde.«

»Aha«, sagte ich. »Und wie haben Sie es ausgeschaltet bekommen?«, fragte ich, denn ich hatte nirgends einen Schalter auf dieser Kugel entdecken können.

»Ich musste es nur mit dem Zeigefinger berühren, so wie Sie es mir gesagt hatten.«

Also wusste ich damals, wie man diese Kugel bediente.

»Haben Sie denn wirklich alles vergessen?«, fragte Smith.

»Ja«, nickte ich ihm zu. »Meine ganzen Erinnerungen an mein früheres Leben sind futsch.«

»Das ist ja krass.«

»Ja.«

Ich hoffte, noch eine brauchbare Information aus Smith herauszubringen, aber es schien so, als ob er mir auf der Suche nach meiner Vergangenheit auch nicht weiterhelfen konnte.

Ich hatte mein Croissant halb gegessen, als Smith sich noch eins bestellte.

Für ein paar Sekunden sahen wir uns schweigend an.

»Ich würde Ihnen ja gerne weiterhelfen, Mr. Clayton, wirklich, aber ich kann Ihnen leider nicht mehr erzählen.«

»Wissen Sie vielleicht, ob ich vorher irgendwo anders gewohnt habe?«

Smith schüttelte den Kopf.

»Nein. Ich kenne nur die eine Adresse von Ihnen«, sagte Smith. »Hat jemand einen Grund, Sie beschatten zu lassen?«, fragte er plötzlich.

»Nicht das ich wüsste«, stutzte ich. »Warum fragen Sie?«

Smith trank an seinem Cappuccino.

Was soll diese Frage?, ging es mir durch den Kopf.

»Ich dachte nur ...« Smith zuckte mit den Schultern und blickte mir fest in die Augen. »Der Typ da, auf der anderen Straßenseite in dem schwarzen BMW, verfolgt Sie«, sagte er.

»Was?«, fragte ich irritiert und schaute zum Fenster hinaus. »Wie kommen Sie denn darauf?«

»Schauen Sie mich wieder an!«, befahl Smith. »Sie fallen sonst auf.«

Schnell wandte ich mich wieder Smith zu und wartete ab, was er mir noch zu sagen hatte.

»Gestern vor Ihrer Haustür ist mir auch schon dieser Wagen aufgefallen«, erzählte Smith.

»Vielleicht ein Zufall«, sagte ich.

»Nein«, schüttelte Smith den Kopf, »an solch einen Zufall glaube ich nicht.«

»Warum sollte er mich verfolgen?«

»Keine Ahnung.«

»Denken Sie, dass er ein Privatdetektiv ist?«, fragte ich.

»So einen protzigen Wagen kann ich mir von meinem Gehalt nicht leisten«, antwortete Smith.

Ich trank meinen Kaffee aus und fragte Smith, ob er auch noch etwas trinken wollte. Smith bestellte sich einen Espresso und ich mir noch einen Kaffee.

»Sie haben wirklich keine Ahnung, was in dem Koffer ist?«, fragte Smith.

»Nein«, antwortete ich. »Denken Sie dieser Koffer ist der Grund, dass man mir folgt?«

»Vielleicht.« Smith kratzte sich am Kinn. »Wird sich zeigen, wenn Sie ihn öffnen und eine Millionen Euro finden«, lachte er.

»Auf jeden Fall sollten Sie auf der Hut sein«, warnte Smith mich eindringlich, »denn wer immer Sie beschatten lässt, lässt sich das etwas kosten.«

Die Bedienung kam und servierte die Getränke.

»Vielleicht können Sie ja für mich herausfinden, wer mich überwacht?«

»Hm.« Smith überlegte.

»Ich bezahle Sie natürlich auch dafür.«

»Ich habe im Augenblick sehr viel zu tun ...«

»Wenn Sie vielleicht nur herausfinden könnten, wer der Besitzer des Fahrzeuges ist«, unterbrach ich Smith.

»Tja, ich weiß nicht ...«

»Was verlangen Sie dafür?«

»Das Kennzeichen und den Wagentyp habe ich mir schon notiert«, sagte Smith zu meiner Verwunderung. »Wollte ich Ihnen geben, damit Sie ...«, er brach ab. »Okay, ich kann ja mal bei einem Freund anrufen, der bei der Polizei arbeitet und mal nachfragen, wer der Halter des Fahrzeuges ist.«

»Danke.«

»Tu ich ja nicht umsonst«, lächelte Smith.

»Wie viel?«, fragte ich.

»Na ja, sagen wir, weil Sie es sind fünfzig Euro, dann ist die Sache erledigt.«

»Einverstanden«, nickte ich.

»Sie haben mich ja schon mit Ihrem ersten Auftrag sehr gut bezahlt«, fing Smith an, »deswegen nehme ich jetzt nur soviel, um in etwa meine Unkosten zu decken.«

»Danke.«

»Wenn Sie nachher das Café verlassen, beachten Sie den BMW nicht.«

»Okay.«

»Einfach so tun, als ob er nicht da wäre.«

Ich nickte Smith zu. Smith trank seinen Espresso aus.

»Ich muss jetzt gehen«, sagte Smith und wollte die Bedienung zu sich winken, um zu bezahlen.

»Ich mach das schon«, sagte ich.

»Danke«, sagte Smith und erhob sich. »Ich rufe Sie dann an, wenn ich etwas herausgefunden habe.«

Smith verließ das Café. Ich hielt den Brief in der Hand und dreht ihn. Es juckte mich in den Fingern. Sollte ich ihn öffnen? Besser, wenn ich es im Büro tue, wenn ich allein bin. Ich steckte den Brief in die Laptoptasche. Dann trank ich meinen Kaffee aus und bezahlte die Rechnung.

Es war zehn Uhr, als ich im Büro ankam und mich an meinen Schreibtisch setzte. Jennifer war in einer Besprechung. Ich stellte den Laptop in die Dockingstation und fuhr ihn hoch. Dann nahm ich den Brief aus der Laptoptasche und legte ihn auf den Schreibtisch.

Smith lag völlig richtig, grübelte ich. *Der BMW-Fahrer ist mir bis hierher gefolgt.* Ein unbehagliches Gefühl überkam mich.

Für wen arbeitete dieser Typ? Aus welchem Grund wurde ich beschattet? Ob er jetzt mit dem Wagen vor der Firma stand und wartete, bis ich Feierabend hatte?

Mein Blick fiel auf den Brief. *Nimm und öffne ihn*, sagte ich mir vor. Doch ich zögerte. Was wäre, wenn da etwas geschrieben stand, was mir ganz und gar nicht gefallen würde? Was hatte ich in meinem früheren Leben gemacht? War ich vielleicht ein Agent? Ich schmunzelte. Blödsinn. Oder habe ich in meinem früheren Leben etwas Unrechtes getan und die Beute lag in diesem mysteriösen Koffer? Hatte Lone Burner meine Beschattung veranlasst? Und der Typ da draußen gehörte vielleicht zur Metropolitan Police oder war sogar vom Secret Service?

Ich überlegte und kratzte mich am Kopf.

Alles war möglich.

Ich schloss die Augen, und mir gingen die letzten Szenen von meinem letzten Traum durch den Kopf, als ich mit dem Raumschiff in den Abgrund gestürzt war. Ich erinnerte mich daran, wie ich in den Trümmern lag und auf den Tod wartete. Stimmen näherten sich mir. Verzweifelt versuchte ich mich aufzurichten, doch der starke Schmerz, der durch meine Eingeweide raste, ließ mich wieder zusammensacken. Vor meinen Augen wurde es langsam dunkeln.

»... wir müssen ihn mitnehmen«, sagte eine männliche Stimme.

»Das wird er nicht überleben«, sagte eine weibliche Stimme. »Wir müssen ihn mit dem Meditransmitter stabilisieren.«

Ich öffnete die Augen und sah, dass eine Frau mit kurzen Haaren neben mir kniete und mir ein unbekanntes Gerät mit blinkenden Lichtern auf den Unterleib setzte. Ich wandte den Kopf nach links und sah einen Mann, der zu mir hinabblickte. In seinen Gesichtszügen glaubte ich zu erkennen, dass er daran zweifelte, dass ich überleben würde.

»Ich ... die Schmerzen ... sie sind ...«

»Bleiben Sie ruhig«, sagte die Frau zu mir, »und bewegen Sie sich nicht. Wir kriegen das schon wieder hin.«

Anscheinend hatte sie mich noch nicht aufgegeben.

»Wir schaffen das schon«, sagte der Mann mit einem unterschwelligen Ton, der mir so vorkam, als würde er denken: *Was soll ich ihm anderes sagen?*

»Wie schwer sind die Verletzungen?«, fragte der Mann.

Ich bemerkte, wie die Frau das technische Gerät auf meinem Leib betätigte. Es summte leicht dabei, dann sagte sie: »Er hat schwere innere Blutungen. Sein Körper generiert sich zwar sehr gut, aber ohne diesen Meditransmitter wird er es nicht schaffen.

Was immer auch ein Meditransmitter war, in diesem Augenblick war ich froh, dass es ihn gab. Und ich dankte Gott dafür, dass mich diese Leute in diesem Wrack entdeckt hatten. Wer immer sie auch waren, sie versuchten mein Leben zu retten.

»Danke«, flüsterte ich.

»Seien Sie ruhig, bitte«, sagte die Frau.

Als ich mich dem Mann zuwandte, sah ich, wie er die Stirn runzelte.

»Er kollabiert«, die Stimme der Frau klang besorgt. »Los, spritz ihm Hedrologin!«, befahl sie.

»Glaubst du das hilft?«

»Mach schon!«

Ich bemerkte, wie sich der Mann neben mir hinkniete und mir eine Spritze in den Brustkorb rammte. Die Nadel drang durch mein Fleisch, direkt in mein Herz. Ich versuchte zu sprechen, aber meine Zunge versagte den Dienst. Ein Flimmern tanzte vor meinen Augen. Ich schloss die Lider.

»Gib mir das Isatolin«, sagte die Frau hektisch.

»Das bringt nichts mehr«, antwortete der Mann. »Er ist tot.«

»Tot?«, fragte sie erschrocken.

Tot?, ging es mir durch den Kopf.

»Oh mein Gott!«, sagte sie.

»Er hat's nicht geschafft, leider.«

»Mist! Oh, was für ein Mist!«, fluchte sie.

»Ja«, sagte der Mann.

»Bist du denn sicher?«, fragte sie plötzlich.

»Die grüne Lampe des Meditransmitter ist erloschen, und er atmet nicht mehr.«

»Ach, Scheiß drauf«, fluchte sie. »Gib mir Isatolin!«, sagte sie bestimmend.

Kurz darauf spürte ich, wie eine weitere Nadel meinen Brustkorb durchstach.

»Komm wir müssen ihn ein Stück anheben«, sagte die Frau.

»Warum?«

»Mach schon!«, sagte sie mit scharfer Stimme.

Ich bin noch nicht tot, dachte ich. *Ich spüre das Leben in mir.*

Ein langer Moment verstrich.

»Er atmet wieder«, jubelte die Frau. »Er atmet.«

»Ist er okay?«, fragte der Mann.

»Er lebt.«

»Hätte nicht gedacht, dass er es schaffen würde.«

Danke, für diese Worte, du Pessimist. Wenn du allein gewesen wärst, dann wäre ich jetzt tot, du Idiot.

Da hatte ich ja großes Glück, dass die Frau so hartnäckig um mein Leben gekämpft hatte. Wer war sie? Ich blickte in ihr sanftes Gesicht. Als ich mich bedanken und nach ihrem Namen fragen wollte, verlor ich das Bewusstsein.

Ich öffnete wieder meine Augen und hatte das Gesicht der Frau, die mich gerettet hatte, noch bildlich in Erinnerung. Hatten meine Träume vielleicht eine nähere Bedeutung? Fand ich in ihnen die Antworten auf all meine ungeklärten Fragen?

Ich griff nach dem Brief. Einen Augenblick hielt ich

ihn still vor mir, bevor ich ihn mit einem Schweizer Taschenmesser hektisch öffnete. Den Schlüssel ließ ich aus dem Brief gleiten. Er fiel auf die Schreibtischplatte. Beim ersten Anblick hatte ich den Eindruck, dass es sich um einen Schließfachschlüssel handeln könnte. Langsam zog ich den Brief aus dem Kuvert und faltete ihn auf. Meine Spannung wuchs. Was würde ich nun über mich erfahren? Meine Vergangenheit war ein großes Rätsel, doch dieses Schreiben konnte etwas Licht ins Dunkel bringen.

Doch was ich sah, konnte ich kaum glauben. Mit Spannung drehte ich den Brief um und hoffte, dass auf dieser Seite etwas geschrieben stand. Nichts. Überhaupt nichts. Das Papier war leer. Kein einziger Hinweis auf den Schlüssel oder die Zahlenkombination für den Aktenkoffer, geschweige denn einen Hinweis über mich. Warum befand sich ein leeres Stück Papier in dem Kuvert? Das war doch völliger Schwachsinn. Konnte ich denn so bescheuert gewesen sein und hatte damals aus Versehen ein leeres Stück Papier anstatt den Brief in das Kuvert hineingetan? Würde der Brief jetzt irgendwo in einer Schublade liegen und darauf warten von mir entdeckt zu werden? Was für ein Pech, dachte ich, legte das leere Blatt auf den Schreibtisch und griff nach dem Schlüssel.

Kein Zweifel – es handelte sich um einen Schließfachschlüssel mit der Nummer 418. Aber zu welcher Bank gehörte er? Dieser Brief hätte vermutlich eine Antwort darauf geben können, dachte ich, aber ich hatte ja nur ein leeres Stück Papier gefunden.

Ich legte den Schlüssel wieder in den Umschlag zurück, dann wollte ich das leere Blatt zusammenknüllen und in den Papierkorb werfen, jedoch überlegte ich es mir noch und faltete das Blatt wieder zusammen. Dann steckte ich es in das Kuvert zurück. Vielleicht hatte das leere Stück Papier ja doch noch eine Bedeutung, ging es mir durch den Kopf. Den Umschlag ließ ich in meiner Laptoptasche verschwinden.

Schnell war Mittagszeit, und die Kantine brechend voll. Trotzdem holte ich mir ein Tablett und stellte mich an der Schlange an. Heute gab es erstaunlicherweise schon wieder Gulasch mit Knödeln und Krautsalat. Da mir das gestern durch den Anschlag entgangen war, wollte ich das heute gerne nachholen. Dazu holte ich mir eine Flasche Weißbier – alkoholfrei.

Nach dem ausgezeichneten Mittagessen ging ich ins Büro von Rossellini, wo er und Jennifer schon auf mich warteten. Wir klärten kurz, welche Unterlagen wir mitnehmen mussten und was Rossellini von uns erwartete. Danach überreichte Rossellini uns die Flugtickets mit den Worten: »Der Flug startet am Donnerstag um neun Uhr.«

»Schon um neun?«, fragte ich. *Hätte er nicht einen oder zwei Flüge später für uns buchen lassen können?*, fluchte ich im Stillen.

Rossellini nickte nur und überreichte uns die Vouchers für die Hotelbuchung. Als ich es in den Händen hielt, musste ich zweimal hinsehen.

»Mandarin Oriental«, las ich vor.

»Ja«, sagte Rossellini nur.

Jennifer schien sprachlos zu sein.

»Das Mandarin Oriental in München?«, fragte ich.

»Ja«, sagte Rossellini, »soweit ich weiß, gibt es nur eins in München«, ergänzte er und lächelte leicht.

»Danke«, sagte ich.

Jennifer schwieg immer noch.

»Ich habe aber keine Suite gebucht, sondern nur

zwei Deluxe-Zimmer«, sagte Rossellini.

»Danke«, sagte Jennifer.

Jennifer musste noch einen Artikel zu Ende schreiben. Meinen Artikel hatte ich vor dem Mittag schon fertigbekommen, das behielt ich aber für mich, denn ich wollte noch Nachforschungen anstellen, um herauszufinden, zu welcher Bank dieser Schlüssel gehörte. Außerdem wollte ich noch wissen, was in dem Aktenkoffer verborgen war. Meine Hoffnungen Zuhause auch noch den verschwundenen Brief zu finden, waren allerdings sehr gering.

Am Nachmittag hatte ich noch einen Termin bei Burner und Harp, dem ich mit mulmigem Gefühl entgegensah, um so größer war meine Freude, als Harp mich anrief und bat, den Termin zu verschieben. Da er vor Donnerstag keine Zeit mehr hatte, mussten wir den Termin auf nächste Woche verlegen.

Nun konnte ich mich in Ruhe auf den Feierabend vorbereiten und mir überlegen, wie ich weiter vorgehen sollte. Was sollte ich zuerst tun? Das Rätsel um den Schlüssel oder die Aktentasche lösen? Obwohl, wenn ich die Zahlenkombination heute nicht herausbekommen würde, dann nahm ich mir vor, den Aktenkoffer doch mit Gewalt zu öffnen.

Während ich nach Hause fuhr, warf ich oft einen Blick in den Rückspiegel und hielt Ausschau nach dem BMW, aber er schien mir nicht zu folgen. Vielleicht hatte sich Smith ja doch geirrt.

Vor dem Essen setzte ich mich noch an den Laptop und rief den sagenumwobenen Internetgott Google auf, in der Hoffnung der Allwissende würde mir Auskunft über die Herkunft des geheimen Schlüssels geben. Aber wie ich nach einer halben Stunde feststellen musste, war Google doch nicht so allwissend wie in meinem Freundeskreis behauptet wurde. Irgendwie verlor ich mich in der Weite des Internets, um am Ende meiner Sitzung genauso schlau zu sein wie vorher. Aber vielleicht hatte ich meine Suche auch falsch angefasst.

Mein Magen knurrte, und ich beschloss etwas zu essen. Aufwendig kochen wollte ich nicht und überlegte, was ich noch im Gefrierschrank hatte: Schweineschnitzel, Rindersteaks, eine Portion Burgunderbraten mit Champignons und eine Portion Hasenpfeffer. Da fiel mir die Auswahl schwer. Ich ging in die Küche und stöberte im Weinregal. Sollte ich noch in den Keller gehen, wo ich mehr Auswahl hatte? Als ich einen Rotwein vom Weingut Muga entdeckte, nahm ich die Flasche aus dem Weinregal. Ja, dieser Rotwein würde sehr gut zum Burgunderbraten oder Hasenpfeffer passen. Die Entscheidung fiel mir schwer. Beim Öffnen der Weinflasche entschied ich mich für den Hasenpfeffer und nahm ihn aus dem Gefrierfach heraus. Mit der Mikrowelle taute ich ihn leicht auf, aber im Kessel wollte ich das Gericht letztendlich erhitzen und servieren.

Ich schenkte mir schon mal ein Glas Wein ein und kostete. Er war vorzüglich.

Schnell schob ich ein Baguette in den vorgeheizten Backofen.

BING.

Ich nahm das Gefäß mit dem Hasenpfeffer aus der Mikrowelle und füllte den Inhalt in einen Kochtopf. Die Marinade duftete köstlich. Sie bestand aus Rotwein, Weinbrand und rotem Weinessig. Schön, wenn man immer etwas Leckeres im Gefrierschrank hatte.

Hasenpfeffer frisch zuzubereiten, war etwas aufwendiger, denn einen Tag vorher musste das Fleisch vorbereitet werden. Zwei Zwiebeln und die Möhre schälen, beides würfeln, dann mit den Hasenteilen und den Pfefferkörnern zusammen in die Marinade geben und über Nacht durchziehen lassen.

Der Tisch war schnell gedeckt, das Glas mit Wein wieder aufgefüllt, die Kerze und das Teelicht im Stövchen brannte.

Dinner for one.

Ich rührte mit dem Holzlöffel im Kochtopf. Noch einen kurzen Moment, dann konnte ich den Hasenpfeffer servieren. Ich nahm das Baguette aus dem Backofen und schnitt es in Scheiben, die ich dann in eine kleine Schüssel legte und auf den Tisch stellte. Dann nahm ich den Kochtopf vom Herd und stellte ihn auf das Stövchen. Als ich am Tisch saß, trank ich einen Schluck Wein, bevor ich mit dem Essen begann.

Das Telefon klingelte – ausgerechnet jetzt, dachte ich und ließ mich nicht davon abbringen in Ruhe den Hasenpfeffer zu essen und den Wein zu trinken. Wenn es wichtig sein sollte, konnte derjenige einen Spruch auf dem Anrufbeantworter hinterlassen.

Als ich den Kochtopf mit dem Hasenpfeffer leerte, spritzte etwas Soße auf die blaue Tischdecke. Egal, das brauchte mich nicht zu ärgern. Nach dem Essen würde ich mit etwas Wasser darüber wischen und der Fleck ... Ich ließ die Gabel sinken, und meine Gedanken waren bei dem leeren Blatt, das in dem Briefumschlag zusammen mit dem Schließfachschlüssel steckte. Als ich den Fleck auf der Tischdecke betrachtete, kam mir plötzlich der Gedanke, dass das Blatt vielleicht doch nicht so leer war, wie es den Anschein hatte.

Ich legte die Gabel ab und sprang vom Stuhl auf,

um den Brief zu holen, der sich in der Laptoptasche befand. Konnte es vielleicht sein, dass der Brief mit Geheimtinte geschrieben war? Wie konnte ich die Tinte sichtbar machen? Es kam darauf an, welche Tinte ich verwendet hatte. Es gab die Möglichkeit das Papier zu erhitzen oder es mit UV-Licht anzuleuchten, um die Schrift sichtbar zu machen. Es gab auch die Möglichkeit das Papier mit Chemikalien einzusprühen.

Ich stutzte und überlegte. Woher wusste ich so viel über dieses Thema? War ich vielleicht doch in meinem früheren Leben ein Geheimagent? Ich lächelte leicht bei dem Gedanken.

Der Backofen war noch warm vom Baguette aufbacken, also wollte ich es mit dieser Methode ausprobieren. Vorsichtig legte ich das Papier auf das Backblech und wartete ab. Durch die Glasscheibe beobachtete ich, ob sich auf dem Papier etwas veränderte.

Wie lange sollte ich warten? War der Backofen etwa noch zu heiß? Konnte das Papier in Flammen aufgehen?

Da ich keine Lust hatte Feuerwehrmann zu spielen, nahm ich das Papier wieder aus dem Backofen heraus. Es war immer noch leer.

Wo bekam ich zu dieser Uhrzeit eine UV-Lampe her? Als ich das Papier auf den Tisch legen wollte, sah ich, dass langsam Schriftzüge erkennbar wurden. Schnell legte ich das Papier in den Backofen zurück und beobachtete durch die Glasscheibe, wie die Schrift auf dem Papier zurückkehrte.

Ich konnte es nicht fassen, es funktionierte tatsächlich. Ich holte das Papier aus dem Backofen heraus und legte es auf den Küchentisch. Wie lange die Schrift bleiben würde, wusste ich nicht, deswegen nahm ich mein Handy vom Wohnzimmertisch und fotografierte den Brief.

Ich schüttelte verständnislos den Kopf, als ich die Zeilen las.

Hey, du alter Haudegen,
Also, ich schreibe mir diesen Brief, weil ich Langeweile habe
– natürlich nicht.
Also, i h schreibe ihn f r den Fa l, dass du den Ko fer nicht
pe sön ich bei S ith a geh lt hast, sondern da s sich Smi h bei
dir ge eld t hat, um ihn dir zu geben. Das geschieht d nn,
wenn sich die si berne Ku el akt vie t h t und ei n Ton
aus end t.
Na ja, fa ls du das hie n ht verstehen solltes , da n hast du
vermutlich dein Gedächtnis verloren. Wie das? De d
kö nte dich gef nden und mit einem D ul or be ssen
haben. Okay, wenn das p siert ist, dann funktioniert
vermutlich auch dein K unikati mo l nicht richtig. Aus
diesem Grund w d dein die silb ne Kugel ak ert
haben, um auf diesem Weg Ko kt mit dir a zun men.
Gut, da a les in einem ku zen Brief zu erklären ist
schwierig, de egen enthält ...
...
...
...
Falls es nicht funktioniert, d ke: **K nik ions in**
S nd setzten. *So, jetzt wo en wir hoffen, dass das Ding*
nicht völlig zerstört ist.
Hier noch ein paar wichtige Info ationen für den Notfall:
Du musst un dingt zur Royal Bank of Scotland fahren und
dir Zugang zu deinem Schließfa h ver affen. In ihm findest
du ein lon. Es ist sehr wichtig, denn es besitzt form
ionen, mit dem der beend wer kann. Falls du dich
jetzt fragst, wa m du die s llon in einer Ba k dep iert

Abermals las ich den Brief langsam durch. Es war ärgerlich, dass nicht alles zu lesen war. Dieser Brief hätte Licht in die Dunkelheit meiner Vergangenheit gebracht. Von welchem Feind war in diesem Brief die Rede? War er für meinen Gedächtnisverlust verantwortlich? Nein, ich hatte mein Gedächtnis bei einem Verkehrsunfall verloren, das war sicher.

Gedanken blitzten wie Silvesterraketen durch mein Hirn.

Könnte es sein, dass mich irgendein Feind angegriffen hatte und ich dadurch in den Unfall verwickelt wurde? Ich könnte auch vor dem Unfall das Gedächtnis verloren haben, wenn ein Feind mich auf irgendeine Weise am Kopf verletzt hatte. Grübeln hatte hier keinen Zweck. Es waren viele Abläufe vorstellbar.

Außer, dass ich nun eine Bankadresse hatte, war mir alles andere ein Rätsel. Andor könnte das Passwort für die Bank sein, und die Zahl der Zugangscode zu dem Schließfach, überlegte ich.

Aber benötigte ich für die Bank wirklich ein Passwort und einen Zugangscode?

Die Schrift auf dem Brief begann zu verblassen. Obwohl ich vorhin den Brief fotografiert hatte, notierte ich mir die Bankadresse auf einem Notizzettel und merkte mir das Passwort und die Zahlenkombination.

Dann war die Schrift auf dem Papier wieder verschwunden.

Ich beschloss, meine Fundstücke zusammenzutragen und auf den Wohnzimmertisch zu legen. Ich saß vor einem Berg voller Rätsel und starrte auf die Visitenkarte des Privatdetektivs, die technische Kugel, den Geheimbrief, den Schließfachschlüssel mit der Nummer 418, die Holzkiste mit dem quadratischen, technischen Gerät und den Aktenkoffer mit Zahlenschloss und unbekanntem Inhalt.

Mir fiel ein, dass eben beim Essen das Telefon geklingelt hatte und ich nicht dran gegangen war. Ich griff nach dem Mobilteil, das neben dem Aktenkoffer lag und sah auf dem Display, dass jemand einen Spruch auf dem Anrufbeantworter hinterlassen hatte. Als ich den Anrufbeantworter abhörte, erklang die Stimme des Privatdetektivs:

»Hier ist Smith, habe etwas über den BMW herausgefunden. Also, ich musste ganz schön meine Beziehungen spielen lassen, aber der Wagen ist ein Regierungsfahrzeug. Den Namen des Fahrers habe ich nicht ermitteln können. Versuche morgen noch mehr zu erfahren und rufe Sie dann wieder an.«

Ein Regierungsfahrzeug, ging es mir durch den Kopf, als ich das Mobilteil zurück auf den Tisch legte. *Warum hat die Regierung Interesse an mir? Bin ich letztendlich doch ein Agent?*

Ich schüttelte mich. Hoffentlich war ich kein Terrorist. Alles war möglich, solange ich meine Vergangenheit nicht kannte.

Morgen früh wollte ich vor der Arbeit noch zur Bank fahren, um herauszufinden, was in diesem Schließfach verborgen lag. Dann dachte ich an das Passwort und an die Zahlenkombination. Zeitgleich fiel mein Blick auf den Aktenkoffer, und ich schlug mir mit der Handfläche vor die Stirn. Konnte es denn so einfach sein? Warum habe ich nicht schon früher daran gedacht? Ich schnappte mir den Aktenkoffer. Das Zahlenschloss bestand aus vier Ziffern. Meine Hand zitterte leicht, als ich die erste Zahl einstellte: 2. Es folgte die 8, die 4.

Ich zögerte einen Moment, bevor ich die 2 einrasten ließ. Dann legte ich den Aktenkoffer auf den Tisch und versuchte ihn vorsichtig zu öffnen.

Es machte KLICK!

Der Aktenkoffer ließ sich öffnen. Mein Herz raste vor Aufregung. Gleich würde ich den geheimnisvollen Inhalt zu Gesicht bekommen.

Ein kleiner Stab lag gut gepolstert in einem Fach, darauf lag ein Zettel mit der Aufschrift: *Das Larat ist zu deiner Verteidigung. Vor der Aktivierung testen.* Ich legte den Zettel beiseite und nahm den Inhalt heraus. Das Ding war so an die dreißig Zentimeter lang und hatte einen Durchmesser von etwa vier Zentimetern. Das Material fühlte sich angenehm und leicht an. Vor wem oder was sollte ich mich mit diesem Ding verteidigen? Wie funktionierte es überhaupt? *Scheiße, schon wieder ein Rätsel.* Ich drehte es in meiner Hand.

Ich konnte das Ding als Prügel verwenden und damit auf meinen Feind eindreschen, nickte ich. Larat las ich abermals auf dem kleinen Zettel. So einen Namen habe ich noch nie gehört. Konnte ich ja gleich mal nach googeln.

Das eine Ende des Larats war geschlossen, während das andere Ende eine glasähnliche Scheibe besaß. Es sah aus wie ein Prisma.

Ich legte das Larat auf den Tisch. Irgendwann würde ich herausfinden, wofür dieses Ding zu gebrauchen war.

Was würde ich morgen in diesem Schließfach finden? Schade, dass es schon so spät war, sonst hätte ich mich jetzt noch auf den Weg zur Bank gemacht. Bevor ich zu Bett ging, wollte ich im Internet noch etwas über das Larat recherchieren.

Schließfach 418

8 Also, ich wusste immer noch nicht, was ein Larat war. Gestern hatte ich noch bis kurz nach zwölf Uhr das Internet nach diesem Ding durchforscht. Nichts gefunden.

Heute war schon Mittwoch. Morgen würden wir nach München fliegen. Auch wenn ich vorher im Büro noch einiges zu erledigen hatte, wollte ich noch bei der Bank vorbeifahren. Den Schließfachschlüssel hatte ich in der Hosentasche verstaut. Langsam lenkte ich den Wagen durch den Berufsverkehr. Als ich in den Rückspiegel blickte, fluchte ich laut: »Verdammter Schweinehund.«

Der schwarze BMW folgte mir. Sollte ich bei der nächsten Möglichkeit abbiegen und versuchen, dem Verfolger durch die Seitenstraßen zu entkommen?

Jeep Jimmy gegen BMW.

Mal gespannt, wer das Rennen machen würde – vermutlich der BMW, glaubte ich zu wissen. Ich fuhr weiter und unternahm keinen Versuch meinen Verfolger abzuschütteln.

Abermals warf ich einen kurzen Blick in den Rückspiegel.

Mein Handy klingelte.

»Clayton«, meldete ich mich über die Freisprechanlage.

»Hier ist John Smith«, meldete sich eine Männerstimme.

»Ja, hallo, Smith«, sagte ich freudig.

»Störe ich?«

»Nein, ich bin gerade auf dem Weg ...«, ich überlegte, ob ich ihm die Wahrheit sagen sollte, »... zur Bank«,
sagte ich schließlich.

*Warum sollte ich Smith nicht sagen, dass ich zur Bank
unterwegs war?*

»Folgt Ihnen der BMW?«, fragte Smith.

»Ja«, antwortete ich knapp.

Zu meiner Verwunderung fragte Smith mich gar
nicht, was ich denn für einen Schlüssel in dem Brief
gefunden hatte. Ob er vielleicht schon geahnt hatte,
dass es sich um einen Schließfachschlüssel handelte?

»Sie werden vom Geheimdienst beschattet«, sagte
Smith.

»Vom Geheimdienst?«

»Ja.«

»Sind Sie da ganz sicher?«

»Ja, die Information habe ich aus ganz sicherer
Quelle – an ihrer Richtigkeit besteht kein Zweifel.«

»Was will denn der Geheimdienst von mir?«, fragte
ich erstaunt.

»Das kann ich Ihnen leider auch nicht sagen.«

»Das ist doch alles völliger Blödsinn«, sagte ich ent-
rüstet.

»Also, Mr. Clayton, ich lüge ...«

»Nein, entschuldigen Sie, Smith. Ich meinte nicht
Sie, sondern den Geheimdienst. Ich kann mir wirklich
nicht erklären, warum die mich beschatten.«

»Ich versuche noch etwas mehr herauszubekom-
men, aber ich befürchte, dass die Grenze für mich erreicht ist.«

»Danke«, sagte ich.

»Schon gut«, sagte Smith. »Danken Sie mir nicht zu früh«, er machte eine kurze Atempause. »Sie bekommen ja eine Rechnung von mir für meine Dienste.«

Ich lachte leicht. Smith arbeitete gut und auf ihn war Verlass. Gerne bezahlte ich die Rechnung dafür.

»Ob ich versuchen soll, meinen Verfolger abzuschütteln?«, fragte ich.

»Fahren Sie an der nächsten Ampel, die auf Gelb springt, langsam heran und geben dann Gas, wenn der Verkehr es erlaubt«, schlug Smith vor.

»Werde ich tun.«

»Aber«, fuhr Smith sehr betont fort, »bauen Sie mir keinen Unfall dabei.«

»Ich werde vorsichtig sein.«

»Gut.«

»Wann rufen Sie mich wieder an?«, fragte ich.

»Wenn ich etwas Neues herausgefunden habe.«

»Danke« sagte ich.

Smith verabschiedete sich von mir und legte auf.

Ein kurzer Blick in den Rückspiegel zeigte mir, dass der BMW mich immer noch verfolgte. Entweder war mein Verfolger ein Anfänger oder nur etwas nachlässig, denn ich konnte genau sein Gesicht erkennen. Mein Atem stockte für den Bruchteil einer Sekunde. Jetzt oder nie! Ich näherte mich einer Ampel, die schon längere Zeit auf Grün stand, und verlangsamte die Geschwindigkeit. Mein Mund wurde vor Aufregung trocken. Gleich würde sich zeigen, ob der Tipp von Smith funktionierte. Die Ampel schaltete auf Gelb um. Ich bremste leicht und gab dann Gas.

Ich konnte im Augenwinkel noch erkennen, dass die Ampel auf Rot umgesprungen war und fuhr weiter.

Der BMW hielt an.

Ich jubelte und bog die nächste Straße rechts ab und gab Gas. Schnell lenkte ich Jimmy durch den Verkehr, dann bog ich links ab und fuhr eine Weile geradeaus, bis ich endlich die Bishopsgate erreichte.

Geschafft, ich war am Ziel. Es war noch früh, und die Bank öffnete erst in fünf Minuten. Eine Videokamera hatte mich ins Visier genommen, als ich auf den Kundenparkplatz fuhr. Es waren noch genügend freie Plätze vorhanden.

Ich machte mich auf den Weg und blieb vor dem eindrucksvollen Eingang stehen. Das gläserne Gebäude machte einen kühlen und nüchternen Eindruck auf mich.

Die Bank öffnete pünktlich. Als ich vor den Schalter trat, erwartete mich ein freundliches Lächeln, und die Dame fragte, was sie für mich tun könnte. Als ich ihr mein Anliegen mitteilte, bat sie mich um etwas Geduld. Sie telefonierte und sagte mir, dass sich gleich ein Kollege um mich kümmern würde.

Ich nahm auf einer orangenen Sitzgruppe Platz, und meine ganze Aufmerksamkeit fiel auf einen überdimensional großen Flachbildschirm. Es liefen gerade die Börsennachrichten. Mir wurde ein Kaffee angeboten, den ich gerne entgegennahm. Hoffentlich bemerkte der Kollege nicht meine Nervosität. Ich versuchte mich bei einer Zeitung zu entspannen.

»Guten Morgen, Mr. Clayton«, begrüßte ein groß gewachsener Mann in einem tadellosen Anzug mich freundlich.

»Guten Morgen«, erwiderte ich.

Er stellte sich mir kurz vor und sagte dann: »Würden Sie mir bitte folgen?«

»Okay«, sagte ich.

»Möchten Sie vielleicht einen Kaffee?«, fragte er freundlich.

»Gerne«, nickte ich.

In diesem Moment fühlte ich mich wie ein Agent in geheimer Mission. Ich war in einer Bank, um das Geheimnis eines Schließfaches zu lüften, von dem ich nicht genau wusste, ob es sich hierbei wirklich um mein eigenes Schließfach handelte.

Wenn Jennifer jetzt bei mir wäre, würde sie zu mir sagen, dass ich spinnen würde. Sie würde mich nicht als einen Agenten sondern als einen Bankräuber bezeichnen.

Bankräuber?, dachte ich. *Mit Sicherheit würde die Polizei das auch so sehen.*

Egal, ich war hier, um dem Geheimnis auf die Spur zu kommen. Nichts konnte mich mehr von diesem Vorhaben abbringen. Mein ganzer Körper kribbelte vor Nervosität. Ich spürte eine leichte Übelkeit und hoffte, dass ich nicht vor Aufregung kotzen musste. Natürlich redete ich mir immer wieder ein, dass mich der Schlüssel berechtigte, dieses Schließfach zu öffnen. Mein Herz klopfte schnell, als der Mitarbeiter nach ungefähr zwei Minuten mit einer kleinen, silbernen Thermoskanne zurückkkam.

Mission Impossible, ging es mir durch den Kopf, und ich kam mir doch vor wie ein Agent.

Jetzt wurde es spannend. Er behandelte mich höflich, als wäre ich ein Großkunde der Bank. Ich war gespannt, was ich gleich in dem Schließfach vorfinden würde? Vielleicht war ich ja ein Millionär und ein guter Kunde dieser Bank. Mein Herz pochte, als wir über einen roten Teppich schritten und vor einer Stahltür stehen blieben. Die Tür besaß keine Klinke.

Der Mann wartete geduldig, dann sagte er freund-

144

lich: »Wenn Sie bitte den Code eingeben würden?«

Welchen Code? Mist. Warum gibt er nicht den Code ein? Warum kommt er überhaupt mit, wenn ich hier etwas eingeben muss? Mist. Code? Code?

»Entschuldigen Sie«, sagte ich und starrte auf ein quadratisches Bedienfeld rechts neben der Stahltür. »Ich war lange nicht mehr hier.«

Sollte es so einfach sein?, ging es mir durch den Kopf. Mir blieb keine andere Möglichkeit. Was konnte schon passieren? Das Bedienfeld bestand aus Zahlen und Buchstaben.

Ich tippte den Buchstaben A, zögerte einen Augenblick und tippte dann die Buchstaben n, d, o und r. Summend schwang die Stahltür nach innen.

»Bitte folgen Sie mir«, sagte der Mann.

Wir gingen eine schmale Treppe hinab und schritten zügig einen schmalen, stählernen Flur entlang, rechts und links befanden sich weitere Stahltüren. *Wow!* Was mochte hier unten alles gebunkert sein? Ich hatte schon viel von solchen Geldhäusern gehört und gelesen, aber noch nie war ich in einem Solchen gewesen.

Stimmt ja gar nicht. In diesem musste ich ja gewesen sein. Ich konnte mich bloß nicht mehr daran erinnern. Nichts kam mir hier unten bekannt vor.

An einer Stahltür blieb er stehen und öffnete sie mit einem Zahlencode.

»Bitte treten Sie ein«, sagte er.

»Danke«, nickte ich.

Dieser Raum wirkte keinesfalls nüchtern, eher wie ein Aufenthaltsraum in einem Nobelhotel. Auf dem Marmorboden lagen üppige Orientteppiche. Die Thermoskanne stellte der Mitarbeiter auf den schweren Eichentisch in der Mitte des Raumes ab. Daneben standen Tassen, eine Zuckerdose und ein Milchkännchen.

Vor dem Tisch standen zwei Stühle.

»Dieser Raum steht Ihnen solange zur Verfügung, wie Sie möchten«, sagte der Mitarbeiter. »Wenn Sie fertig sind oder noch Fragen haben, benutzen Sie das Telefon auf dem Tisch, und ich werde sofort zu Ihnen kommen.«

»Ich danke Ihnen«, sagte ich.

Der Mitarbeiter verließ den Raum. Ich sah mir die Wandschließfächer an und suchte die Nummer 418. Warum hatte ich den Mitarbeiter nicht nach dem Schließfach mit der Nummer 418 gefragt? Jetzt musste ich mich allein auf die Suche danach machen. Zeit hatte ich ja genügend, dachte ich, als ich die Schließfächer abschritt.

Was wäre, wenn ich hier unten wirklich einen Schatz finden sollte? Ich wäre mit einem Schlag ein reicher Mann und könnte tun und lassen, was ich wollte. Ich könnte mir ein größeres Haus kaufen und eine Weltreise unternehmen. Und ich könnte aufhören zu arbeiten. Für einen Augenblick war ich erstarrt. Dann verwarf ich all diese Gedanken wieder. Eigentlich war ich mit meinem Leben zufrieden und liebte meinen Job.

Scheiß auf die Millionen, hämmerte es mir durch den Kopf. Ich würde mein Leben ein wenig luxuriöser gestalten, aber nicht grundlegend verändern.

Endlich entdeckte ich das Schließfach mit der Nummer **418**.

Ich zitterte ein wenig. Dann schob ich mit Bedacht den Schlüssel in die dafür vorgesehene Öffnung, wartete kurz und drehte ihn dann nach rechts.

KLICK.

Ich öffnete die kleine stählerne Tür und holte den flachen Metallbehälter heraus. Als ich mich auf einen der beiden Stühle vor dem Eichentisch setzte, schüttete ich mir eine Tasse Kaffee ein. Obwohl eine innere Stimme mir sagte: *Reiß den Deckel auf, und schau nach, was da drin ist!*, nahm ich einen Schluck Kaffee zu mir.

Dann griff ich nach dem Deckel, klappte ihn langsam auf und lugte in den braunen Metallbehälter.

Er war leer.

Das kann doch nicht sein.

War schon vor mir jemand hier gewesen und hat den Inhalt an sich genommen? War die ganze Mühe umsonst gewesen? Doch als ich noch mal genauer hinsah, entdeckte ich in der hinteren linken Ecke ein braunes Lederetui, das sich kaum vom Untergrund der Metallkiste abhob, welche mit braunem Filz ausgekleidet war. Ich griff nach dem Etui und öffnete es.

Ein goldenes Medaillon mit einer ovalen silbernen Fläche lag darin verborgen.

Soviel Aufwand für eine einzige Münze?

Ob sie wertvoll war?

Bei einem Schluck Kaffee betrachtete ich das Fundstück näher. Die silbrige Fläche fühlte sich spiegelglatt an, während der Rest rau war. War es ein Sammlerstück? Ein Währungsaufdruck war jedenfalls nicht vorhanden.

Ich schob die Münze wieder in das Lederetui zurück und steckte es mir in die Hosentasche. Noch ein Rätsel, das ich zu lösen hatte. So langsam kam ich mir vor wie Indiana Jones auf Schatzsuche.

Nachdem ich den Metallbehälter wieder in das Schließfach zurückgeschoben hatte, nahm ich den Schlüssel zur Hand und betätigte das Schloss. Ich rief den Mitarbeiter an. Es schien mir eine Ewigkeit zu dauern, bis er endlich erschien und mit mir zusammen die unterirdischen Räumlichkeiten verließ. Oben angekommen, verabschiedete er sich von mir mit einem Händedruck.

Ich verließ das Gebäude und ging zu meinem Fahrzeug. Doch zur Arbeit wollte ich noch nicht fahren, sondern zu einem kleinen Park, der sich in der Nähe von meinem Verlag befand. Dort war ein kleiner See, den ich zu Fuß umrunden wollte. An diesem Ort konnte ich in aller Ruhe über so einiges nachdenken.

Ein wirklicher Arsch mit Ohren

9 Ich versuchte meine Gedanken zu ordnen. Mein Verstand kreiste immer wieder um eine Frage: Wer war ich?

Im Park begegneten mir noch zwei weitere Personen. Eine Frau mit einem Pudel kam an mir vorbei und grüßte, und ein Mann joggte um den See.

Ich tastete nach dem Medaillon in meiner Hosentasche. Wer konnte mir über dieses Stück Auskunft geben? Woher stammte es? War es vielleicht wertvoll? Verflucht, ich grübelte zu viel.

Das Brummen in meinem Kopf fing wieder an. Erst leicht, dann steigerte es sich schnell, und schon bald kam ich mir vor, als würde ich in einem Maschinenraum eines Dampfschiffes stehen. Woher kam dieser dämliche Ton? Die Kopfschmerztabletten hatte ich in der Laptoptasche, die ich bei mir trug. Sollte ich eine Tablette einnehmen? Die letzten Male hatten sie mir auch nicht geholfen, also ließ ich es und wollte abwarten, bis das Brummen in meinem Kopf von selbst verschwand.

Ich verließ den Weg und trat an den Rand des kleinen Sees und beobachtete vier Enten, die darauf warteten, dass ich ihnen Futter vor den Schnabel werfen würde. Das Geschnatter der vier Enten wurde lauter, als zwei weitere Enten angeflogen kamen und neben den anderen landeten. Eine der ankommenden Enten hackte auf eine der schon dagewesenen ein.

Futterneid, dachte ich. Aber den Zank untereinander konnten sie sich sparen, denn ich hatte außer Kopfschmerztabletten nichts essbares bei mir.

Ob die Viecher auch das Brummen wahrnahmen? Leider konnte ich sie nicht danach fragen. Ich sollte meine Sprachkenntnisse nicht nur in Spanisch auffrischen, sondern auch Entisch lernen.

Die Frau mit dem Pudel war verschwunden. Nur der Jogger lief noch um den See herum. *Ich sollte auch mal wieder Sport betreiben*, ging es mir durch den Kopf.

Die Bäume, die den Park einhüllten, bewegten sich kaum, dennoch wurde mir plötzlich kalt. Aber dafür klang allmählich das Brummen in meinem Kopf ab. Ich schüttelte mich, kehrte mich vom See ab und ging auf den Weg zurück. Es wurde langsam Zeit ins Büro zu gehen. Jennifer wusste zwar, dass ich später ins Büro kommen würde, aber vor dem Mittagessen wollte ich schon dort sein.

Das Brummen nahm wieder zu, und mit einem Mal spürte ich die Gefahr. Wieder streifte mich ein kalter Luftzug. Vor meinen Augen wurde es für einen Moment dunkel, als ein Schatten über mich hinwegglitt. Doch als ich zum Himmel sah, schien zu meiner Verwunderung die Sonne. Mit der Hand umklammerte ich den Griff meiner Laptoptasche und legte einen Schritt zu. Raus aus diesem verdammten Park, war mein Gedanke. Ich sah zum See. Wo war der Jogger abgeblieben? Gerade eben noch habe ich ihn gesehen. Ich sah nach links, dann nach rechts – nichts. Er war verschwunden.

Ein kalter Windstoß schlug mir ins Gesicht und wirbelte meine Haare durcheinander.

Träumte ich etwa?

Nein, dieses Mal war es kein Traum.

Ich sah, wie das Wasser im See zu sprudeln begann und Dampf aufstieg, als würde es von einem unterirdischen Vulkan aufgeheizt werden. Ein Schwarm schnatternder Enten stieg vom See auf und flog über mich hinweg.

Als ich den sprudelnden See beobachtete, sagte eine Stimme in mir: *FLIEH! SCHNELL!*; eine andere Stimme in mir fragte: *WAS GESCHIEHT DA?*

Plötzlich zerfetzte ein ohrenbetäubender Donner die Stille. Hätte ich doch nur auf meine erste Stimme gehört.

Scheiß Neugierde!

Verflucht sollst du sein!

Für den Bruchteil einer Sekunde glaubte ich, mein Trommelfell wäre geplatzt. Ein dumpfes Dröhnen durchdrang meinen Kopf.

Ein zweiter Donner zerriss die Stille, und eine Druckwelle schleuderte mich zu Boden. Die Laptoptasche fiel mir aus der Hand. Benommen schüttelte ich den Kopf und richtete mich auf. In meinen Ohren rauschte es, und ich merkte, wie eine Flüssigkeit über mein Gesicht lief.

Ich stand langsam auf und spuckte die Flüssigkeit aus, die mir in den Mund geraten war. Die Erde vor mir färbte sich rot – Blut. Irgendetwas hatte mich am Kopf getroffen. Das Wasser im See sprudelte so stark, dass ich befürchtete, es würde über das Ufer treten.

Was war hier los?

Stand ein unterirdischer Vulkan vor dem Ausbruch?

Blödsinniger Gedanke.

Was war hier wirklich los?

Ich schaute mich hektisch um, aber niemand außer mir war in diesem verflixten Park – niemand der mir helfen konnte.

He, der hat eben noch nicht dagestanden, stutzte ich, als ich einen Mann am Seeufer sah, der in meine Richtung blickte.

»Hallo, Sie da«, rief ich. »Seien Sie vorsichtig, der See ...« Ich brach ab, denn der kleine See sah wieder ganz normal aus.

Ich fasste an meine Stirn, wo ich eine Platzwunde vermutete. Das Blut rann mir immer noch über das Gesicht. Der Fremde wirkte auf mich wie eine Steinfigur.

Langsam stieg ein unbehagliches Gefühl in mir empor. Warum antwortete der Kerl mir nicht? Sollte ich zu ihm gehen oder besser den Park verlassen? Noch immer sah ich keine anderen Besucher. Ich hob meine Laptoptasche auf. In diesem Moment bewegte sich der Fremde auf mich zu.

Sein brauner Anzug schien schon etwas aus der Mode gekommen zu sein, ansonsten machte er eigentlich einen ganz normalen Eindruck auf mich.

»Haben Sie das auch gesehen?«, fragte ich. »Den sprudelnden See?«, sagte ich.

Kein einziges Wort drang über seine Lippen. War er vielleicht stumm? Die kantige Miene des Fremden wirkte versteinert. Er blieb etwa zehn Meter vor mir stehen. Auf der anderen Seite des Sees sah ich wieder einen Jogger. Ob es derselbe war wie vorhin, konnte ich nicht erkennen. Sollte ich um Hilfe rufen? Blödsinn. Es gab keinen Grund dafür. Ich sollte dem Fremden den Rücken zudrehen und den Park verlassen.

Als ich meine Gedanken in die Tat umsetzen wollte, sagte der Fremde mit dunkler Stimme: »Wooothan.«

Der Mann betrachtete mich gründlich und mit ausdrucksloser Mine. Nun machte er einen äußerst unheimlichen Eindruck. Zwischen seinen Brauen gruben sich plötzlich tiefe Falten der Anspannung ein, und er wirkte wie jemand, dem ich besser nicht in die Quere kommen sollte. Warum ich nicht sofort ging, wusste ich auch nicht. Vielleicht war es meine Neugier?

»Ist das Ihr Name?«, erwiderte ich vorsichtig.

»Wooothan«, wiederholte er.

Vielleicht war er Ausländer und verstand unsere Sprache nicht. Ich warf einen Blick zu dem Jogger. Er hatte sein Tempo erhöht. Das sollte ich vielleicht auch tun – kehrtmachen und so schnell laufen wie ich konnte. Vielleicht war mein Gegenüber ja ein Psychopath und auf der Suche nach einem Opfer. Der Fremde schwieg wieder. Wir tauschten noch einen letzten stummen Blick aus, dann griff der Fremde unter sein Jackett. Instinktiv trat ich einen Schritt zurück und vermutete, dass er eine Schusswaffe oder ein Messer zücken würde.

Doch was er in der Hand hielt, erstaunte mich sehr. Es ähnelte dem seltsamen Stab, den ich in meinem Aktenkoffer gefunden hatte.

Eine innere Stimme befahl mir: *Geh weg von ihm! Lauf! Flieh!* Doch da war eine andere Stimme, die mir sagte: *Was ist das für ein seltsames Ding in seiner Hand? Was will der Fremde von mir?*

Kaum hatte ich den letzten Gedanken abgeschlossen, glühte die Spitze des Stabes hell auf, und im nächsten Moment fuhr ein gebündelter Lichtstrahl aus der Spitze heraus.

Und wieder einmal hatte ich auf die falsche Stimme

in meinem Kopf gehört.

Ich hatte keine Lust herauszufinden, was das für ein Gegenstand war. Es schien ein Lichtschwert zu sein. Ich wandte mich von dem Fremden ab und lief in Richtung Ausgang.

Ein Lichtschwert, ging es mir wieder durch den Kopf. War so eine Waffe technisch schon möglich? Mein Atem ging schnell. Ich war wohl etwas aus der Übung gekommen. Wenn ich aus München zurück war, wollte ich wieder regelmäßig joggen, nahm ich mir fest vor und warf einen Blick zurück über meine Schulter.

Was ich sah, gefiel mir ganz und gar nicht. Der Fremde verfolgte mich. Und er war schnell. Verdammt schnell. Es würde nicht mehr lange dauern, bis er mich eingeholt hatte. Er rief mir etwas in einer fremden Sprache hinterher. Keine Ahnung was er von mir wollte. So ein Arsch. Ich lief weiter ohne ihn zu beachten.

Ich spürte einen brennenden Schmerz im Rücken, rang nach Luft und stolperte über meine eigenen Füße. Im letzten Augenblick verlagerte ich das Gewicht und verhinderte einen Sturz. Der Schmerz in meinem Rücken klang nicht ab. Mein Verfolger hatte mich mit dem Lichtschwert erwischt, vermutete ich. Wieder spürte ich, wie sich etwas in meine linke Schulter bohrte. Ich brüllte vor Schmerzen und kippte kopfüber nach vorn. Der Aufprall war hart, und ich spürte, wie meine Rippen schmerzten. Hoffentlich hatte ich mir nichts gebrochen. Aber das war wohl in diesem Augenblick ein zweitrangiges Problem, denn mein Verfolger stand direkt neben mir.

Ich wirbelte auf dem Boden herum und verpasste ihm einen Tritt gegen das Schienbein. Der Fremde taumelte einige Schritte zurück, während ich auf dem Rücken lag und sein Lichtschwert auf mich niedersauste. Es drang in den Boden rechts neben mir ein. Scheiße! Das war verdammt knapp. Der Fremde zog das Lichtschwert wieder aus dem Boden heraus. Die Spitze zeigte auf mich, während ich rückwärts mit den Ellenbogen über den Boden robbte und versuchte der nächsten Attacke zu entkommen.

In dem kantigen Gesicht des Fremden regte sich kein Muskel, als er mir das Lichtschwert in den Brustkorb rammen wollte. Ein verzweifelter Versuch mich nach links wegzurollen, um dem tödlichen Stoß zu entkommen, rettet mir das Leben.

Ewig konnte ich aber nicht so weitermachen. Mein Leben hing wirklich nur an einem hauchdünnen Faden, denn irgendwann würde mich das Lichtschwert erwischen.

Verfluchter Mistkerl!

Was konnte ich tun? Eine Waffe besaß ich nicht. Die Laptoptasche – schoss es mir durch den Kopf. Ich hielt sie immer noch eisern in meiner rechten Hand fest. Der Fremde hatte einen Fehler gemacht und war viel zu nah an mich herangekommen. Das nutzte ich aus, in dem ich mich auf dem Boden schnell zu ihm drehte und ihm die Laptoptasche gegen das Schienbein schlug. Irritiert wich er einige Schritte zurück, wieder nutzte ich die Gelegenheit und sprang auf. Wir standen uns gegenüber. Der Schlag mit dem angewinkelten Arm traf den Fremden völlig überraschend. Das Lichtschwert fiel ihm aus der Hand. Sofort schnellte meine Rechte vor und traf sein Kinn. Der Fremde schwankte.

Verflixt!

Scheiße!

Es fühlte sich an, als hätte ich auf eine Betonwand geschlagen. Kam er aus der Zukunft? War er etwa ein Cyborg – ein Terminator? Hoffentlich hatte ich mir nicht die Hand gebrochen.

Der Fremde war so schnell bei mir, dass ich überhaupt nicht mehr reagieren konnte. Ein Faustschlag traf meinen Brustkorb und schmetterte mich zu Boden. Ich röchelte nach Luft, und noch bevor ich aufstehen konnte, stand der Fremde mit seinem Lichtschwert vor mir. Zwar hielt ich die Laptoptasche immer noch in meiner Hand, aber als Schlagwaffe konnte ich sie nicht mehr einsetzen.

Ich starrte auf das Lichtschwert. Sollte ich etwa aufgeben? Ich ließ die Tasche los, rollte mich über den Boden hinweg und sprang auf die Beine. Dann kam der Fremde auf mich zu. Er war wieder so schnell, dass ich nicht mehr ausweichen konnte. Warum er mit dem Lichtschwert nicht zustach, war mir ein Rätsel, worüber ich aber nicht lange nachdenken wollte. Mein Leben stand auf dem Spiel. Dicht vor mir sah ich das Gesicht des Fremden und die außergewöhnlich hellgrünen Pupillen.

Ich drosch meine Faust hinein.

Keine Reaktion.

Ich schlug nochmals zu.

Stand der Kerl etwa unter Drogen?

Ich sah das Lichtschwert auf mich zukommen. Mein Angreifer führte den Schlag schräg aus, als wollte er mir den Hals aufschlitzen. Mein rechter Arm schnellte hoch. Es gelang mir sein Handgelenk zu umklammern und es mit dem Lichtschwert zusammen zur Seite zu drücken.

Ein heftiger Kampf begann. Wir stürzten und rollten über den Boden, ineinander fest umklammert.

Der Kerl hatte Bärenkräfte, doch ich gab nicht auf und versuchte einen Würgegriff. Blitzschnell schlug der Fremde mir die Faust ins Gesicht.

Der Schlag war hart. Ich lag benommen und völlig wehrlos auf dem Rücken. Nur nicht in Ohnmacht fallen, sagte ich mir vor. Als ich versuchte auf die Beine zu kommen, stand der Fremde schon vor mir, und die Spitze seines Lichtschwertes zeigte auf mich.

Das war es dann wohl endgültig für mich.

Aus und vorbei.

Ich hatte nicht den Hauch einer Chance dem Todesstoß zu entkommen. Dann zerschmetterte ein lauter Knall die Stille.

War das ein Schuss?, ging es mir durch den Kopf. *Wer sollte hier schon herumballern?*

In diesem Moment taumelte der Fremde zurück, und ich sah das Loch in seinem braunen Anzug. Etwas hatte ihn in die linke Brust getroffen. Blut trat aus der Wunde und tropfte zu Boden.

Als ich mich nach rechts wandte, sah ich den Jogger. Er hielt eine Waffe in der Hand und zielte auf den Fremden. Wieder wurde ein Schuss abgegeben, doch dieses Mal hörte ich den Knall links von mir. Die Kugel traf den Fremden in den Bauch. Er brach zusammen.

Ich war wie erstarrt vor Angst und bemerkte erst jetzt, dass jemand neben mir stand.

»Stehen Sie endlich auf und verschwinden Sie!«, brüllte er mich an. Ich wandte mich ihm direkt zu und erkannte den BMW-Fahrer, der mich verfolgt hatte.

Was hatte das zu bedeuten? Wer waren diese Typen? Auf jeden Fall hatten sie mir das Leben gerettet. Ich stand auf und schnappte meine Laptoptasche.

Der Fremde lag auf dem Boden und rührte sich

nicht mehr. Er war scheinbar erledigt. Einen Lidschlag später peitschte wieder ein Schuss durch die Luft. Der Jogger hatte wieder auf den Fremden gefeuert.

Warum hatte er nochmals auf ihn geschossen?

»LOS! VERSCHWINDEN SIE ENDLICH!«, brüllte der BMW-Fahrer mich an.

Das waren eiskalte Killer. Wer sonst würde auf einen Wehrlosen schießen? Aber wieso schossen sie nicht auf mich? Ich war ein Zeuge ihrer schrecklichen Tat.

»Sind Sie taub?«, schrie der Jogger mich an. »Laufen Sie weg!«

Warum sollte ich weglaufen? Damit sie mich von hinten abknallen konnten?

Blödsinn.

Wenn es wirklich Killer waren, brauchten sie mich nicht von hinten zu erschießen.

War es eine Sinnestäuschung? Plötzlich bewegte sich der Fremde, und wie vom Blitz getroffen, stand er auf. Der BMW-Fahrer und der Jogger schossen gleichzeitig.

Vielleicht trug er eine kugelsichere Weste. Ich hatte keine große Lust, das herauszufinden, also befolgte ich dann endlich die Aufforderung des BMW-Fahrers, machte kehrt und flüchtete. Wieder hörte ich Schüsse. Ohne mich nochmals umzudrehen, rannte ich auf den rettenden Parkausgang zu.

Einige Meter vor mir stand Jimmy. Schnell bediente ich den Autoschlüssel und öffnete die Wagentür. Ich warf die Laptoptasche auf den Beifahrersitz, hechtete in den Wagen und schloss die Wagentür mit einem lauten Knall. Ich erregte die Aufmerksamkeit einiger Passanten. Einen Augenblick wartete ich noch ab, dann startete ich den Wagen und fuhr los.

Zur Arbeit fahren wollte ich nicht mehr, also rief ich Jennifer an und sagte ihr, dass ich heute zu Hause bleiben wollte, weil ich noch etwas zu erledigen hätte, bevor wir nach Deutschland fliegen würden. Im Büro hatte ich zwar auch noch etwas zu tun, doch diese Arbeit konnte ich auch von zu Hause aus erledigen.

Eigentlich sollte ich die Polizei anrufen und sie über diesen Vorfall informieren. Ich ließ es aber sein, als mir Burner und Harp durch den Kopf gingen. Ich dachte an all die dämlichen Fragen, die auf mich zukommen würden. Deutschland könnte ich dann vergessen.

Nur nicht verzweifeln

10 An diesem Abend war es mir egal, wie lange ich unter der Dusche stand. Ich ließ warmes Wasser über meinen Körper laufen, während meine Gedanken um den mysteriösen Fremden kreisten. War ich hier überhaupt noch sicher? Der BMW-Fahrer wusste ja schließlich, wo ich wohnte. Aber hätte er mich töten wollen, hatte er am See die Gelegenheit dazu gehabt. Was war mit dem mysteriösen Fremden? Was wäre, wenn er den Kampf überlebt hatte und geflohen wäre? Vielleicht hatte er ja in Erfahrung gebracht, wo ich wohnte. Ich überlegte und nahm an, dass der Fremde es wusste, denn es war sicherlich kein Zufall, dass er mir am See begegnet war. Mich fröstelte es leicht, als ich daran dachte, wie er mit dem Lichtschwert vor mir gestanden hatte.

Mir war so einiges unerklärlich. Ich hatte einen brennenden Schmerz im Rücken und in der Schulter verspürt, als der Fremde mit dem Lichtschwert zugestochen hatte. Meine Kleidung war zerschnitten und durchlöchert, dennoch hatte ich keine Wunden bei mir ausmachen können.

Die Platzwunde an meinem Kopf war verheilt, und auch der Schlag ins Gesicht hatte keine Spuren bei mir hinterlassen, außer Blut auf meiner Kleidung.

Wie war das möglich? Mein Körper konnte sich

doch nicht in so kurzer Zeit von selbst heilen? Das war völlig unmöglich. Ich lächelte leicht bei dem Gedanken, dass er es vielleicht doch konnte.

Wahnsinn, Bill, was für ein tolles Gefühl. Bill Clayton, der unbesiegbare Supermann. Okay, ich sollte auf dem Teppich bleiben und nicht dem Größenwahn verfallen.

Ich rätselte weiter. Es war ja auch möglich, dass der Fremde mit dem Lichtschwert nur meine Kleidung gestreift hatte. Die Platzwunde am Kopf war vielleicht gar nicht so schlimm gewesen ... je mehr ich aber darüber nachdachte, umso unerklärlicher wurde alles für mich.

Sollte ich Jennifer mein Erlebnis erzählen? Würde sie mir überhaupt glauben? Was wäre, wenn sie es tun würde? Ich malte mir schon aus, wie sie mir regelrecht Löcher in den Bauch fragen würde, also beschloss ich die ganze Sache erst einmal für mich zu behalten.

Shampoo lief mir in die Augen. Ich wischte es mit der Handfläche aus meinem Gesicht und hielt den Kopf unter den Wasserstrahl. So langsam hatte ich genug vom Duschen, stellte das Wasser ab und griff nach dem Handtuch. Dann kämmte ich mir die Haare. Sollte ich sie noch trocken föhnen? Ach, keinen Bock darauf. Ich beschloss sie so trocknen zu lassen.

Als ich meinen Hausanzug angezogen hatte, ging ich in die Küche und holte mir ein Guinness aus dem Kühlschrank. Nachher musste ich noch den Reisekoffer packen und durfte meine Fundstücke nicht vergessen. Endlich saß ich auf dem Sofa, trank mein Bier und betrachtete meine kleine Sammlung. Ich griff nach dem Larat und musterte es mit Neugier. Genau so ein Ding hatte der mysteriöse Fremde auch gehabt – es war also eine Art Lichtschwert.

Wie kam ich an diese Waffe? Mir war gar nicht bewusst, dass irgendjemand solche Dinger schon erfunden hatte. War es etwa ein Prototyp und ich der Spion, der es entwendet hatte? Und deswegen war jemand hinter mir her? Wie wurde diese Waffe aktiviert?

Ich suchte nach einem Schalter oder einem Sensor, dabei drehte ich das Larat in meiner Hand herum. Ich fand nichts und legte es auf den Tisch zurück.

Heute werde ich keine Antworten und Lösungen auf meine Fragen erhalten, dachte ich.

An diesem Abend beschäftigten mich auch meine eigenartigen Träume, die wie reale Erlebnisse in meinem Kopf eingebrannt waren. Ich dachte an die rätselhaften Fundstücke und wieder an den seltsamen Fremden, der vermutlich von den beiden Männern durch die Schüsse getötet wurde. In was für eine Sache war ich da hineingeraten, dass mich jemand töten wollte? Na ja, vielleicht war ich ja doch ein Spion, wie ich es schon vermutet hatte. Aber aus irgendeinem Grund wollte ich das nicht glauben. Ich konnte mir noch so lange den Kopf darüber zerbrechen, eine Antwort auf all meine Fragen würde ich im Augenblick nicht finden.

Hatte ich vielleicht mit einem veröffentlichten Artikel für Aufmerksamkeit oder Ärgernis gesorgt? Ich schüttelte den Kopf. Nein, war ich mir sicher, für das, was ich geschrieben und veröffentlicht hatte, würde mich niemand töten wollen. Es musste also einen anderen Grund geben, der vielleicht in meiner Vergangenheit lag. Was war vor meinem Unfall geschehen? Wer war ich in Wirklichkeit? War mein Name tatsächlich Bill Clayton?

Ich dachte einen Moment nach.

Natürlich war mein Name Bill Clayton, das stand ja in meinem Ausweis. Ich hatte so viele Fragen, auf die ich keine Antwort fand. Also beschloss ich noch ein Guinness aus dem Kühlschrank zu holen und anschließend meinen kleinen Reisekoffer zu packen.

Ich wollte endlich abschalten, aber das gelang mir nicht. Wie konnte ich den Brief vollständig sichtbar machen? Mir blieb nicht genügend Zeit, um selbst nach einer Lösung zu suchen, denn morgen flog ich mit Jennifer nach München.

John Smith, dachte ich. *Ob er mir vielleicht helfen kann?*

Ich zögerte noch. Natürlich konnte der Privatdetektiv mir behilflich sein. Aber konnte ich Smith diesen Brief auch anvertrauen? Ich stellte die Bierflasche auf den Tisch und griff nach dem Telefon. Ich hielt immer noch inne, doch dann wählte ich die Nummer von John Smith.

»Smith«, hörte ich eine verschlafene Stimme.

»Äh ... Mr. Smith«, stotterte ich, als ich einen kurzen Blick auf die Wanduhr geworfen hatte. »Ich hoffe, ich habe Sie nicht geweckt.«

»Nein«, sagte Smith. »Was liegt denn an?«

»Tja, also, Sie haben mir ja den Brief gegeben ...«, fing ich an.

»Ja«, sagte Smith.

»... er war mit einer Geheimtinte geschrieben.«

»Oh, interessant«, sagte Smith, und ich erzählte kurz, wie ich den Brief sichtbar gemacht hatte.

»Und jetzt fragen Sie sich, ob ich jemanden kenne, der diesen Brief rekonstruieren kann?«

»Tja, also, die Schrift auf dem Brief ist wieder verschwunden«, sagte ich.

»Oh«, sagte Smith nur.

»Kennen Sie jemanden, der sich mit so etwas auskennt?«, fragte ich.

»Mal überlegen«, sagte Smith und war still.

»Smith?«

»Ja, ich bin noch dran«, sagte Smith.

»Ich glaube, ich habe da jemanden, der Ihnen helfen kann. Können Sie mir den Brief morgen vorbeibringen?«, fragte Smith.

»Ich fliege morgen nach München.«

»Aha.«

Smith schien zu überlegen, denn es wurde für einen Moment ganz still am Telefon.

»Das ist jetzt aber ein wenig knapp«, sagte Smith.

Okay, das war wirklich nicht gut überlegt von mir, dachte ich.

»In München habe ich zwar auch Kontakte«, erzählte Smith, »aber so auf die Schnelle fällt mir niemand ein, der sich mit ...«

Smith schwieg wieder. Ich wartete. War die Verbindung etwa unterbrochen? Ich hörte ihn schwer atmen. Er überlegte wahrscheinlich, was er tun könnte.

»Was machen wir?«, fragte Smith schließlich.

Nach einer kurzen Pause schlug er vor: »Ich könnte den Brief morgen früh bei Ihnen abholen.«

»Okay«, sagte ich.

»Wann fahren Sie denn los?«

»So gegen sieben Uhr.«

»Das ist verdammt früh«, grübelte Smith. »Okay, also dann bin ich so gegen halb sieben bei Ihnen.«

»Danke.«

»Dann bis morgen«, verabschiedete sich Smith.

Wir haben gar nicht über das Honorar gesprochen, fiel mir auf. *Egal, Smith würde bestimmt keinen Wucherlohn verlangen.*

Ich war fest überzeugt, dass John Smith eine gute Wahl war und ich ihm vertrauen konnte.

Gott macht gerade ein Nickerchen

11 Das Taxi kam eine halbe Stunde zu spät. Der Flug ging um neun Uhr, also in eineinhalb Stunden. Von hier aus waren es etwa zwanzig Minuten bis zum Flughafen, wenn der Verkehr es zuließ. Meine Nerven lagen blank. Ich wollte den Taxifahrer wegen der Verspätung anschreien, ihn mit Worten bombardieren, so dass er ... aber ich brach meine Gedanken ab und ließ den Dingen ihren Lauf.

Der Taxifahrer entschuldigte sich wegen der Verspätung und nahm mir den kleinen Reisekoffer ab. Er verstaute ihn im Kofferraum, während ich auf dem Beifahrersitz Platz nahm.

»Machen Sie sich keine Sorgen«, versuchte er mich zu beruhigen, »**das schaffen wir noch rechtzeitig**«, betonte er, aber aus irgendeinem Grund versetzten mich diese Worte noch mehr in Unruhe.

Ich rief Jennifer an und teilte ihr mit, dass ich ein wenig später kommen würde und wir uns direkt am Flugschalter treffen sollten.

Der Tag hatte ohnehin schon chaotisch begonnen. Beim Frühstück hatte ich eine Tasse Kaffee quer über den Tisch verschüttet, dann war mir der elektrische

Rasierer heruntergefallen und hatte danach seinen
Geist aufgegeben – ein Glück, dass ich einen Ersatzrasierer im Schrank liegen hatte. Dann hatte ich noch mit
diesem komischen Larat eine Blumenvase von der
Garderobe gestoßen, die dann schallend auf dem Boden in hundert Einzelteile zersprungen war. Was würde mir heute noch alles passieren?

Der Taxifahrer stieg endlich ein und fuhr los. Ich
hielt Ausschau nach dem BMW und überlegte dann,
ob ich wirklich alles eingepackt hatte. Die Visitenkarte
von Smith hatte ich in das Portemonnaie gesteckt. Die
technische Kugel und das quadratische, technische
Gerät waren wie auch das Larat im Reisekoffer untergebracht. Das rätselhafte goldene Medaillon hatte ich
in der Laptoptasche verstaut. Den Brief hatte ich eben
Smith gegeben, und den Schließfachschlüssel hatte ich
zuvor in die Schreibtischschublade gelegt. Zahnbürste,
Zahnpasta, Rasierer, Duschgel – *ich glaube, ich habe an
alles gedacht*, nickte ich zufrieden. Falls nicht, die Dinge
des täglichen Lebens konnte ich notfalls vor Ort noch
besorgen.

Der Taxifahrer war freundlich. Wir unterhielten uns
über das Wetter, die Politik und den schrecklichen Verkehr, der mir die letzten Nerven raubte. Die Uhr lief.
Die Zeit verging schnell – zu schnell, denn das Flugzeug würde auch ohne mich starten. Der Taxifahrer
verließ die überfüllte Hauptstraße und benutzte
Schleichwege. Ich atmete auf. In den Seitenstraßen
war kaum Verkehr. Doch als wir wieder auf die
Hauptstraße fuhren, um direkt zum Flughafen zu gelangen, nahm der Verkehr wieder zu.

Ein nervöser Blick auf meine Armbanduhr verriet
mir, dass der Flug in ungefähr einer Stunde gehen
würde.

»In fünf Minuten sind wir am Flugplatz«, sagte der Taxifahrer.

»Mein Flug geht in einer Stunde.«

»Kein Problem«, lächelte der Taxifahrer.

Respekt an die Fahrkunst des Taxifahrers, dachte ich, tatsächlich stand das Taxi fünf Minuten später vor dem Eingang zum Abflug. Der Taxifahrer freute sich über das Trinkgeld und eilte zum Kofferraum. Als ich den Reisekoffer von ihm übernahm, wünschte er mir einen guten Flug.

Ich betrat das Gebäude und fluchte leise, als ich die Menschenmassen sah. Die Hektik hier machte mich noch nervöser als ich ohnehin schon war. Ich hastete zum Infostand, zeigte einem jungen Mann mein Flugticket und fragte ihn, wo sich der Flugschalter befand. Ich bedankte mich kurz und eilte davon, mit meinem Koffer im Schlepptau.

Jennifer würde über meine Verspätung keinesfalls erfreut sein. Ich stellte mir vor, wie sie am Flugschalter stehen und mich mit bitterer Miene empfangen würde. Ob sie wohl dachte, dass ich nicht mehr kommen würde? Ich wunderte mich, dass sie noch nicht versucht hatte, mich auf dem Handy zu erreichen.

Die Schalter waren nicht mehr weit entfernt. Ich legte einen Zahn zu und versuchte niemanden anzurempeln. Noch vierzig Minuten bis zum Abflug, ging es mir durch den Kopf. Ich hatte Glück, dass ich keinen großen Koffer bei mir hatte, den ich am Schalter aufgeben musste.

Glück?

Scheiße, ich wollte doch den Koffer aufgegeben haben, damit ich mit ihm nicht durch die Sicherheitskontrolle musste.

Als ich am Flugschalter ankam und mich Jennifer

mit einem brummigen: »Ausgeschlafen?«, begrüßte, erfuhr ich von ihr, dass die Gepäckaufgabe gerade geschlossen wurde.

»Es tut mir leid ...«, fing ich an und brach ab. »Ich habe schon Online eingecheckt«, grinste ich.

Vielleicht war es ja doch ganz gut, dass ich den Koffer nicht aufgeben konnte, ging es mir durch den Kopf. Hätte ich den Koffer aufgegeben, wäre er auch in der Gepäckbeförderung durchleuchtet worden. Vielleicht wäre ich dann ausgerufen worden. Oder der Koffer wäre nicht weitertransportiert und sichergestellt worden.

»Sollen wir?«, fragte ich.

Jennifer schwieg, aber ihr Blick verriet mir, dass ich jetzt besser genau aufpassen sollte, was ich sagte.

»Also, ähm, wir müssen da entlang«, sagte ich.

»Weiß ich schon längst.«

Wir erreichten die Sicherheitskontrolle, und ich hoffte, dass mich niemand wegen der technischen Geräte ansprechen würde. Was sollte ich den Sicherheitskräften dann erklären?

Billardkugel? Neuartiges Smartphone? Prügelstab für ungehorsame Mitarbeiter oder neugierige Sicherheitskräfte?

Ich legte meine Sommerjacke und das Portemonnaie in eine Kiste und stellte sie auf das Band. Die Laptoptasche übergab ich einer Sicherheitskraft. Meine Nervosität wuchs und erreichte ihren Höhepunkt, als mein Koffer durchleuchtet wurde. Ich schritt langsam durch die dämliche Kontrolle, die natürlich wiedereinmal piepste.

Scheißding!

Ein Sicherheitsmann kam und durchsuchte mich. Es stellte sich heraus, dass ich vergessen hatte, meinen

Gürtel abzunehmen.

Alles paletti, wir hatten endlich die Sicherheitskontrolle passiert, und niemand hatte nach den eigenartigen Geräten in meinem Koffer gefragt.

»Könnte jetzt einen Kaffee vertragen«, sagte ich, als wir an einem Café vorbeieilten.

»Dann hättest du eine Stunde früher aufstehen sollen«, warf mir Jennifer an den Kopf.

»Ich bin früh aufgestanden.«

»Wohl nicht früh genug, sonst könnten wir jetzt dort sitzen und einen Kaffee trinken.«

Ich atmete durch und schwieg. Es hatte keinen Zweck sie über meine morgendlichen Missgeschicke und den regen Berufsverkehr aufzuklären. Die Schuld an der Verspätung würde sie mir trotzdem geben.

Wir waren die letzten Passagiere.

»Das war verdammt knapp«, atmete ich schwer und fing mir einen tadelnden Blick von Jennifer ein.

»Freue mich schon auf München«, sagte ich.

»Ach ja?«

»Du nicht auch?«

Sie schwieg.

»Was hast du denn?«, fragte ich.

Sie verdrehte die Augen.

Ich überließ Jennifer den Fensterplatz. Es dauerte nicht lange, bis wir uns anschnallen mussten und die Maschine zum Startfeld rollte. Jennifer sprach immer noch kein Wort mit mir.

Die Maschine startete.

Aus irgendeinem Grund hatte ich das Gefühl verfolgt zu werden. Ich sah mich um und glaubte, den BMW-Fahrer zwei Reihen hinter mir zu erkennen. Als der Mann sein Gesicht zur Seite wandte und in meine Richtung sah, atmete ich erleichtert auf. Er hatte nur ein wenig Ähnlichkeit mit meinem Verfolger der letzten Tage.

Als ich mich Jennifer zuwandte, blickte sie schweigend aus dem Fenster. Ich ließ sie in Ruhe und schloss die Augen.

Roter Nebel stieg über grauer Erde auf, der Himmel hatte eine blasse Farbe wie alte ausgegrabene Knochen. Für mich stand damit fest, dass ich in der Hölle war – aber waren in so einer Hölle nicht alle darin schon tot? Meine Einheit und ich waren es auf jeden Fall noch nicht.

Das Bombardement um uns herum setzte wieder ein und wollte gar nicht mehr nachlassen. Die Landschaft hier wirkte wie die Kraterlandschaft eines Mondes. Wir bewegten uns auf schlammiger Erde und zogen uns panisch zurück.

Wir liefen um unser nacktes Leben, bis wir die rettenden Schützengräben erreichten und hineinsprangen, begleitet von dem ohrenbetäubenden Donnern schwerer Strahlengeschütze. Ich lugte über den Rand des Grabens und Erde spritzte mir ins Gesicht, als vor mir eine Lichtkugel einschlug. Ich flog rücklings in den Graben zurück, betäubt von dem gewaltigen Donner.

Links neben mir sah ich einen jungen Mann, der im stinkenden Schlamm saß und betete. Er betete wohl zu Gott, an den ich schon längst nicht mehr glaubte. Es schien mir so, als wäre die ganze Einheit verloren und in den Gräben gestrandet, um hier den Tod zu empfangen.

Als ich wieder über den Grabenrand lugte, sah ich den letzten Teil meiner Einheit in meine Richtung flüchten. Wieder hörte ich die Strahlengeschütze donnern und hunderte rotglühender Lichtkugeln schlugen in den Boden ein oder trafen die fliehenden Soldaten. Nur wenige schafften es noch den rettenden Graben zu erreichen. Die aufgerissene Erde war übersät von zerfetzten Körpern. Niemand der dort lag, hatte das Desaster überlebt. Ich wischte mir den Schlamm aus dem Gesicht und rutschte in den Graben zurück.

Diese verdammten Schweinehunde. Das war kein Kampf, das war ein Gemetzel. Ich stellte mir vor, wie mein Gegner jubelte, als meine Kameraden im Kampf fielen. In diesem Moment schwor ich erbarmungslose Rache und wollte jeden dieser Schweinehunde töten.

Wir konnten den Kampf nicht mehr gewinnen – wir waren alle verloren, dem Tod geweiht.

Dann hörte ich das Stöhnen eines verletzten Mannes. Dem Klang der Stimme nach, konnte er nicht weiter als ein paar Meter vom Schützengraben entfernt sein.

Die feindlichen Geschütze hörten auf zu feuern. Ein göttlicher Moment der Stille trat ein.

»Wie weit?«

Ich wandte mich nach rechts der Stimme zu. Hellblaue Augen starrten neben mir aus einer Schlammmaske heraus.

»Was?«, fragte ich.

»Wie weit ist der Verletzte entfernt?«

Vorsichtig riskierte ich einen Blick über den Grabenrand.

»Ein paar Schritte«, antwortete ich.

Der Mann hob eine Hand hoch und wischte den Schlamm aus seinem Gesicht.

»Verdammtes Wetter«, fluchte er. »Gott hat uns im Stich gelassen.«

Ich nickte und fühlte mich erledigt. Der verwundete

Soldat war nur einen Steinwurf entfernt.

»Wir sollten ihn holen«, sagte ich.

Der Soldat schüttelte den Kopf.

»Wir wären tot, noch bevor wir ihn erreicht hätten«, sagte er.

Vermutlich lag er damit richtig, dennoch konnte ich den Verletzten nicht seinem Schicksal überlassen.

»Gott hat uns verlassen«, wiederholte der Mann, »vielleicht macht er auch gerade ein Nickerchen«, spottete er.

Der Feind hatte uns überrascht. Es war ein entsetzliches Gemetzel. Ich empfand eine tiefe Leere in mir, als ich den Schlamm auf dem Schlachtfeld sah, der mit dem Blut meiner Einheit getränkt war. Gott hat sich tatsächlich von uns abgewandt, soviel war sicher. Männer und Frauen mit denen ich vor Tagen noch gesungen und gelacht hatte, lagen mit Schlamm besudelt als Leichen auf dem Schlachtfeld. Der verwundete Soldat hörte auf zu jammern. Ich und der Mann neben mir lugten über den Rand des Schützengrabens.

»Was ist mit ihm?«, fragte ich hastig, obwohl ich die Antwort schon kannte.

»Er ist tot«, sagte der Mann neben mir, und unmittelbar darauf nahmen die Geschütze das Feuer wieder auf.

»Bill, Bill«, hörte ich eine vertraute Stimme und schlug die Augen auf. »Alles in Ordnung?«

Ich brauchte einen Augenblick um zu mir zu kommen.

»Ja«, sagte ich, »habe schlecht geträumt.«

Jennifer lächelte mir zu. Sie schien wieder besser gelaunt zu sein.

Jetzt bist du tot

12 Anscheinend hatte ich länger geschlafen, als mir bewusst war, denn die Stewardessen verteilten einen Snack. Und tatsächlich, als ich auf meine Armbanduhr sah, waren wir schon fast eine halbe Stunde unterwegs. Ich nahm das belegte Sandwich entgegen und bedankte mich. Als ich das kleine Etwas näher in Augenschein nahm, fragte ich mich im Stillen jedoch wofür.

»Was möchten Sie trinken?«, fragte mich die Stewardess mit einem leichten Lächeln.

»Einen Kaffee, bitte.«

Hoffentlich ist er genießbar, dachte ich.

»Mit Milch und Zucker?«

»Ja, bitte.«

»Danke«, sagte ich und nahm den Becher und danach das Milchtöpfchen und die Zuckertüte entgegen.

Jennifer nahm ebenfalls einen Kaffee.

Während wir uns dem Snack zuwandten, meldete sich der Pilot und begrüßte die Fluggäste. Ich warf wieder einen kurzen Blick auf meine Armbanduhr und musste feststellen, dass wir in ungefähr einer Stunde landen würden.

Den Kaffee hatte ich schnell ausgetrunken. Er schmeckte eigentlich ganz gut, und ich bestellte mir noch einen Becher.

Kurz nachdem wir mit dem Essen fertig waren, kamen die Stewardessen und sammelten den Abfall ein. Zwei Tassen Kaffee waren wohl etwas zu viel – jetzt drückte meine Blase. Die vorderen Toiletten waren besetzt. Im hinteren Bereich leuchtete eine grüne Lampe, also machte ich mich auf den Weg dorthin.

In was für eine verrückte Geschichte war ich da hineingeraten?, ging es mir wieder durch den Kopf. Was wollte der Fremde in dem Park bloß von mir? Warum wollte er mich töten? Es ergab überhaupt keinen Sinn für mich. Zwei Reihen vor mir stand eine junge Frau auf und ging in Richtung Toiletten. Verdammt, fluchte ich innerlich und musste nun doch warten.

Als ich einen Blick auf meine Armbanduhr warf, spürte ich einen kühlen Luftzug in meinem Nacken. Als ich mich umwandte, war nichts Außergewöhnliches zu sehen. Woher kam der Luftzug so plötzlich? Als ich mich wieder den Toiletten zuwandte, spürte ich einen warmen Atem im Nacken, und Sekunden später klebte ein Lichtschwert an meiner Kehle. Ich traute mich nicht mehr zu atmen und hielt die Luft an.

War der Kerl verrückt? Hatte er den Verstand verloren, mich in einem Flugzeug anzugreifen? Befanden sich etwa Terroristen an Bord und das war eine Flugzeugentführung?

Die rechte Toilettentür öffnete sich und ein älterer Mann trat hinaus. Ich war mir sicher, dass er gleich laut schreien würde, aber das Gegenteil trat ein – er ging wortlos an mir vorbei. Auch die Stewardess, die hinter dem Vorhang hervortrat, hinter dem sich die Bordküche befand, beachtete mich mit keinem Blick.

Was war nun schon wieder los? Warum bemerkte mich niemand? Irgendwer musste doch mitbekommen, in welcher Gefahr ich mich befand.

174

Es vergingen weitere Sekunden. Mein Herzschlag, der zuvor in die Höhe geschnellt war, hatte sich wieder ein wenig beruhigt. Ich durfte jetzt nicht die Nerven verlieren und musste abwarten.

»Was wollen Sie von mir?«, presste ich heraus.

»Dich!«

Die Stimme kam mir bekannt vor.

»Okay, Sie haben mich. Und jetzt?«, sagte ich.

»Werde ich dich töten.«

Er sagte das mit so einer Bestimmtheit, dass die Angst in mir emporstieg und mich fesselte. Woher kannte ich diese Stimme?

»Ich schneide dir die Kehle durch.«

Warum zögerte er damit? Wie konnte ich mich aus dieser Lage befreien?

Denk nach, Bill!, redete ich mir zu. *Das ist deine letzte Chance, bevor du deinem Schöpfer gegenüberstehst.*

»Warum wollen Sie mich töten?«, fragte ich.

Ob diese Frage so klug von mir war, bezweifelte ich in diesem Moment.

»Weil ein hoher Preis auf deinen Kopf ausgesetzt ist«, bekam ich als Antwort zurück.

Auf mich sollte ein Kopfgeld ausgesetzt sein? Der Typ musste verrückt sein.

»Sie müssen sich irren«, sagte ich verstört. »Ich habe nichts verbrochen.«

»Ah«, hauchte der Fremde mir ins Ohr. »Du kannst dich wirklich nicht an deine Vergangenheit erinnern?«

»Was habe ich denn gemacht?«

»Einen Krieg geführt.«

»Einen Krieg?«, stotterte ich hervor.

Also hatte ich doch irgendetwas schreckliches vor meinem Unfall getan.

»Wer sind Sie?«, wollte ich wissen.

Er lachte rau.

»Horyet«, flüsterte er mir ins Ohr.

Der Name sagte mir überhaupt nichts.

»Wenn Sie mich töten, werden Sie lebenslänglich …«

Wieder lachte Horyet und unterbrach mich: »Du bist nicht der erste Lodet, den ich zum Sternengott geschickt habe.«

Was bitteschön ist ein Lodet?, dachte ich, ließ es aber sein, ihn danach zu fragen.

Horyet meinte es tatsächlich ernst. Er wollte mich töten. Zeit herausschinden brachte nichts, denn offensichtlich nahm mich niemand im Flugzeug wahr.

Ich träume, schoss es mir durch den Kopf, doch als ich Horyets Atem spürte, verwarf ich diesen Gedanken wieder. Hinter mir hörte ich Stimmen. Als ich den Kopf ein wenig zur Seite wandte, sah ich, wie zwei Fluggäste die Toiletten ansteuerten. Doch auch sie sahen mich nicht, also musste ich mit dieser Situation allein fertig werden. Ich zitterte innerlich. Dabei schielte ich nach unten und sah das Lichtschwert vor meiner Kehle.

Ich musste es wagen.

Bisher hatte ich mich still verhalten. Horyet würde bestimmt nicht mit großem Widerstand rechnen, deshalb setzte ich alles auf eine Karte. Was sollte ich auch sonst tun?

Meinen rechten Arm hob ich blitzschnell hoch, umfasste mit meiner Hand das Armgelenk meines Gegners und riss es zur Seite. Zur gleichen Zeit senkte ich den Kopf, damit Horyet, falls er rasch zustach, nicht meine Kehle, sondern nur das Kinn traf.

Das Lichtschwert verletzte mich nicht. Zu überraschend war wohl der Angriff für ihn gekommen. Ich tauchte unter dem Lichtschwert hinweg, griff mit der

176

anderen Hand zu und hebelte seinen Arm herum. Er drehte sich blitzschnell und konnte sich aus meinem Griff befreien.

Ich dachte, mich trifft der Schlag, als wir uns gegenüberstanden. Es war der Fremde aus dem Park. Er trug immer noch den altmodischen Anzug. Und wieder wirkte seine kantige Miene versteinert.

Er musste doch tot sein. Wie konnte er entkommen? Wie hatte er mich hier gefunden?

Ich setzte zum Schlag an, doch Horyet trat nach mir. Von Fairness hielt dieser Saukerl nichts. Ich brach meinen Angriff ab und wich zurück. Der Fuß hätte mich in den Unterleib getroffen, so streifte er mich nur am Oberschenkel.

»Glaub ja nicht, dass du mir entkommen kannst«, sagte Horyet.

Schweiß trat auf meine Stirn. In den tückischen Augen meines Gegners las ich die Mordabsicht. Hätte ich doch eine Waffe. Das Larat, wenn es denn eins war, hatte ich im Reisekoffer verstaut und das lag in der Ablage über meinem Sitzplatz. Selbst wenn ich es bei mir hätte, wusste ich nicht, wie es aktiviert wurde.

Ich blickte an Horyet vorbei, und erst jetzt fiel mir auf, dass sich die anderen Passagiere etwas langsamer bewegten als ich und Horyet und dass ich sie nicht hören konnte. Warum ist mir das vorhin nicht schon aufgefallen? Ich überlegte. Vielleicht der Stress?

Ich horchte. Auch die Fluggeräusche waren plötzlich verschwunden. Was war hier los? Irgendetwas Merkwürdiges ging hier vor sich, dass ich nicht begreifen konnte. Ich suchte nach einer Erklärung hierfür, jedoch sagte mir mein Verstand, dass dieses Ereignis eigentlich unmöglich war.

Wer war dieser Horyet? Besaß er die technische

Möglichkeit, die Umgebung so zu beeinflussen, dass uns niemand bemerkte? Auch wenn ich es mir nicht vorstellen konnte, aber wie sonst war das hier alles zu erklären?

Horyet griff an. Es war eine wilde Attacke. Er schlug mit dem Lichtschwert nach meinem Kopf. Als ich mich schnell duckte, sauste das Lichtschwert über mich hinweg und durchschnitt die Toilettenwand mit Leichtigkeit.

Scheiße! Zwar konnte uns niemand sehen, aber dennoch konnte jemand verletzt oder vielleicht sogar getötet werden. Ich atmete auf, als ich die grüne Lampe leuchten sah, die anzeigte, dass diese Toilette nicht besetzt war. Horyet stach zu und verfehlte mich. Das Lichtschwert durchdrang wieder die Toilettenwand. Sein Drang mich zu töten war so groß, dass er nicht an die Konsequenzen dachte, was geschehen würde, wenn er die Außenwand des Flugzeuges beschädigen sollte.

Dieser verdammte **IDIOT**!

Als Horyet sein Lichtschwert hob, warf ich mich ihm entgegen. Wir fielen gemeinsam in den Gang. Horyet lag rücklings auf dem Boden, und ich verpasste ihm einen Kinnhaken. Mit dem Lichtschwert durchtrennte er einen Sitzplatz – zum Glück befanden sich in dieser Reihe keine Fluggäste. Es war überhaupt ein Glück, dass die Maschine nur zur Hälfte besetzt war und dass niemand der Passagiere die Zerstörungen wahrnahm – zumindest im Augenblick. Irgendwann würde irgendwem schon etwas auffallen.

Horyet trat mir in den Bauch. Ich schwankte zurück. Als er vor mir stand und das Lichtschwert zum Schlag ausholen wollte, sah ich, wie sein Arm nur schwerfällig nach oben ging, als ob er mit Blei gefüllt wäre.

Horyet zögerte. Irgendetwas stimmte nicht. Sein Blick wirkte verstört. Um uns herum flackerte kurz die Umgebung wie ein Kerzenlicht.

»Probleme?«, stocherte ich.

Horyet starrte mich an und fasste an seinen Gürtel. Dort war ein kleines, rundes technisches Gerät befestigt. Horyet betätigte eine der beiden leuchtenden Stellen auf diesem Gerät und schwang sein Lichtschwert.

»Pass auf, du **hirnloser Affe**!«, fuhr ich ihn an, als er einem kleinen Mädchen fast den Kopf gespalten hätte.

Horyet griff wieder an.

Er war gnadenlos – ohne jegliches Gewissen. Das Lichtschwert hätte mir die Kehle durchtrennt, doch mit einer raschen Bewegung wich ich zurück. Horyet trat einen Schritt vor, und als ich an ihm vorbeisah, bemerkte ich, wie das kleine Mädchen uns aufmerksam beobachtete. Konnte sie uns etwa sehen? Ich hoffte, dass es nur ein Zufall war und blickte kurz hinter mich. Doch da war niemand, dem das Mädchen seine Aufmerksamkeit widmen konnte. Hoffentlich blieb sie still sitzen. So wie ich Horyet einschätzte, hätte er überhaupt keine Skrupel sie zu töten.

Plötzlich spürte ich einen stechenden Schmerz in der Magengegend und bemerkte, dass Horyet mich mit dem Lichtschwert erwischt hatte. Als ich zurückwich, sah ich ein zufriedenes Lächeln in seinem Gesicht. Er war sich seines Sieges sicher. Voller Verzweiflung warf ich mich ihm entgegen, doch er wich zur Seite aus und verpasste mir einen Schlag gegen den Hinterkopf, der mich zu Boden schickte. Ein erbarmungsloser Tritt seitwärts gegen den Brustkorb besorgte mir den Rest.

Aus und vorbei. Das war es nun endgültig.

Ich spürte, wie meine Rippen schmerzten. Vermutlich waren einige gebrochen. Als ich nach Luft schnappte, hörte ich, wie das kleine Mädchen fragte: »Wer ist der böse Mann?«

Ich wandte mich der Stimme zu und sah, wie sie mich von ihrem Sitz aus ängstlich ansah. Auf diese Frage hätte ich auch gerne eine Antwort gehabt, aber so wie es aussah, würde ich keine mehr bekommen. Horyet stand neben mir, und ich wusste, dass bald der tödliche Schlag kommen würde. Er wirkte etwas irritiert, als er das kleine Mädchen ansah.

»Was haben Sie mit dem armen Mann gemacht?«, fragte eine ältere Frau, die hinter Horyet stand.

Horyet wandte sich ihr zu. Sein Blick verriet mir, dass er sich nicht erklären konnte, warum nun auch die Frau ihn sehen konnte. Er trat einen Schritt auf sie zu, und als er blitzschnell an ihre Schläfe faste, sackte sie bewusstlos zusammen. Horyet hielt sie fest und setzte die Frau auf einen Platz in der freien Sitzreihe. Ich atmete erleichtert auf. Sie war scheinbar nur bewusstlos. Vermutlich ließ Horyet sie nur am Leben, weil er nicht noch mehr Aufmerksamkeit auf sich ziehen wollte.

Als sich Horyet mir wieder zuwandte, schreckte das kleine Mädchen stumm auf.

»Bleib ganz ruhig«, sagte ich zu ihr.

Sie nickte mir stumm zu.

»Bist du ein Engel?«, flüsterte sie schließlich.

»Nein, das ist ein alter Zauber meiner Vorfahren«, antwortete ich leise.

»Dann sind deine Vorfahren Engel?«, fragte sie mich.

Ich lächelte sie an.

»Mit wem redest du?«, fragte ihre Mutter.

Ich legte meinen Zeigefinger auf meine Lippen.

»Mit mir selbst«, antwortete sie.

Horyet kam schnell. Ich sprang ihm entgegen. Mein Schlag traf ihn hart und hätte so manchen Gegner auf die Bretter geschleudert, nicht aber Horyet. Zwar taumelte er zurück, aber schon kam er wieder auf mich zu.

Als Horyet sein Lichtschwert zum Schlag ausholte, schnellte meine Rechte vor und traf sein Kinn. Sofort setzte ich nach und erwischte ihn wieder. Jeder meiner Schläge fand sein Ziel, und wir bewegten uns wieder in den hinteren Bereich der Maschine.

Als Horyet mir plötzlich einen Schlag verpasste, taumelte ich rückwärts und trat zu. Mein Fuß traf das technische Gerät an seinem Gürtel, und ich sah, wie die Bewegungen meines Gegners langsamer wurden. Seine Arme schienen wieder mit Blei gefüllt zu sein. Er hob das Lichtschwert und wollte zuschlagen. Ich jedoch war schneller und trat wieder gegen dieses verfluchte Gerät.

Dieses Ding war der Grund dafür, dass uns niemand wahrnehmen konnte, außer dem kleinen Mädchen. Ich war überzeugt, dass die ältere Frau zur falschen Zeit am falschen Ort gewesen war, als das Gerät eine kurze Störung hatte.

Mein Gegner war viel zu langsam. Hoffentlich hatte ich das Gerät nicht so stark beschädigt, dass die Passagiere Horyet und mich wieder wahrnahmen. Es sah nicht so aus, denn niemand achtete auf uns.

Tollkühn warf ich mich ihm entgegen. Ein Glück, dass die hinteren beiden Sitzreihen nicht besetzt waren. Wir fielen auf die Sitze in der letzten Reihe. Während ich auf meinen Gegner einschlug, versuchte er mich mit seinem Schwert zu treffen. Als sich mein Gegner erhob und mit dem Rücken zur Wand stand, traf er mit dem Lichtschwert die Gepäckablage über uns. Ich zögerte keinen Moment, und mein Schlag traf ihn in den Magen. Er sackte zusammen. Der nächste Schlag schickte ihn rückwärts gegen die Wand. Horyets Körper war von einem Flimmern umgeben. Ich traute meinen Augen nicht, als ich sah, dass Horyets Körper mit der Flugzeugwand verschmolz.

Horyet versuchte Halt zu finden, doch ich war schneller, und mein nächster Schlag beförderte ihn durch die Wand hindurch, aus dem Flugzeug hinaus. Schnaufend ließ ich mich auf den Sitz am Fenster nieder und sah hinaus.

Diesen Sturz würde er mit Sicherheit nicht überleben. *Jetzt bist du tot*, schnaufte ich im Stillen. *Endgültig!*

»Haben Sie einen Wunsch?«, hörte ich eine Stimme neben mir und wandte mich ihr zu.

»Einen Kaffee, bitte«, sagte ich und nahm ihn dankend von der Stewardess entgegen.

Wer hätte das gedacht?

13 Warum wollte der Kerl mich töten? Wer war er? Ich versuchte meine Gedanken zu ordnen, jedoch fiel es mir im Augenblick schwer, einen klaren Gedanken zu fassen. Von den Passagieren schien wohl sonst niemand etwas bemerkt zu haben, und auch die Beschädigungen am Flugzeug fielen im Augenblick nicht auf. Ich hoffte, dass dies für eine Weile so bleiben würde. Als ich tief Luft holte, spürte ich, wie sehr ich zitterte. Das musste der nachträgliche Schock sein, weil mir bewusst wurde, dass ich soeben einen Menschen getötet hatte.

Notwehr. Es war Notwehr, sagte ich mir vor, doch beruhigen konnte mich dieser Gedanke nicht. Bevor ich zu meinem Platz zurückgehen würde, musste ich mir noch meine Wunde versorgen. Sie schien nicht tief zu sein, denn es blutete nicht mehr. Vielleicht war es nur ein Kratzer. Nach dem Kaffee wollte ich die Toilette aufsuchen und mir den kleinen Blutfleck, so gut es ging, aus dem Hemd herauswaschen. Eine Strickjacke hatte ich im Seitenfach meines Koffers und wollte sie mir gleich überziehen.

Nachdem ich meine Wunde versorgt und das Hemd ausgewaschen hatte, ging ich zu meinem Sitzplatz zurück. Die Attacke meines Gegners hatte mich nicht so schwer verletzt, wie ich anfangs angenommen hatte.

Es war wirklich nur ein Kratzer gewesen.

Ich kam an dem Sitzplatz vorbei, wo die ältere Dame saß, die von Horyet ins Land der Träume geschickt wurde, und blieb für einen Augenblick stehen. Sie war immer noch bewusstlos. Ich sah, dass sie gleichmäßig atmete. Eine Verletzung an der Schläfe konnte ich nicht erkennen. Was sollte ich ihr sagen, wenn sie aufwachte und mich nach dem Mann fragte, der ihr das hier angetan hatte? Ich ging weiter und hoffte, dass es dazu nicht kommen würde.

»Hallo«, sagte das kleine Mädchen, als ich an ihrem Sitzplatz vorbeikam. Die Mutter war gerade zur Toilette gegangen.

»Hallo«, erwiderte ich.

Das Kind sah immer noch verängstigt aus.

»Ist der böse Mann fort?«, fragte sie.

»Ja«, nickte ich ihr zu.

»Wo ist er?«, wollte sie wissen.

Die Wahrheit konnte ich ihr schlecht sagen.

»Du brauchst keine Angst mehr vor ihm zu haben, er kommt nicht wieder zurück«, antwortete ich und ging weiter zu meinem Platz.

Jennifer blätterte in einer Zeitung. Die Chance nutzte ich und öffnete schnell die Gepäckablage und griff mir meine Strickjacke.

»Da bist du ja wieder«, wandte sie sich mir zu.

Die Strickjacke hielt ich mir vor den Bauch.

»Hat ein wenig länger gedauert«, sagte ich.

»Ich gehe auch mal«, sagte sie und legte die Zeitung weg.

»Ist dir etwa kalt?«

»Ähm ...«

Jennifer sah mich an.

»Ein wenig.«

Sie schüttelte verständnislos den Kopf. Ich machte ihr Platz, und als sie auf dem Weg zur Toilette war, zog ich mir schnell die Strickjacke über.

Geschafft.

Ich setzte mich und nahm mir die Autozeitung vor.

In was für einen Schlamassel war ich da hineingeraten? Lag der Schlüssel für die Lösung in meiner Vergangenheit? Wer war ich? Gehörte ich zu den Guten oder zu den Bösen?

So sehr ich mir auch den Kopf zerbrach, eine Antwort würde ich nicht erhalten.

Scheiße, ich hatte eben jemanden umgebracht, schoss es mir wieder durch den Kopf. Notwehr, sagte ich mir wieder vor.

Aber wie konnte der Mann durch die Wand fallen? Warum hatte uns niemand wahrgenommen? Ach ja, das komische Gerät an seinem Gürtel war vermutlich dafür verantwortlich. Gab es denn überhaupt so eine technische Möglichkeit? Vermutlich ja.

Ich grübelte.

War Horyet eventuell ein … Blödsinn. Oder vielleicht doch nicht? Könnte es sein, dass Horyet ein …

»Kannst du mich mal bitte durchlassen?«, hörte ich Jennifers Stimme.

»Ja, natürlich«, sagte ich und stand auf.

»Bist du auf der Suche nach einem neuen Wagen?«

»Wie bitte?«

Jennifer deutete auf die Zeitung in meiner Hand.

»Ich schau nur so.«

»Ein McLaren?«, sagte sie und deutete auf die Seite, die ich gerade aufgeschlagen hatte.

»Ein schöner Wagen«, sagte ich begeistert, »aber nicht ganz meine Gehaltsklasse«, lächelte ich ihr zu und blätterte eine Seite weiter.

Zehn Minuten waren vergangen, als ich die Zeitung beiseite legte.

»Müde?«, fragte Jennifer.

»Ja«, nickte ich, legte den Kopf zurück und schloss die Augen.

»Niemand bewegt sich!«, hörte ich jemanden schreien.

Als ich die Augen öffnete, standen zwei Männer mit gezückten Pistolen im Gang.

Was sollte das denn? Eine Flugzeugentführung? Das war doch wohl ein schlechter Scherz. Scheiße, mir blieb aber auch gar nichts erspart.

Der bärtige Entführer schnappte sich eine Stewardess und hielt ihr den Pistolenlauf an die Schläfe.

»Wenn jemand eine falsche Bewegung macht, ist sie tot«, drohte er.

Der zweite Entführer, ein breitschultriger Mann, ging in Richtung Cockpit.

»Ruhe!«, drohte er einer kreischenden Frau mit der Waffe.

»Kacke, auch das noch«, schnaufte ich laut.

Der breitschultrige Entführer ging weiter. Als sich ein Mann von seinem Sitz erhob, streckte er ihn mit einem Schlag nieder. Mit blutender Nase kippte der Mann auf seinen Sitzplatz zurück.

»Keine Dummheiten mehr!«, drohte er ihm mit der Waffe.

»Was sollen wir bloß tun?«, fragte Jennifer.

»Nichts«, antwortete ich.

Der breitschultrige Entführer schnappte sich ebenfalls eine Stewardess und sagte lauthals: »Ich will zum Piloten!«

Was dachten die sich bloß dabei? Die Tür zum

Cockpit war verriegelt. Niemand kam dort hinein.

Der Breitschultrige ging mit der Stewardess in Richtung Cockpit, während der andere seine Position hielt.

Wie sind die Typen eigentlich durch den Sicherheitsbereich gekommen?, dachte ich und sah, wie der Bärtige eine Handgranate am Gürtel trug. Mich würde es nicht wundern, wenn er auch eine Kalaschnikow im Handgepäck hatte.

Was waren denn das für Sicherheitsmaßnahmen, wenn diese beiden Affen mit solchen Waffen durch die Kontrolle kamen?

Gespannt verfolgte ich die Szene, wie der Breitschultrige vor dem Cockpit stand und mit der Waffe gegen die Tür hämmerte.

Da kommst du nicht rein, dachte ich, *du Spinner.*

Fassungslos musste ich mitansehen, wie sich die Tür öffnete und der Entführer zusammen mit der Stewardess das Cockpit betrat. Etwas später änderte die Maschine ihren Kurs.

»Mist!«, fluchte ich leise.

Der bärtige Entführer stand nicht weit von mir entfernt. Was hatten die Entführer mit uns vor? Wo wollten sie hin? Sollte ich versuchen ... Ich verwarf den Gedanken wieder – aus dem Versuch, den bärtigen Entführer zu überwältigen, konnte sich leicht eine Katastrophe entwickeln. Außerdem hatte er immer noch die Stewardess in seiner Gewalt. Das Beste war sicherlich erst einmal abzuwarten und zu hören, welche Forderungen die Entführer stellten. Ein kurzer Blick zu Jennifer verriet mir, dass sie große Angst hatte.

»Ich habe Angst«, flüsterte Jennifer mir zu und bestätigte damit meine Annahme.

»Nur nicht die Nerven verlieren«, wandte ich mich ihr zu.

»Hast du denn keine Angst?«

»Seid still!«, brüllte der Entführer uns an.

Wir schwiegen. Jennifer zitterte leicht. Ich nahm ihre Hand.

»Es wird alles wieder gut«, sagte ich.

»Halt das Maul hab' ich gesagt«, schrie der Bärtige mich an und fuchtelte mit seiner Kanone in meiner Richtung herum.

Ich schwieg. Als es im vorderen Teil der Maschine unruhig wurde, wandte sich der Entführer diesen Passagieren zu.

»Ob wir sterben werden, Bill?«

»Nein«, schüttelte ich den Kopf. »Nicht heute. Du hast doch bald Geburtstag.«

Was rede ich denn da für einen Unsinn?, dachte ich.

»Ja, bald habe ich wieder Geburtstag«, seufzte Jennifer, »und werde wieder ein Jahr älter.«

»Na und? Du bist immer noch wunderschön.«

»Ja, aber von nun an wird dir jedes Jahr auffallen ...«, Jennifer schwieg.

Was hatte sie bloß?

»Wir werden zusammen altern.«

Jennifer schüttelte den Kopf.

»Du weißt, dass das nicht stimmt, Bill.«

»Du bist die wunderbarste Frau, die ich in meinem ganzen Leben kennengelernt habe.«

»Von nun an wird dir jedes Jahr auffallen, dass ich älter werde, du aber nicht.«

Warum sollte ich nicht älter werden?

»Warum musst du wirklich nach München?«, fragte Jennifer.

»Das habe ich dir doch gesagt.«

»Wer bist du in Wirklichkeit, Bill?«

»Was soll denn diese Frage?«

»Wer bist du, Bill? Wer?«, fragte sie wieder.

Das hallende Echo ihrer Stimme ließ mich erschaudern.

»Ich bin Bill Clayton«, antwortete ich unsicher. *Andor*, flüsterte mir eine innere Stimme zu. Wie kam ich jetzt darauf?

Ich wusste nicht, was plötzlich mit Jennifer los war. Ich nahm an, der Stress war ihr in den Kopf gestiegen. Sie musste große Angst und Ungewissheit verspüren. Nur so konnte ich mir ihr Verhalten erklären. Aber was war mit mir? Warum ließ ich solche Fragen zu?

»Also, hör mir mal gut zu, Jennifer ...«

»He, habe ich nicht eben deutlich gesagt, dass ihr euer Maul halten sollt?«

Der bärtige Entführer stand neben uns. Seine Miene verriet mir, dass er kurz davor stand, handgreiflich zu werden.

»Du blöde Zicke!«, fuhr der Entführer Jennifer an. »Ich werde dir zeigen was passiert, wenn man mir nicht gehorcht.«

Die Situation schien außer Kontrolle zu geraten. Er war entschlossen Jennifer etwas anzutun. »Beruhigen Sie sich, bitte!«, sagte ich.

»Halt das Maul!«, schrie er.

Anscheinend war sein Wortschatz begrenzt. Mir lag etwas auf der Zunge, das ich unbedingt loswerden wollte, als ich jedoch direkt in den Waffenlauf blickte, schwieg ich.

»Steh auf!«, forderte er Jennifer auf.

Was sollte ich tun? Ich konnte auf keinen Fall zulassen, dass er Jennifer in seine Gewalt bekam, also handelte ich.

»Bitte seien Sie doch vernünftig. Wir werden kein Wort mehr miteinander sprechen.«

»Halt das Maul!«

So langsam ging der Bärtige mir auf den Sack. Einen anderen Ausdruck kannte er wohl nicht.

»Bitte«, sagte ich, stand auf und trat in den Gang.

Mit allem hatte ich gerechnet, dass er mir einen Faustschlag verpassen oder mir die Waffe ins Gesicht schlagen würde, aber er schoss mir in den Bauch. Ich hört, wie Jennifer aufschrie – zeitgleich kippte ich rückwärts zu Boden. Mein Magen brannte, als hätte man mir einen glühenden Stab hineingestoßen.

Der Schmerz ließ langsam nach. Mir wurde kalt und schwindelig.

»So ergeht es jedem, der mir nicht gehorcht. Ist das jetzt klar?«, schrie der Mann.

Ich schloss die Augen und spürte, wie langsam das Leben aus meinem Körper wich.

Verdammte Scheiße, Bill, jetzt bist du tot, dachte ich. *Du gottverdammter Affenarsch von einem bärtigen Pavian ...*

Doch ich war noch nicht tot. Ich spürte, wie das Leben wieder in meinen Körper zurückfloss. Was war mit mir geschehen? War ich nun zu einem lebenden Toten geworden – einem Zombie? Als ich mich erhob, stand der Bärtige mit dem Rücken zu mir. Ich tippte ihm auf die Schulter. Er fuhr blitzartig herum und hätte beinahe die Waffe fallen lassen.

»Du bist tot!«, lallte er.

»Falsch!«, gab ich als Antwort und streckte ihn mit einem gezielten Faustschlag nieder.

Dann schnappte ich mir seine Waffe und blickte in Richtung Cockpit. Die Maschine rappelte, und ich wurde durchgeschüttelt, als ich zielstrebig auf die Tür zum Cockpit zuging.

»Bill, Bill«, hörte ich Jennifers Stimme, als wäre sie meilenweit entfernt. »Wach auf, Bill!«

Aufwachen? Ich schlief doch nicht, sondern war gerade dabei eine Flugzeugentführung zu verhindern.

»Wir sind im Landeanflug und müssen uns anschnallen«, sagte Jennifer, als ich die Augen öffnete.

Wieder einmal war es ein Traum, der mir so realistisch vorkam, als hätte ich die Geschehnisse tatsächlich erlebt. Ich konnte mich an jedes Detail und gesprochene Wort erinnern. Jennifer fragte mich in meinem Traum, wer ich war und ich antwortete *Bill*, eine innere Stimme flüsterte mir *Andor* zu. Das Wort stand auch in dem mit Geheimtinte geschrieben Brief, und ich hatte es als Passwort bei der Bank verwendet. War *Andor* mein wirklicher Name? Unsinn, denn so einen Namen hatte ich noch nie gehört.

Jennifer sprach in meinem Traum davon, dass sie altern würde, ich aber nicht. Was für ein Quatsch. Warum sollte ich nicht älter werden?

War ich etwa der **HIGHLANDER**?

Ich lächelte leicht bei diesem Gedanken und schaute an Jennifer vorbei, hinaus aus dem Fenster. Der Flughafen war nicht mehr weit entfernt, in wenigen Minuten würde die Maschine auf der Landebahn aufsetzen.

Kurz bevor die Maschine landete, musste ich an Horyet und an die alte Dame denken. Ich zuckte leicht zusammen. Was war aus ihr geworden? War sie aus der Bewusstlosigkeit erwacht? Ich schaute zurück. Der Sitz war leer. Sie musste also erwacht sein. Aber wo war sie?

Die Maschine setzte auf.

Ich schaute nach vorne. Auch dort konnte ich die alte Dame nicht finden.

»Hast du etwas?«, fragte Jennifer.

Ich schüttelte den Kopf.

»Du benimmst dich etwas eigenartig«, beschwerte sich Jennifer.

Ich zuckte nur mit den Schultern, während sie mich weiter anstarrte.

»Ich habe gerade von einer Flugzeugentführung geträumt«, sagte ich.

»Das ist ein Scherz?«

»Warum sollte ich deswegen Witze machen? Ich muss mich erst einmal von dem Schrecken erholen.«

»Okay«, sagte Jennifer.

Die Maschine rollte zur Parkposition.

Sollte ich mein Geheimnis wirklich für mich behalten? Sollte ich es etwa mit ins Grab nehmen, wenn Horyet mich ... Horyet war erledigt. Vorerst sollte ich Jennifer besser nichts erzählen.

Die Maschine stand still.

Wenig später verließen wir das Flugzeug durch die Schleuse.

Schnell noch auf das Klo

14 Mir kam es so vor, als hätte der Flug nach München eine Ewigkeit gedauert, so als hätte ich eine Reise von einem Ende der Welt zum anderen gemacht. Als ich das Flughafengebäude betreten hatte, war das Brummen in meinem Kopf wieder da. Es fiel über mich her wie ein Raubtier, dass seine Beute mit den Zähnen packte.

Ich seufzte.

»Was hast du, Bill?«, fragte Jennifer.

»Migräne«, antworte ich und faste mir an den Kopf.

»Ich habe Kopfschmerztabletten in meinem Gepäck. Willst du eine?«

»Vielleicht später.«

Warum sollte ich die Pillen einnehmen? Sie halfen mir eh nicht.

Das Geräusch war so stark wie noch nie. Wenn ich wieder zu Hause war, musste ich wohl doch mal einen Arzt deswegen aufsuchen. Aber jetzt musste ich die Schmerzen verdrängen und mich auf meine Aufgabe konzentrieren.

»Wir könnten im Dunkeln den Weg verlieren ...«, hörte ich eine Stimme in meinem Kopf und erschrak.

Träumte ich etwa wieder?

»Ich bin etwas müde vom Flug«, hörte ich Jennifers Stimme und wandte mich ihr zu.

Nein, ich träumte nicht.

»Wir können uns gleich im Hotel etwas ausruhen«, schlug ich vor.

Jennifer nickte mir zu.

»... und womöglich nicht mehr in unsere Welt zurückkehren«, meldete sich die Stimme in meinem Kopf.

Wurde ich etwa verrückt? Vielleicht fürchtete ich mich vor meiner Vergangenheit. Vielleicht, überlegte ich weiter, musste ich die Wahrheit in meinen verwirrten Träumen suchen. Ich musste an das eigenartige Telefongespräch denken, das ich mit einem Fremden in einem meiner Träume geführt hatte. Das war auch ein Grund dafür, dass ich in München war. Ich war hier um ein Tor ... Wie hatte er es noch genannt? Ach ja, um das Tor zur Ewigkeit zu suchen. Ich konnte mir beim besten Willen nicht vorstellen, was er damit gemeint hatte.

Alles würde sich irgendwann zusammenfügen, hoffte ich. Und dann würde ich die Wahrheit über mich erfahren – ob sie mir gefiel oder nicht, das war mir egal. Ich wollte endlich wissen, wer ich war.

»Wo willst du hin, Bill? Hier entlang geht es zu den Taxis«, sagte Jennifer plötzlich, und erst jetzt bemerkte ich, dass wir das Flughafengebäude verlassen hatten.

»Meine Kopfschmerzen werden immer schlimmer.«

»Willst du nicht doch eine Tablette?«

»Ja, gleich im Hotel.«

»Bitte folgen Sie mir!«, sagte eine weibliche Stimme direkt neben mir auf Deutsch.

Ich wandte mich der freundlichen Stimme zu und war sprachlos.

»Was wollen Sie von uns?«, fragte Jennifer höflich.

Jennifer sprach zwar nicht perfekt Deutsch genauso

wenig wie ich. Aber vor zwei Jahren hatten wir einen Sprachkurs besucht, weil wir zu dieser Zeit sehr viel mit deutschen Kollegen zu tun hatten, und nun war dieser Kurs uns wieder hilfreich.

»Es gibt da ein paar Fragen an Sie, Herr Clayton«, wandte sich die Polizistin mir zu.

»Was denn für Fragen?«, fragte ich verdutzt.

»Bitte kommen Sie mit mir«, sagte sie wieder.

»Wird es lange dauern?«, fragte ich.

Sie zuckte mit den Schultern.

»Dann muss ich vorher noch mal wohin«, sagte ich.

»Das muss leider warten.«

»Ich fürchte das kann nicht warten.«

Sie sah mich verblüfft an.

»Auf dem Weg zu Ihrem Büro kommen wir doch bestimmt an einer Toilette vorbei«, sagte ich etwas verlegen.

»Ja, natürlich«, lächele sie.

Wir folgten ihr ins Gebäude zurück. Was wollte denn die Polizei von mir? Ob das kleine Mädchen oder die ältere Dame im Flugzeug etwas über mich erzählt hatten? Vielleicht hatten sie ja auch Horyet gefunden. Aber wie sollten sie den Toten mit mir in Verbindung bringen? Verdammt, natürlich durch das kleine Mädchen oder durch die ältere Frau – sie hatten Horyet und mich zusammen gesehen.

»Hast du etwas, Bill?«, fragte Jennifer.

»Nein«, schüttelte ich den Kopf.

»Du siehst so nachdenklich aus.«

»Ich muss auf die Toilette.«

Wir gingen den Weg zurück durch die große Halle. In meiner geheimnisvollen Sammlung fehlte mir noch ein Umhang, mit dem ich mich unsichtbar machen konnte – schon wäre ich verschwunden und bräuchte mich dieser dämlichen Befragung nicht zu unterziehen.

»Dort«, sagte die Polizistin nur. »Die Toilette«, ergänzte sie, als ich sie fragend anblickte.

»Danke«, erwiderte ich.

Auf der Toilette war einiges los – zu viel für meine Bedürfnisse. Aber was sollte ich tun? Drei der vier Waschbecken waren besetzt. Eines von vier Pissoirs war noch frei. Auf ein Gruppenpissen hatte ich keinen Bock, also schlüpfte ich schnell durch die Tür zur Toilette, die gerade frei geworden war. Ich atmete auf – niemand stand links oder rechts von mir.

Ich hörte, wie eine Tür knallte, und zuckte zusammen. *Verdammter Idiot*, dachte ich, denn beinahe hätte ich mir über das Hosenbein gepinkelt.

»He, pass gefälligst auf«, hörte ich jemanden sagen.

Ein Schweigen trat ein.

»Schon gut, Mann«, sagte dieselbe Stimme, und ich hörte, wie eine Tür geöffnet wurde und ins Schloss zurückfiel.

»Darf ich bitte mal vorbei«, sagte jemand ängstlich, und ich hörte wieder die Tür.

So langsam leerte es sich hier. Dann hörte ich, wie eine Toilettentür aufging und vermutlich der stumme, unhöfliche Fremde sie betreten hatte.

»Was ist denn das für einer?«, sagte ein Mann mit einer kräftigen Stimme.

»Der sieht ziemlich finster aus. Jemand sollte die Polizei informieren«, antwortete jemand ängstlich.

»Ich gehe mal lieber, bevor er vom Klo zurückkommt«, sagte der Mann mit der kräftigen Stimme.

»Gute Idee, nichts wie weg.«

Da musste ja wirklich eine finstere Gestalt die Toilette betreten haben. Verflixt, das Brummen in meinem

Kopf wollte gar nicht mehr aufhören. Ich war froh, wenn ich endlich im Hotel war. Dann würde ich mir doch ein paar Kopfschmerztabletten einwerfen. Vielleicht halfen sie mir dieses Mal ja doch.

Warum eigentlich bis zum Hotel warten? Ich nahm mir vor, gleich auf der Wache nach einem Glas Wasser zu fragen und mir von Jennifer die Tabletten geben zu lassen. *Mann, dieses Brummen hält ja keine Sau aus.*

Ich öffnete die Tür und trat hinaus. Der finstere Fremde war noch auf dem Klo – hoffentlich blieb er dort, bis ich mir die Hände gewaschen hatte und von hier verschwunden war.

Ich hatte die Wahl. Das rechte und linke Waschbecken waren frei. Die beiden mittleren waren besetzt. Ich entschied mich für das rechte Waschbecken, das sich näher zur Tür befand. Am zweiten Waschbecken links von mir stand ein junger Mann und wusch sich die Hände. Neben mir am Becken stand ein schmuddeliger Mann, der sich gerade seine strähnigen Haare kämmte. Als er damit fertig war, steckte er den Kamm in die Jackentasche und rückte mit dem Gesicht näher zum Spiegel. Dann öffnete er seinen Mund und sah hinein – der dicke Bauch hing über dem Waschbecken.

Was hofft er da zu finden?, ging es mir durch den Kopf, als ich seine von vermutlich Nikotin gelbgefärbten Zähne sah.

Er wandte sich mir kurz zu, bevor er wieder in den Spiegel blickte. Ich nahm mir Seife aus dem Spender, hielt die Hände unter den Wasserhahn und sah mich dabei um. Ein bärtiger Mann stand am Pissoir und zwei Toiletten waren besetzt.

Der junge Mann trocknete seine Hände ab und verschwand durch die Tür. Der Dicke betrachtete immer noch seine Zähne im Spiegel, während der Bärtige am

Pissoir gerade fertig geworden war und zum Wasserhahn ging.

»Muss mir morgen eine Plombe austauschen lassen«, wandte sich der Dicke mir zu.

»Ach ja«, sagte ich, *und eine Mundreinigung würde auch sicherlich nicht schaden,* dachte ich.

Der Bärtige wusch schweigend seine Hände und verließ schnell den Raum.

»Hoffentlich kommt keine Krone drauf«, sagte er, »die Dinger kosten verdammt viel Geld.«

»Ja, die Dinger sind teuer«, sagte ich gelangweilt und stutzte. Auf einmal fiel mir auf, dass der Spiegel über dem Waschbecken bei dem dicken Mann leicht leuchtete, als würde sich ein Licht darin widerspiegeln.

»Ich muss los«, sagte der Dicke, als er auf seine Armbanduhr blickte.

»Viel Glück beim Zahnarzt«, verabschiedete ich mich von ihm.

»Ja, danke«, sagte er und verschwand durch die Tür.

Eigenartig, eben war hier noch die Hölle los, und nun stand ich allein vor dem Waschbecken. Ich betrachtete mir den Spiegel, der an Leuchtkraft zugenommen hatte. Dann hörte ich die Klospülung, während das Licht im Spiegel hell flackerte. Eine Toilettentür schwang auf und ein alter Mann trat hinaus. Das Licht im Spiegel erlosch.

»Was war das?«, fragte der alte Mann mich mit rauer Stimme.

»Das Licht hat geflackert«, antwortete ich.

»Jaja, dieser moderne Kram taugt nichts«, sagte er und deutete auf die Deckenleuchten, die mit Sparlampen bestückt waren.

Der alte Mann wusch sich die Hände und verließ den Raum. Ich blieb, weil meine Neugier auf den Spiegel gerichtet war, der eben geleuchtet hatte. Eine Toilette war noch besetzt. Dort musste sich der finstere Mann aufhalten. Ich sah nochmals in den Spiegel, der nun aber wieder ganz normal aussah.

Ich sollte jetzt gehen. Jennifer und die Polizistin warteten auf mich. Als ich die Tür öffnen wollte, klemmte sie. Ich ließ den Türgriff los. Dann probierte ich es noch einmal, dieses Mal zog ich fester. Die Tür ließ sich nicht öffnen.

Wieder einmal, wie schon so oft in dieser Woche, stießen mir die unmöglichsten Dinge zu. Nun war ich zusammen mit einem rätselhaften Fremden in einem Toilettenraum eingesperrt.

Ich wandte mich um, und was ich sah, gefiel mir ganz und gar nicht. Der Spiegel leuchtete wieder. Einige Sekunde später fiel parallel von ihm ein durchsichtiger, leuchtender Vorhang von der Decke herab.

Was war hier los? Träumte ich wieder? Wurde ich etwa verrückt?

Ich trat an den Lichtvorhang heran und wollte ihn gerade berühren, als er anfing zu flackern. Schnell zog ich meine Hand zurück.

Was hatte ich mir dabei gedacht? Ich wusste nicht, was dieses Ding war und wollte es berühren. Was wäre, wenn es elektrisch geladen gewesen wäre und ich einen Stromschlag bekommen hätte? *Bill, lass die Finger von diesem mysteriösen Ding*, sagte ich mir vor. Ich staunte, als plötzlich kleine Blitze über den Lichtvorhang liefen.

Was sollte ich tun? Fliehen konnte ich nicht, weil sich die verdammte Tür nicht öffnen ließ.

»Hey, hört mich jemand?«, schrie ich und hämmerte

gegen die Tür. »Die Tür klemmt«, rief ich.

»Beruhigen Sie sich, Herr Clayton«, hörte ich die Stimme der Polizistin. »Es wird gleich jemand hier sein, der die Tür wieder öffnen wird.«

»Ist gut«, rief ich. *Hoffentlich ist es gleich nicht schon zu spät für mich*, dachte ich.

»Alles in Ordnung da drin?«, hörte ich Jennifer.

»Ja, mir geht es gut«, sagte ich, schwieg aber über den Vorfall mit dem Spiegel und dem seltsamen Lichtvorhang.

»Ist noch jemand bei Ihnen?«, fragte die Polizistin, in diesem Moment schwang die Toilettentür auf.

Ich wandte mich blitzschnell um und hätte beinahe einen Herzinfarkt bekommen.

»Horyet?«, hauchte ich.

»Was haben Sie gesagt?«, fragte die Polizistin. »Hallo, Herr Clayton?«

Ich war wie erstarrt vor Schreck.

»Sind Sie allein?«, fragte die Polizistin wieder.

Was sollte ich antworten? *Nein, ich bin nicht allein. Hier ist noch der Mann, den ich aus dem Flugzeug geworfen habe.*

»Ja, ich bin allein«, rief ich zurück.

»Hab ich dich endlich wiedergefunden«, sagte Horyet und warf mir einen hasserfüllten Blick zu.

»Du müsstest tot sein«, sagte ich verstört.

Horyet lachte.

»Ich lebe, aber du wirst gleich tot sein«, brummte Horyet mich an.

»Du siehst verdammt Scheiße aus«, sagte ich und betrachtet mir seine verschmutzte und zerrissene Kleidung. »Hast wohl einen schlechten Tag gehabt?«, ergänzte ich und stutzte über meine Bemerkungen. War ich denn total verrückt geworden? Ich stand einem Berufskiller gegenüber, und mir fiel nichts besseres ein, als ihn auf den Arm zu nehmen.

»Warum willst du mich töten?«, fragte ich.

»Es ist nichts persönliches«, sagte Horyet mit gelassener Stimme. »Ich muss es tun«, ergänzte er.

Diese Antwort half mir nicht weiter. Obwohl Horyet mir dauernd mit dem Tode drohte, sagte mir irgendetwas in seiner Stimme, dass er mich doch lebend haben wollte. Aber ich konnte mich auch irren. Ich warf einen flüchtigen Blick zur Tür.

»Dieses Mal entkommst du mir nicht«, sagte Horyet und schien sich über den leuchtenden Spiegel und den Lichtvorhang nicht zu wundern. Er nahm beides als selbstverständlich hin, so kam es mir in diesem Augenblick vor. Horyet trat auf mich zu und verharrte, als der Lichtvorhang flackerte.

»Es funktioniert nicht«, sagte er, und sein Blick fiel dabei auf den Lichtvorhang.

Was funktionierte nicht?

»Das Tor ist noch zu instabil«, sagte er.

Von welchem Tor redete er?

Mir lief eine Gänsehaut über den Rücken.

»Können wir uns nicht irgendwie einigen?«, fragte ich.

Blödsinnige Frage, schoss es mir durch den Kopf, denn Horyet würde sich bestimmt nicht auf einen Deal einlassen.

»Ich habe schon ein Übereinkommen mit jemandem getroffen«, sagte Horyet und hielt das Lichtschwert in der Hand.

Verdammt, ich hatte auch so ein Lichtschwert, doch leider befand es sich in meinem Reisekoffer, und den hatte ich wie auch die Laptoptasche bei Jennifer gelassen. Na ja, ich wusste eh nicht, wie es aktiviert wurde.

Im Moment stand ich meinem Feind waffenlos gegenüber. Wir belauerten uns wie Raubtiere.

Das Leuchten im Spiegel erlosch langsam.

Ich malte mir aus, wie aus heiterem Himmel vier grüne Kreaturen aus dem Lichtvorhang traten wie Geister aus einer anderen Welt. Kampfbereit standen sie da, ebenfalls mit Lichtschwertern bewaffnet und kamen auf mich zu, um mich zu töten.

Nicht auszudenken, was geschehen würde, wenn tausende solcher Kreaturen durch dieses Lichtding kommen würden. Ich stellte mir gerade vor, wie es wäre, wenn alle Personen von eben noch hier anwesend wären. Und plötzlich spielten sich in meiner Einbildung schreckliche Szenen ab: Eine Kreatur schlitzte dem dicken Mann die Kehle auf. Danach richteten die vier Kreaturen ein wahres Blutbad an. Zwei Männer flüchteten zur Tür, doch bevor sie fliehen konnten, streckte eine der Kreaturen sie mit einem Lichtschwert nieder. Sie waren auf der Stelle tot. Im nächsten Moment erhellte ein Blitz den Raum, und alle Spiegel explodierten, bis auf den leuchtenden Spiegel, der mit dem Lichtvorhang verbunden war. Ein junger Mann wurde von einem Lichtschwert durchbohrt und fiel zu Boden. Eine Blutlache breitete sich aus, bis unter meine Schuhsohlen. Ich schüttelte mich bei diesen Gedanken wie ein nasser Hund.

Ich wich zurück, als Horyet einen Schritt auf mich zukam.

Ich werde ihm nicht entkommen und muss mich ihm stellen, dachte ich. *Warum soll ich warten, bis er kommt?*

Ich lief auf ihn zu und bekam seine Waffenhand zu fassen. Wir rangen miteinander.

Fwip, Fwip, Fwip.

Was war das für ein Geräusch? Es hörte sich an, als würden Raketen abgeschossen werden. Horyet zuckte zusammen. Etwas hatte ihn in den Rücken getroffen.

War es ein Geschoss, das aus dem Lichtvorhang gekommen war?

Trotz der Verletzung, konnte ich Horyet das Lichtschwert nicht entreißen. Mein Feind war geschwächt, trotzdem kämpfte er weiter und wollte mich vermutlich töten.

Jetzt hörte ich ein trockenes *Pop, Pop, Pop.* Was mochte das nun schon wieder sein? Es erinnerte mich an Gewehrfeuer. Wieder flogen Objekte aus dem Lichtvorhang heraus, die mit einem Knall in die Wand und die Toilettentüren einschlugen.

Verflucht! Was war das?

Wieder ertönte das *Pop, Pop, Pop,* und im nächsten Augenblick sah ich, wie die Wandfliesen über einem Pissoir zersplitterten.

Ich musste unbedingt etwas unternehmen, um dieses blöde Lichtgebilde zu zerstören. Ein Lichtstrahl verband den leuchtenden Spiegel mit dem Lichtvorhang, der parallel zu ihm von der Decke herunterhing.

Mir kam eine Idee, doch Horyet machte mir einen Strich durch die Rechnung, als seine linke Faust mein Kinn traf und ich zu Boden ging.

Oh, das hat wehgetan.

Horyets Schwert sauste auf mich nieder. Nur mit großem Glück, konnte ich dem Schlag entkommen. Ich rollte mich zur Seite und sprang auf die Beine.

»Wir werden beide draufgehen, wenn wir nichts unternehmen«, fuhr ich Horyet an und deutete auf den Lichtvorhang.

Horyet lächelte nur.

Blöder Kerl, dachte ich. Glaubte er denn, er wäre unsterblich?

Unsterblich, stutzte ich. Vermutlich war er das. Wie sonst hätte er den Sturz aus dem Flugzeug überleben können?

Ich sprang zur Seite und entwischte einem Schwerthieb, der mich vermutlich getötet hätte.

Fallschirm, ging es mir durch den Kopf. Natürlich war Horyet nicht unsterblich. Er hatte mit einem Fallschirm überlebt.

Fwip, Fwip, Fwip ertönte es wieder.

Zwei Geschosse schlugen in die Wand hinter mir ein und ein Geschoss erwischte Horyets Brustkorb. Mein Gegner wurde zurückgeschleudert und knallte gegen die Toilettentür, dann fiel er zu Boden.

»Was ist da drin bei dir los, Bill?«, hörte ich Jennifers Stimme.

Was sollte ich ihr antworten.

»Mir geht es gut«, rief ich zurück. »Ich vertreibe mir gerade die Zeit mit einem Handyspiel«, ergänzte ich. *Blöde Ausrede*, ging es mir durch den Kopf.

Wenn ich so darüber nachdachte, musste Horyets technisches Gerät die Geräusche hier drinnen eindämmen, denn auf das unüberhörbare Gepolter hätten Jennifer und die Polizistin schon längst Aufmerksam werden müssen.

Ich sah auf Horyet herab. Den Scheißkerl hatte es erwischt, dieses Mal war er erledigt – für immer und ewig.

Ich sah die Wunde in seinem Brustkorb und das viele Blut.

»Ja, das hast du nun davon, du Scheißkerl«, fluchte ich laut.

»Was hast du gesagt?«, hörte ich Jennifers Stimme.

»Nichts«, antwortete ich laut, rannte zu den Waschbecken und schnappte mir den Abfalleimer aus Metall, mit dem ich den leuchtenden Spiegel zertrümmern wollte. Als ich hinter mir ein Geräusch hörte, fuhr ich herum und konnte gerade noch dem Schwerthieb ausweichen.

Horyet stand quicklebendig vor mir.

»Wo ist dein Schwert?«, fauchte er mich an. »Kämpf und stirb in Würde«, sagte er.

Wie kam er darauf, dass ich ein Schwert besaß?

»Woher kommst du?«, fragte ich.

Er schlug zu, doch ich war schneller und schwang den Abfalleimer, der Horyet gegen den Kopf traf. Er wankte zurück. Sollte ich es wagen? Es war meine einzige Waffe, die ich zur Verteidigung hatte.

»Du kämpfst gut, aber ohne dein Schwert wirst du sterben«, fauchte er.

Ein Moment verstrich.

Ob es eine gute Idee war, wusste ich nicht, dennoch holte ich aus und warf den Abfalleimer gegen den leuchtenden Spiegel.

Horyet brüllte wütend auf, als der Spiegel zerbrach.

Die Lichtverbindung vom Spiegel zum Lichtvorhang erlosch. Das Lichtgebilde flackerte, und instinktiv sprang ich in die Ecke und kauerte mich zu Boden.

Das Lichtgebilde dehnte sich aus. Es stank nach verbranntem Fleisch. Vermutlich wurde Horyet von dem Licht getroffen. Dann blitzte es, und das Lichtgebilde war verschwunden.

Als ich mich erhob, sah ich Horyet am Boden knien. Seine Kleidung war verbrannt. Als ich in sein Gesicht blickte, sah ich verkohltes Fleisch. Horyet schwankte, als er wieder auf den Beinen stand.

Horyet war schwer verletzt. Mein Blick fiel auf sein

Lichtschwert. Sollte ich ihm das Schwert entreißen und ihn damit töten?

»Wir sehen uns wieder«, schnaufte er.

»Willst du etwa schon gehen?«, schmunzelte ich.

Durch die Tür konnte er nicht fliehen, dafür musste er an mir vorbei. Wollte er sich etwa das Klo hinunterspülen?

Horyet betätigte das Gerät an seinem Gürtel, wandte sich um und lief auf die Wand zu und verschwand durch sie.

»Das gibt's doch nicht«, staunte ich.

Jetzt war mir endgültig klar, dass Horyet ein Geheimnis umgab, das nicht von dieser Welt sein konnte.

Was sollte ich sagen, wenn ich gefragt wurde, was hier geschehen war? Die Wahrheit konnte ich nicht preisgeben.

Ich ging zur Tür und vermutete, dass Horyet für die verschlossene Tür verantwortlich war. Würde sie immer noch verschlossen sein? Ich atmete tief ein und öffnete sie.

»Bist du okay?«, wurde ich von Jennifer empfangen.

»Ja, natürlich«, sagte ich.

»Was war denn da drinnen los?«, fragte die Polizistin.

»Nichts«, antwortete ich schnell, »die Tür hat nur geklemmt.«

Der Hausmeister kam.

»Sie funktioniert wieder«, sagte ich.

»Okay«, sagte der Hausmeister und wollte kurz das Türschloss überprüfen.

»Sollen wir?«, fragte ich.

Die Polizistin nickte und ging voraus, und ich hoffte, dass der Hausmeister nicht sofort die Zerstörungen wahrnahm und er sich vorerst auf das Türschloss konzentrierte.

»Was ist los mit dir, Bill?«, fragte Jennifer. »Hast du etwa einen Geist gesehen?«, lächelte sie.

Damit lag sie wohl nahe dran. Der verdammte Kerl war tot gewesen, als ihn das Geschoss in den Brustkorb getroffen hatte, und kurz darauf war er wieder aufgestanden.

»Mir ist der Flug nicht bekommen«, schummelte ich.

Einige Minuten später öffnete die Polizistin uns die Tür zur Wache.

Wir lassen die Sau raus

15 Sprachlosigkeit erfasste mich, als ich einen flüchtigen Blick zu den beiden Herren in den dunklen Anzügen warf, die neben dem Beamten in Uniform standen. *Agenten*, fuhr es mir blitzartig durch den Kopf. Ich stellte mir vor, wie sie ihre Jacketts zurückschlugen, die Kanonen aus den Halftern zogen und sie auf mich richteten.

»Bitte, nehmen sie Platz«, forderte der Polizist in Uniform Jennifer und mich auf und deutete auf die beiden Stühle vor dem dunkelbraunen Schreibtisch.

Na ja, es war alles nur eine Geschmackssache, aber ich fand den Schreibtisch viel zu groß für diesen Raum. Dann bewunderte ich das gemaserte Holz. Es war wohl eher ein Privatstück, vermutete ich.

Die Polizistin verabschiedete sich von uns und ging.

»Mein Name ist Walter Giller. Der Kollege zur Rechten heißt Michael Zink und zur Linken Helmut Berger«, sagte uns der Beamte in Uniform und setzte sich behutsam auf den Bürostuhl. Die beiden anderen Herrn blieben neben ihm stehen. Sie sahen wirklich nicht aus wie Polizisten, vermutlich gehörten sie zu einer Spezialeinheit.

Terrorismus ... ob die beiden tatsächlich Agenten waren und ..., überlegte ich.

»Haben Sie einen guten Flug gehabt?«, sprach Giller

mich an.

Was sollte diese Frage? Ein ungutes Gefühl schlich in mir hoch. Wusste er etwas von dem Zwischenfall in der Maschine?

»Ja«, antwortete ich knapp. »Habe nur ein wenig Kopfschmerzen«, ergänzte ich.

»Aha«, sagte Giller beiläufig.

»Was wollen Sie von uns?«, sprach Jennifer ihn direkt an.

»Ist in der Maschine etwas Ungewöhnliches vorgefallen?«, fragte Giller mit gedämpfter Stimme.

Es bestand kein Zweifel mehr. Er wusste über mich und Horyet Bescheid.

»Nein«, antwortete ich trotzdem. »Was sollte denn vorgefallen sein?«, hakte ich nach.

»Was wollen Sie in München?«, fragte Berger mich plötzlich. Seine auffallenden, stechend blauen Augen nahmen mich ins Visier.

»Wir sind beruflich hier«, sagte ich und erzählte, wer wir waren und für wen wir arbeiteten. Berger sah gelangweilt aus, also nahm ich an, dass er schon über uns Bescheid wusste.

Ich warf einen kurzen Blick zu Zink. Er hatte bis jetzt noch kein Wort gesagt. Mir fiel auf, dass Berger schon graumeliertes Haar hatte und älter war als sein Kollege Zink, vielleicht war Berger sein Vorgesetzter.

Die Tür zum Nebenzimmer ging auf, und mich traf es wie ein Blitzschlag, als das kleine Mädchen aus dem Flugzeug mit seiner Mutter hereinkam.

»Ist Ihnen nicht gut?«, fragte Berger gelassen. »Sie sehen blass aus«, ergänzte er. Berger hatte wohl die Gesprächsführung übernommen.

Ich schwieg.

Das Mädchen kam näher. Mir wurde leicht übel. Im

Flugzeug hatte ich die Kotztüte beiseite gelegt, nun könnte ich eine gebrauchen.

»Hallo, Herr Engel«, sprach das Mädchen mich an.

»Hallo«, erwiderte ich verlegen.

Was sollte ich bloß erklären, falls die Kleine erzählt hatte, was im Flugzeug geschehen war?

»Sie kennen sich?«, fragte Berger, der das Verhör nun ganz übernommen hatte.

»Ähm«, zögerte ich. »Nicht direkt.«

»Was heißt das?«

»Tja, aus dem Flugzeug«, antwortete ich.

»Sind Sie immer noch sicher, dass nichts Ungewöhnliches geschehen ist?«, fragte Berger mit Nachdruck.

»Tja, also, was sollte schon auf so einem Flug passieren?«

»Eine Flugzeugentführung – durchschnittene Sitze und Ablagen – ein Ringkampf«, antwortete Berger in ruhigem Ton.

»Eine Flugzeugentführung?«, stutzte ich und verzog leicht die Mundwinkel. »Wie kommen Sie denn darauf?«

Ich wandte mich kurz Jennifer zu. Sie schien etwas irritiert zu sein und schwieg.

»Ich merke schon ...«, fing Berger an und legte die Stirn in Falten, »... entweder hat das kleine Mädchen die Geschichte mit dem bösen Mann erfunden oder Sie haben eine Gedächtnislücke, was den Kampf im Flugzeug angeht.«

»Ein Kampf im Flugzeug?«, stutzte ich. »Also, das wäre ja wohl aufgefallen.«

Was konnte schon passieren, wenn ich mich unwissend anstellte? Niemand, außer dem kleinen Mädchen, hatte mich mit Horyet kämpfen sehen, und die zerschnittenen Sitze konnten sonst wo her rühren.

»Du kannst jetzt gehen«, wandte sich Berger dem kleinen Mädchen freundlich zu.

»Ist gut«, sagte sie.

»Danke, dass Sie gekommen sind«, wandte sich Berger an die Mutter.

»Auf Wiedersehen, Herr Engel«, verabschiedete sich das Mädchen von mir mit einem kleinen Lächeln, »und danke, dass Sie uns vor dem bösen Mann gerettet haben.«

Ich lächelte ihr verlegen zu. Als ich Bergers ernste Miene sah, klang mein Lächeln langsam ab.

»Auf Wiedersehen«, sagte ich.

»Komm, wir gehen«, sagte ihre Mutter.

Als die Mutter mit ihrer Tochter den Raum verlassen hatte, breitete sich ein unangenehmes Schweigen aus.

War das Schweigen eine Taktik der Beamten, in der Hoffnung, dass ich etwas sagen würde, das die Aussage des Mädchens bestätigte?

»Kinder haben eine ausgeprägte Fantasie«, unterbrach ich die Stille.

Niemand antwortete mir, und wieder trat ein Schweigen ein, das mir ein gewisses Unbehagen bescherte. Als ich mich Jennifer zuwandte, zuckte sie nur mit der Schulter.

So langsam ging mir die Stille auf den Sack, also fragte ich: »Haben Sie denn diesen Mann gefunden, mit dem ich angeblich gekämpft haben soll?«

»Nein, die Kleine sagte uns, dass er aus dem Flugzeug gefallen wäre«, antwortete Giller.

»Aus dem Flugzeug gefallen?«, fragte ich irritiert und wandte mich Giller zu. »Wie das?«, legte ich nach.

Giller schwieg.

»Man kann doch nicht einfach eine Tür öffnen und aussteigen«, schüttelte ich den Kopf.

»Ein Mann geht durch die Wand«, sagte Berger.

»Wie bitte?«

»Kennen Sie den Film?«, fragte er.

»Nein«, schüttelte ich wieder den Kopf. »Was hat das mit dem Vorfall im Flugzeug zu tun?«

Berger schwieg, aber ich wusste, was er mir mit dieser Andeutung sagen wollte.

»Wo wohnen Sie in München?«, das war die erste Frage, die ich von Zink zu hören bekam.

»Im Mandarin Oriental«, gab ich an.

»Wow, ein Luxushotel«, erwiderte Zink.

»Die Firma zahlt.«

»Ich glaube, ich habe den falschen Job«, sagte Zink.

»Das kleine Mädchen hat uns gesagt«, sprach Berger mich an, »dass der Mann, mit dem Sie gekämpft haben, durch die Wand hindurch aus dem Flugzeug gefallen ist.« Berger legte eine kurze Pause ein. »Sie wissen auch nichts darüber?«, hakte er nach.

»Wie bitte?«, fragte ich erstaunt.

»Durch die Wand?«, fragte Jennifer verstört. »Ich bitte Sie! Wie soll das denn gehen?«

»Tja, wie könnte das wohl funktionieren?«, fragte Berger und trat einen Schritt auf mich zu. »Sagen Sie es uns, Herr Clayton!«, forderte er mich auf und beugte sich ein Stück vor.

»Weiß ich auch nicht«, zuckte ich mit den Schultern.

»Natürlich wissen Sie es nicht«, sagte Berger und zog die Augenbrauen hoch.

»Das Mädchen hat sich vielleicht nur eine Geschichte ausgedacht«, sagte Jennifer. »Sie glauben doch nicht etwa, dass jemand durch eine Wand fallen kann.«

»Natürlich glaube ich an so etwas nicht«, sagte Berger und richtete sich wieder auf.

»Wenn Sie die Stadt verlassen, will ich das wissen!«, sagte Berger mit Nachdruck.

»Okay«, nickte ich vorsichtig.

Er glaubte mir nicht, das spürte ich, aber dem Mädchen kaufte er ihre Geschichte ab. Warum? Wer war dieser Berger? Wer würde noch der Geschichte des Mädchens Beachtung schenken? Niemand, war ich überzeugt, denn die Story klang zu verrückt um wahr zu sein.

Die Tür flog auf, und ein junger Polizist stürmte aufgeregt in das Büro.

»Was ist passiert?«, fragte Giller schnell.

»Wir haben einen verletzten Kollegen in der Abfertigungshalle gefunden.«

»Wen?«

»Dirk.«

»Was ist mit ihm?«

»Er hat eine Stichverletzung.«

»Wo?«

»Im Bauch.«

Dem jungen Polizisten musste man die Würmer buchstäblich aus der Nase ziehen.

»Ist er schwer verletzt?«

»Der Notarzt versorgt ihn gerade.«

»Hat jemand gesehen, wer das getan hat?«

»Nein«, schüttelte der Polizist den Kopf. »Aber ein breitschultriger Mann mit zerfetzter und verkohlter Kleidung ist in der Nähe des Tatorts aufgefallen.«

Horyet, schoss es mir durch den Kopf.

»Außerdem ist eine Toilette demoliert worden«, sagte der Polizeibeamte.

Jennifer warf mir einen fragenden Blick zu. Ich schaute verlegen zur Decke.

»Was ist da passiert?«, fragte Berger und beachtete mich nicht mehr.

»Ein Spiegel ist zertrümmert worden, und es gibt mehrere Einschüsse in den Wänden, den Türen und der Decke.«

»Aber es hat niemand eine Schießerei gemeldet«, sagte Zink.

»Die Einschläge wurden ja auch nicht durch Kugeln verursacht, sondern ...«, sagte der Polizist und machte eine kurze Pause, »... die Spurensicherung ist gerade dabei es herauszufinden.«

»Okay, gehen Sie wieder auf Ihren Posten«, sagte Giller.

»Sie haben wohl auch keine Erklärung dafür?«, knurrte Berger.

»Nein«, sagte ich nur, als ich bemerkte, dass er mich ansprach.

»Natürlich haben Sie das nicht.« Berger verzog die Mundwinkel.

Jennifer schwieg, doch ihr Blick verriet mir, dass sie ein paar Fragen an mich hatte.

»Irgendetwas stimmt mit Ihnen nicht, Herr Clayton«, gab Berger mir unmissverständlich zu verstehen, »und glauben Sie mir, Herr Clayton, ich werde herausfinden, was es ist.«

»Sie lassen ihn also laufen?«, beschwert sich Giller lauthals.

»Wir haben keinerlei rechtliche Handhabe, ihn festzuhalten«, sagte Berger. »Was nicht bedeutet, dass wir es nicht können.«

»Gut, wir kommen später vielleicht noch mal auf Sie zurück«, brummte Giller mich an, während er sich von seinem Stuhl erhob. Nachdem sich Giller von uns und seinen Kollegen verabschiedet hatte, verließ er das Büro, um nach seinem verletzten Kollegen zu sehen.

Ich grübelte über die letzten Ereignisse nach. Der Polizist hatte eine Stichverletzung, die ihm wahrscheinlich Horyet zugefügt hatte. Ich bemerkte, wie Berger und Zink mich schweigend beobachteten. Was konnte ich tun? Sollte ich ihnen von Horyet erzählen? Aber was wäre, wenn Horyet ein Schwerverbrecher oder ein Terrorist wäre? Berger würde mich solange in die Mangel nehmen, bis ich ihm eine plausible Geschichte auftischen würde. Wenn ich dann auch noch die Wahrheit erzählen würde, könnte ich Gefahr laufen, dass mich Berger und sein Kollege für total verrückt erklären würden, also schwieg ich weiter.

»Für das Erste sind wir fertig«, wandte sich Berger an mich. »Sie beide können dann gehen. Wir wissen ja, wo sie wohnen.«

Ich nickte und stand auf. Jennifer erhob sich kurz nach mir.

Die alte Frau, schoss es mir blitzartig durch den Kopf.

Bis jetzt hatte mich niemand auf die ältere Frau angesprochen, die von Horyet außer Gefecht gesetzt wurde. Hatte sie etwa über den Vorfall geschwiegen? Das war unwahrscheinlich. Vielleicht war die Frau nicht nur bewusstlos geworden, sondern Horyet hatte bei ihr auch irgendwie die Erinnerungen an den Vorfall im Flugzeug gelöscht. Das traf wahrscheinlich eher zu.

»Komm Michael, wir sehen uns den Tatort mal an. Vielleicht besteht ein Zusammenhang zu dem Fall, den wir gerade bearbeiten«, sagte Berger.

»Okay«, nickte Zink ihm zu.

»Sie finden ja hier alleine heraus«, wandte sich Berger an uns und verschwand mit seinem Kollegen Zink durch die Tür.

»Was ist los mit dir, Bill?«, fragte Jennifer mich mit einer ernsten Miene, als wir alleine im Büro waren.

»Kann ich dir im Augenblick nicht sagen, weiß es selber noch nicht«, antwortete ich.

»Das nehme ich dir irgendwie nicht ab, Bill.«

»Ich muss unbedingt wissen, wer den Polizisten angegriffen hat«, sagte ich.

»Warum?«

»Tja ...«

»Sag schon!«

»Du fährst schon mal ins Hotel!«, befahl ich Jennifer.

»Auf gar keinen Fall! Bevor ich nicht weiß, was hier los ist, bleibe ich bei dir«, gab Jennifer mir klar zu verstehen.

Sollte ich ihr doch die Wahrheit erzählen?

»Was ist auf der Toilette vorgefallen, Bill?«

»Nichts.«

»Halt mich nicht für dumm!«

»Können wir nicht später im Hotel darüber reden? Ich muss mir noch über manche Dinge Klarheit verschaffen.«

Jennifer schwieg einen kurzen Moment, dann sagte sie: »Okay.«

»Okay?«, fragte ich erstaunt.

»Ja.«

Ich atmete erleichtert auf. Wir gingen zur Tür und wollten das Büro verlassen, als plötzlich die Tür aufschlug und Horyet vor uns stand. Dieser Kerl klebte an mir wie ein Schatten. Jennifer schrie auf, als sie das Lichtschwert in seiner Hand sah. Die Tür fiel ins Schloss zurück.

»Das ist doch der Typ, den die Polizei sucht«, sagte Jennifer entsetzt.

»Vermutlich«, sagte ich.

»Du kannst mir nicht entkommen«, donnerte Horyets Stimme mir entgegen.

»Was will er von dir, Bill?«, fragte Jennifer schnell.

»Weiß nicht«, antwortete ich.

»Lass sie gehen«, forderte ich Horyet auf und deutete dabei auf Jennifer. »Was immer du von mir willst, sie hat nichts damit zu tun.«

»Jetzt schon«, sagte Horyet kühl.

Ich sah, wie Jennifer zur Tür schielte. Vermutlich spielte sie mit dem Gedanken zu fliehen, aber so wie ich Horyet kannte, hatte er schon dafür gesorgt, dass die Tür nicht geöffnet werden konnte. Ob im Nebenraum noch jemand war, der uns hören und Hilfe holen konnte?

»Kruto tú Mekma!«, sagte Horyet barsch, zugleich schnappte ich mir Jennifers Hand und zog Jennifer zur Tür, die zum Nebenraum führte.

Es war ein Wunder, die Tür ließ sich tatsächlich öffnen, und ich stupste Jennifer hindurch. Ich kam nicht mehr dazu ihr zu folgen, denn die Tür fiel wie durch Geisterhand bewegt ins Schloss.

»Bill! Bill!«, hörte ich Jennifers besorgte Stimme.

»Gibt es eine Tür bei dir?«, rief ich.

»Nein.«

»Ist noch jemand bei dir?«

»Nein.«

»Dieses Mal entkommst du mir nicht!«, drohte Horyet mir lautstark.

Was konnte ich tun? *Mein Reisekoffer – das Lichtschwert*, schoss es mir durch den Kopf. Schnell öffnete ich den Koffer und nahm den Stab heraus. Im Prinzip sah das Ding genauso aus wie das, was Horyet in der Hand hielt. Aber wie ließ es sich aktivieren?

Ich lief hinter den Schreibtisch, um den Abstand zwischen mir und Horyet zu vergrößern.

»Marador!«, sagte Horyet und kam auf mich zu.

Keine Ahnung, was er mir damit sagen wollte, aber ich vermutete, dass es nichts Gutes zu bedeuten hatte.

»Bill!«, rief Jennifer. »Ich bekomme die Tür nicht mehr auf.«

»Bleib da, wo du bist«, rief ich ihr zu.

»Was immer du mir mit Kruto tú Mekma oder Marador auch sagen wolltest, ist mir egal, wenn du näher kommst, prügele ich mit dem Ding hier solange auf dich ein, bis dein Hirn auf dem Boden liegt«, brummte ich Horyet an und schlug den Stab dabei in meine linke Handfläche.

»Túe Sãnto és reget«, brummte Horyet zurück und schien völlig unbeeindruckt von meiner Drohung zu sein.

Wir standen uns lauernd gegenüber, nur getrennt durch den mächtigen Schreibtisch. Na ja, irgendwie kam ich mir wie die Beute vor – gejagt – gestellt – erlegt, aber so weit war es noch nicht. Horyet musste mich erst erwischen, und leicht machen wollte ich es ihm nicht.

»Beelze«, brüllte Horyet mit rauer Stimme.

»Beelze«, brüllte ich zurück, was immer das auch bedeuten mochte.

Horyet schlug mit dem Lichtschwert zu und traf den Schreibtisch, der daraufhin krachend in sich zusammenbrach. Alles was auf dem Schreibtisch stand fiel zu Boden.

Damit hatte ich einen Feind mehr, denn das würde Giller mit Sicherheit mir anhängen.

218

Ich sprang zur Seite weg und wäre fast über den Monitor gestolpert. Horyet war schnell, und er schlug wieder zu. Hätte ich mich nicht blitzschnell geduckt, wäre ich jetzt kopflos und tot. Ich schlug ihm den Stab in den Magen. Horyet wankte zurück, und ich zog ihm mit dem Stab eins über den Schädel. Blut rann aus einer Platzwunde heraus über sein Gesicht und tropfte zu Boden. Als ich ihm noch eins mit dem Stab überziehen wollte, schlug er mir die Faust ins Gesicht. Ich flog rückwärts gegen einen Aktenschrank. Horyet setzte mir nach. Schnell sprang ich zur Seite, als ich Horyets Lichtschwert sah. Den Aktenschrank teilte Horyet mit seinem Schwert in zwei Hälften.

Scheiße! Wenn ich das hier überleben sollte, was sollte ich Giller und seinen Kollegen erzählen?

Ich wirbelte herum und wollte Abstand zwischen mir und Horyet schaffen, übersah aber den zerstörten Schreibtisch, über den ich stolperte und zu Boden fiel.

Ich lag wehrlos auf dem Rücken, hielt den Stab vor meiner Brust, so als ob ich damit das Lichtschwert abwehren wollte, das gleich auf mich zukommen würde, denn Horyet stand schon mit einem breiten Lächeln vor mir. Der Sieg war ihm nun gewiss. Ich hatte das Gefühl, als wollte er den Moment auskosten, mich zu töten.

Horyet hob sein Schwert, während ich wie gelähmt auf dem Boden lag und versuchte, mit dem blöden Ding in meiner Hand, Horyets Schlag abzuwehren.

Das Lichtschwert sauste auf mich nieder. Ich schloss die Augen und erwartete den Tod, doch ein dumpfes Summen und ein fluchender Horyet erregte meine Aufmerksamkeit. Als ich die Augen öffnete, sah ich, dass mein Lichtschwert aktiviert war und ich den Schlag von Horyet vermutlich abgewehrt hatte.

Glückspilz, jubelte ich im Stillen.

»Das wird dir auch nicht helfen«, brummte Horyet, und wieder sauste sein Lichtschwert auf mich zu.

Ich wehrte den Schlag ab und versuchte auf die Beine zu kommen, doch mein Gegner wollte das um alles in der Welt verhindern. Unsere Schwerter trafen aufeinander, und ein leises Summen ging dabei von ihnen aus. Zweimal musste ich Horyets Attacken abwehren, bevor ich ihm wieder Auge in Auge gegenüberstand. Erst jetzt fiel mir auf, dass das Lichtschwert meines Gegners violett und meines bläulich schimmerte. Ich kam mir vor, wie in dem Film Krieg der Sterne – Luke Skywalker gegen Darth Vader.

Der Kampf war gnadenlos. Wir wirbelten wie wilde Stiere durch das Büro und verwüsteten die gesamte Einrichtung. Ich stolperte rückwärts über einen zerschmetterten Holzstuhl und fiel zu Boden.

Sofort stand Horyet vor mir und hieb mit seinem Lichtschwert zu. Blitzschnell rollte ich mich zur Seite und hatte wohl einen Schutzengel gehabt, denn der Hieb ging in den Boden.

Horyet war ein erfahrener Kämpfer, gegen ihn hatte ich nicht die geringste Chance. Ich musste Zeit schinden. Verdammt, ich hatte mich durch meine Gedanken ablenken lassen.

Ich rollte mich weiter herum und sprang auf, dabei hätte Horyet fast meinen rechten Oberschenkel getroffen. Ich humpelte zurück und fluchte leise, weil ich mir das Knie verdreht hatte. Eine kurze Kampfpause trat ein, in der wir uns belauerten. Horyet kam wieder auf mich zu. Ich wich ihm aus, und wie durch ein Wunder, war mein Knie wieder in Ordnung.

Der Schlag kam von schräg oben. Ich wollte den Schlag mit dem Lichtschwert abblocken, war mir aber nicht sicher, ob mir das gelingen würde, deswegen sprang ich zur Seite weg. Horyet setzte nach und wieder sprang ich vor ihm fort. Ich kam mir vor wie ein hoppelnder Hase auf der Flucht vor dem bösen Wolf.

»Der große Krieger Andor, ein Feigling?«, spottete Horyet.

Er nannte mich Andor? Was hatte das zu bedeuten? Horyet musste mich mit irgendjemandem verwechseln.

»Es kommt mir vor, als hättest du noch nie jemanden getötet«, spottete Horyet.

Natürlich habe ich noch nie jemanden getötet. Warum auch? Bei Horyet würde ich allerdings eine Ausnahme machen – schließlich ging es um mein Leben.

Horyet lachte laut.

»Wenn du dich wieder beruhigt hast, können wir ja weitermachen«, fuhr ich ihn an und dachte dann: *Wie blöd von mir.*

Horyet legte eine grimmige Miene auf und trat mir schnell entgegen. Nur mühsam konnte ich seine Schläge abwehren. Er drängte mich zur Wand und machte einen Schritt zur Seite, bevor er sein Schwert erhob.

Das war meine Chance. Ich stieß zu und traf ihn mitten ins Herz. Horyet verharrte, und ich bemerkte, wie er mich irritiert ansah. Ich drehte mein Schwert in seiner Wunde. Horyet verzog qualvoll das Gesicht. Sein Lichtschwert glitt ihm aus der Hand und fiel zu Boden.

Ich bemerkte, wie mein Lichtschwert plötzlich flackerte und summte.

»Du hast mich besiegt«, stammelte Horyet, »aber es werden andere kommen und dich jagen.«

»Mag sein, Horyet«, sagte ich gleichgültig, »aber das nächste Mal werde ich mich besser darauf vorbereiten.«

Ich zog mein Schwert nach rechts aus Horyets Körper heraus. Horyet sank auf die Knie.

Mein Lichtschwert hatte aufgehört zu flackern.

»Bill«, hörte ich Jennifers Stimme hinter mir und stach zu.

Mein Schwert durchbohrte Horyet ein zweites Mal. Er kippte vornüber zu Boden.

Jennifer ließ einen kurzen Schrei ab.

»Mein Gott«, sagte sie. »Ist er tot?«

»Weiß nicht«, antwortete ich.

Jennifer blickte mich schweigend an.

»Was ist das?«, fragte sie und deutete auf das Lichtschwert in meiner Hand.

Ich zuckte mit den Schultern und überlegte, wie es sich wieder deaktivieren ließ. Als ich zufällig den Daumen auf die Stirnfläche des Stabes legte, verschwand der Lichtstrahl nach wenigen Sekunden.

War es Zufall oder wurde das Lichtschwert hier aus- und eingeschaltet? Später konnte ich es ja noch einmal ausprobieren, jetzt aber legte ich es schnell in meinen Reisekoffer zurück.

Das Büro sah ziemlich verwüstet aus. Wir mussten hier schleunigst verschwinden, bevor noch jemand kam. Ich hoffte, dass sich die Tür wieder öffnen ließ. Sollte ich Horyet die Waffe und das technische Gerät abnehmen?

»Wir müssen Giller und seine Kollegen informieren«, sagte Jennifer.

»Und was soll ich ihnen erklären«, gab ich zurück.

»Du hast jemanden getötet, Bill«, sagte Jennifer entsetzt. »Du kannst nicht einfach so verschwinden«, machte sie mir deutlich.

»Also, ich weiß auch nicht, was ...«, fing ich an, und

Jennifer unterbrach mich energisch: »Komm mir nicht so, Bill! Du bist mir eine Erklärung schuldig!«

Ja, das wusste ich auch. Aber was sollte ich ihr erklären? Ich wusste doch selber nicht, was hier los war und warum dieser Typ mich umbringen wollte.

»Wir müssen verschwinden, bevor jemand zurückkommt«, sagte ich. »Bitte, Jennifer!«, flehte ich sie an.

»Wer ist er?«, fragte sie und machte einen Schritt auf Horyet zu.

»Ich weiß es wirklich nicht«, sagte ich.

Sie sah mich schweigend an.

»Ich weiß es wirklich nicht!«, wiederholte ich mit aller Deutlichkeit.

»Das nehme ich dir irgendwie nicht ab, Bill.«

»In den letzten Tagen ist so einiges geschehen, das ich nicht verstehe«, sagte ich. »Ich weiß nicht, wer er ist«, sagte ich und deutete auf Horyet, »und ich weiß nicht, wer ich bin.«

»Wie meinst du das denn?«

»Können wir uns nicht irgendwo anders darüber unterhalten?«, fragte ich nervös.

»Willst du denn einfach davonlaufen?«

»Ja!«

»Nein, ohne mich, Bill!«

»Bitte, komm mit mir!«

»Und wenn nicht?«, fragte sie. »Werde ich dann so enden wie er?«, sagte Jennifer zornig und deutete auf Horyet.

»Rede keinen Quatsch«, fuhr ich sie ärgerlich an. »Er wollte mich töten. Hast du das etwa vergessen?«

»Natürlich nicht«, sagte sie leise.

Jennifer schrie kurz auf.

»Er lebt ja«, sagte sie erschrocken.

»Komm jetzt, bevor alles wieder von vorne losgeht«, sagte ich und schnappte mir ihre Hand.

Die Tür ließ sich wieder öffnen. Bevor wir hinausgingen, warfen wir noch einen Blick zurück. Horyet versuchte gerade aufzustehen.

»Hier muss unbedingt mal renoviert werden«, sagte ich, und wir verschwanden schleunigst von hier.

»Er war tot«, sagte Jennifer mit einer Blässe im Gesicht. »Wie kommt es, dass er wieder lebt?«

»Weiß ich auch nicht«, antwortete ich schnell. »Lauf!«, sagte ich zu Jennifer.

Wir eilten aus dem Gebäude zum Taxistand.

Möge Gott die armen Teufel beschützen

16 *Bullen können blöde Fragen stellen*, war ich mir ziemlich sicher, also sprach nichts dagegen, dass wir aus Walter Gillers Büro geflohen waren.

Niemand außer mir und Jennifer wussten, was in diesem Büro wirklich geschehen war. Also dachte ich, dass es besser wäre in das Hotel zu fahren, das wir der Polizei angegeben hatten. In meinen Gedanken sah ich die verwunderten Gesichter von Giller, Berger und Zink vor mir, wenn sie in das Büro zurückkehrten. Sie konnten nicht beweisen, dass ich in die Sache verwickelt war. Die Verwüstung konnte auch später geschehen sein, als ich und Jennifer das Büro schon verlassen hatten. Horyet war bestimmt schon wieder auf den Beinen und von dort verschwunden, davon war ich fest überzeugt.

Wir gingen schnurstracks auf ein Taxi zu und stiegen hinten ein. Als ich dem Fahrer gesagt hatte, wohin er uns bringen sollte, trat er aufs Gaspedal und jagte davon. Während ich dem Flughafen nachblickte, überlegte ich, ob es nicht doch besser wäre, irgendwo anders hinzufahren. Ich brauchte lediglich dem Fahrer ein anderes Ziel anzugeben, doch eine innere Stimme warnte mich, dass dies keine allzu gute Idee war. Giller und seine Kollegen hätten uns sofort in Verdacht und würden nach mir und Jennifer suchen lassen.

Der Taxifahrer fuhr als wäre der Teufel persönlich hinter ihm her, obwohl ich ihm mit keinem einzigen Wort gesagt hatte, dass wir es eilig hatten.

Mir fiel auf, dass Jennifers Hände leicht zitterten.

»Alles in Ordnung?«, fragte ich leise.

»Äh ... ja.«

Diese Frage hätte ich mir auch sparen können.

»Sind Sie Touristen?«, fragte der Taxifahrer.

Was wäre, wenn ich die Frage bejahen würde? Würde er dann eine Stadtrundfahrt mit uns machen?

»Wir sind beruflich hier«, antwortete ich. »Es ist aber immer wieder schön, nach München zu kommen«, gab ich ihm zu verstehen.

»Ich bin Mehmet«, stellte sich der Taxifahrer freundlich vor und redete anschließend wie ein Wasserfall; vom Wetter, von der Politik und vom Fußball. Mehmet ließ mich nur selten zu Wort kommen, was mich eigentlich nicht weiter störte. Plötzlich musste Mehmet stark bremsen, weil ein Radfahrer ausschwenkte und ihm die Vorfahrt nahm. Mehmet fluchte in einer Sprache, die ich nicht verstand. Als das Taxi vor dem Eingang des Mandarin Oriental Hotels anhielt, fiel mir ein Stein vom Herzen. Ich bezahlte und gab ein gutes Trinkgeld. Mehmet bedankte sich mit einem freundlichen Lächeln.

Am Straßenrand vor dem Hotel parkten zwei luxuriöse Sportwagen und eine Limousine. Natürlich konnte ich es mir nicht verkneifen, einen kurzen Blick auf die Luxuskarossen zu werfen.

Am Eingang des Hotels stand ein Mann, der einen schwarzen Anzug und ein Headset trug. Ich überlegte, ob der Mann zum Hotel gehörte, oder ob er der Fahrer einer dieser Edelkutschen war. Als wir uns dem Eingang näherten, hatte ich schon damit gerechnet, dass der Mann uns kontrollieren würde, aber er ließ uns passieren.

Wir betraten das Hotel und gingen zum Empfang. Der junge Mann begrüßte uns sehr freundlich. Wir überreichten ihm die Zimmerreservierungen. Nach den Formalitäten erhielten wir unsere Schlüssel.

»Brauchen Sie Hilfe beim Gepäck?«, fragte der Hotelangestellte freundlich.

»Nein, vielen Dank«, antwortete ich.

Rossellini hatte wirklich keine Kosten gescheut. Wir fuhren mit dem Aufzug in den ersten Stock.

»Ich verstehe das alles immer noch nicht«, sagte Jennifer aufgewühlt.

»Tja. Das tue ich im Augenblick auch nicht.«

»Wer war dieser Kerl?«

Was sollte ich ihr erzählen?

Der Aufzug hielt an. Wir stiegen schweigend aus. Die beiden Zimmer lagen nahe beieinander. Das Zimmer von Jennifer erreichten wir zuerst.

»Ich muss mich ein wenig ausruhen«, sagte ich zu Jennifer. »Wie wäre es, wenn ich dich in einer Stunde abholen komme und wir in die Hotelbar gehen?«

Jennifer ließ einen Augenblick verstreichen, dann antwortete sie: »Okay.«

»Ich erzähle dir dann alles, was ich weiß«, versprach ich ihr.

»Okay«, sagte sie nur.

»Ist wirklich alles okay?«

Sie sah mich schweigend an.

»Gut, dann hole ich dich in einer Stunde ab«, verabschiedete ich mich von ihr.

Sie betrat ihr Zimmer, und ich ging ein Stück weiter den Gang entlang, zur übernächsten Tür.

Ich war total geschafft und freute mich auf eine Dusche. Ich schloss die Tür auf und betrat das Zimmer. Es war geschmackvoll eingerichtet, dann stutzte ich.

»Das gibt es doch nicht«, flüsterte ich und stellte den Reisekoffer und die Laptoptasche neben dem Bett ab. »Unmöglich!«

Von diesem oder einem Nachbarzimmer hatte ich geträumt und konnte mich noch an viele Einzelheiten erinnern. Eine freundlich Dame von der Rezeption rief mich an und sagte, dass mich ein Mann dringend sprechen wollte. Von diesem Mann erfuhr ich, dass in München das Tor zur Ewigkeit geöffnet würde.

Ich ging mit einem mulmigen Gefühl zum Fenster. Als ich hinausschaute, bestand kein Zweifel mehr, dass ich von diesem Zimmer geträumt hatte.

Von welchem Tor hatte der Fremde in meinem Traum gefaselt? Als ich von ihm eine genaue Erklärung verlangte und er sich mir dann endlich vorstellen wollte, brach das Telefongespräch ab, und wenige Augenblicke später wurde ich wach.

Nun war ich also in München auf der Suche nach irgendeinem Tor, das sich demnächst hier öffnen sollte. Jagte ich vielleicht einem Hirngespinst nach? Doch als ich an Horyet dachte, überfiel mich ein Gefühl der Furcht. Ich nahm mir fest vor, dieses verdammte Tor zu suchen und zu finden.

Ich öffnete den kleinen Kühlschrank und griff nach einer Flasche Bier. Ein kurzer Blick auf meine Armbanduhr sagte mir, dass für eine kleine Pause noch Zeit blieb. Ich rieb meine Schläfen. Das beschissene Brummen in meinem Kopf hatte wieder zugenommen. Ich hatte nach dem ganzen Tumult vergessen, mir die Kopfschmerztabletten von Jennifer geben zu lassen.

Ich nahm im Sessel Platz, schloss die Augen und schlief ein.

»Pass doch auf!«, fuhr mich jemand an, den ich angerempelt hatte.

Wir standen uns Auge in Auge gegenüber.

»Oh, Verzeihung ...«, dem Mann blieb das Wort im Hals stecken. »Oh, Verzeihung ...«, fing er wieder an, als ich ihn unterbrach: »Ist ja nichts passiert.«

Der Mann verbeugte sich leicht vor mir und ging eilig davon.

Ich sah mich neugierig um und hörte, wie eine Frau sagte, dass die Ratsversammlung sehr kurzfristig einberufen wurde. Der karge Saal war erfüllt von grellen Lichtern, die sich an den glatten Metallwänden widerspiegelten. Ich vermisste Stühle und Tische. Sollte die Versammlung etwa im Stehen abgehalten werden? Ich wandte mich um und suchte nach bekannten Gesichtern. Das Gedränge im Saal war nicht sonderlich dicht, aber dennoch wirkte es auf mich irgendwie erschlagend. Ich beobachtete lachende Personen in eleganter Kleidung. Dazwischen tummelten sich Personen in Uniformen mit ernsten Mienen. Einige von ihnen schlenderten ziellos umher, während andere einen Gesprächspartner gefunden hatten.

Ein elegant in Schwarz gekleideter Mann kam mit einem Tablett vorbei, auf dem sich ein Gemisch aus bunten Getränken befand. Er blieb direkt vor mir stehen.

»Möchten Sie etwas trinken?«, fragte er höflich.

»Gerne«, sagte ich, schaute mir interessiert die schlanken Gläser an und schnappte mir ein rotes Getränk.

Der Mann nickte mir stumm zu und ging weiter.

Ich nahm einen großen Schluck. Das tat gut. Meine Kehle war nämlich staubtrocken. Nach einem weiteren Schluck fiel mir auf, dass auch ich eine Uniform trug.

Die rechte Metallwand flackerte hell auf und ein Bild erschien. Alle starrten wie angewurzelt auf die zwei Kreaturen, die auf der Metallwand erschienen waren. Diese abscheulichen Bestien waren mir wohl bekannt. Sie trugen Kampfanzüge und waren mit Lichtschwertern bewaffnet. Sie bewegten sich schnell durch das unebene Gelände, direkt auf einen schmalen Pfad zu, der in einen riesigen, zerklüfteten Krater hineinführte.

Mich interessierte es brennend, wo die Aufnahmen gemacht wurden. Also wandte ich mich meinem Nachbarn zu und fragte ihn danach. Sein Blick verriet mir, dass er über meine Frage irritiert war.

Hätte ich die Antwort kennen müssen?

»Das ist Pelos«, sagte er schließlich und machte weiterhin ein verdutztes Gesicht.

»Ach ja, natürlich«, lächelte ich ihn an. »Danke«, ergänzte ich noch und wandte mich wieder der Metallwand zu.

»Ah, da sind ja unsere Kundschafter«, sagte mein Nachbar beiläufig, ohne den Blick von der Wand zu nehmen.

Die beiden Kreaturen wurden von vier Soldaten verfolgt. Sie blieben hinter Felsen in Deckung.

»Worauf warten wir?«, fragte ein junger Soldat.

»Wir sind nicht hier um sie zu töten«, bekam er von einem älteren Soldaten zu hören. Er schien der Anführer der kleinen Einheit zu sein.

Die beiden Kreaturen blieben plötzlich stehen. Hatten sie ihre Verfolger bemerkt? Doch kurz darauf gingen sie weiter und folgten dem schmalen Pfad hinab in den Krater. Die vier Soldaten blieben ihnen dicht auf den Fersen. Dann sah man, wie die beiden Kreaturen durch ein Eisentor verschwanden.

»Genau diesen Nebeneingang haben wir gesucht«, sagte der Anführer zufrieden.

Von den Zuschauern kam ein zufriedenes Getuschel, das jedoch rasch verstummte, als ein bärtiger Mann den Saal betrat. Er trug ein buntes Gewand und ging auf das Rednerpult zu.

»Endlich«, stöhnte ein junger Mann neben mir. »Jetzt geht es bald los«, sagte er noch.

Die Menge ließ von der Metallwand ab und wandte sich dem bärtigen Mann zu. Etwas später traten vier weitere Männer, die ebenfalls bunte Gewänder trugen, und eine Frau neben das Rednerpult.

»Wir haben die Versammlung einberufen, weil es wichtige Neuigkeiten zu verkünden gibt ...«, eröffnete der bärtige Mann seine Rede.

Eine Bewegung am Rand meines Gesichtsfeldes lenkte mich ab. Ein älterer Mann grüßte mich, indem er mir zunickte. Keine Ahnung, wer er war.

Der Redner erzählte etwas über einen Krieg und eine feindliche Basis, die sich auf dem Planeten Pelos befinden sollte. Dann erzählte er etwas über ein schreckliches Ereignis und deutete auf die Metallwand rechts von mir.

Ich sah ein schneeweißes Gebäude inmitten eines bunten Laubwaldes. Dicker Nebel lag knapp über dem Boden. Der Wald war unnatürlich still. Kein Wind schüttelte die Äste. Kein Vogel war zu hören.

Vielleicht ein Film ohne Ton – ein Stummfilm, ging es

mir durch den Kopf.

Das Gebäude kam mir bekannt vor. Woher? Meine Erinnerung daran war verschwunden.

Ich zuckte zusammen, als ein greller Blitz das Gebäude zerstörte.

Der ältere Mann, der mich eben gegrüßt hatte, trat an meine Seite.

»Können die nicht endlich mal auf den Punkt kommen«, sagte er.

Ich nickte zustimmend.

»Politiker«, stöhnte er. »Reden viel dummes Zeug, wissen aber nicht, was eigentlich an der Front los ist.«

Jetzt fiel mir auf, das der ältere Mann die gleiche Uniform trug wie ich.

»Den ganzen Mist, den die verbocken, können wir dann ausbaden«, schimpfte er.

»Stimmt«, sagte ich. »Wir sind die Dummen.«

»Ja«, nickte er mir zu und sagte: »Außer die Kleine da vorne ...« Er deutete auf die Frau neben dem Pult. »... sie weiß genau, wie man mit einer Waffe umgeht und wie es ist, an der vordersten Front zu kämpfen.«

Ein kurzes Schweigen trat zwischen uns ein.

»Und dann drehen die uns hier diesen Mist an«, sagte er und hob das Glas.

Es schmeckte wirklich nicht besonders, für meinen Geschmack war es etwas zu bitter, löschte aber den Durst.

Ich wurde ein wenig unruhig und wusste nicht, was ich zu ihm sagen sollte. Er schien mich zu kennen. Ich ihn aber nicht. Was sollte ich bloß zu ihm sagen, wenn ihm das auffiel?

»Na ja, lassen wir es über uns ergehen«, sagte er. »Wann treffen wir uns?«, fragte er plötzlich.

»Tja ...«, antwortete ich und suchte nach einem Ausweg.

»Was war das für ein Gebäude, das eben in die Luft geflogen ist?«, fragte ich und zuckte unwillkürlich zusammen. *Verdammt*, dachte ich, *das war eine verdammt blöde Frage von mir.*

Der Gesichtsausdruck des älteren Mannes verriet mir, dass er genau dasselbe gedacht hatte.

Irgendwie war mir hier alles so vertraut, jedoch fühlte ich mich völlig fehl am Platz.

»Das war unser Geheimlabor«, antwortete der Mann. »Ist Ihnen nicht gut?«, fragte er und wartete lauernd auf meine Antwort.

Kacke, dachte ich und überlegte fieberhaft, was ich ihm antworten sollte.

»Ich habe dich gesucht«, trat eine Frau an unsere Seite.

Ich zuckte abermals zusammen, doch zu meinem Glück sprach sie den älteren Mann an.

»Können wir uns irgendwo ungestört unterhalten?«, fragte sie ihn mit einem sanften Lächeln.

Er nickte ihr zu.

»Wir sehen uns«, verabschiedete er sich von mir und verschwand mit der reizenden Frau.

Ich wandte mich wieder dem Redner zu. »Und endlich haben wir eine Lösung gefunden ...«

Blabla, dachte ich.

»Es ist eine Tatsache, dass der Wissenschaftler Reolan Leeonex eine Mitschuld trägt«, sprach ein junger Mann mich von der Seite an.

Ich wandte mich ihm aufmerksam zu und sagte nur: »So?« Keine Ahnung wen er meinte und an was er mitschuldig sein sollte.

Warum wurde ich ausgerechnet jetzt dauernd angesprochen, wo ich doch nicht wusste, worum es hier eigentlich ging?

»Reolan Leeonex hatte mit dem Feuer gespielt, als er die Dunkle Materie erforschte«, sagte er scharf. »Wir alle müssen jetzt darunter leiden.«

»Aha.«

Was sollte ich sonst sagen?

»Er hatte den Ratsmitgliedern nicht alle Forschungsergebnisse vorgestellt«, schimpfte der Mann, »und hatte einen nicht genehmigten Versuch gestartet«, erzählte er hastig, »und so ist der Feind an diese Technik gekommen.«

»Und der Feind hat diese Technik weiterentwickelt?«, fragte ich vorsichtig.

»Ja.«

Was hatte denn dieser Wissenschaftler für eine bedeutende Erfindung gemacht? Sollte ich den jungen Mann danach fragen? Ich vermutete, dass ich dies eigentlich wissen müsste.

»Tja, die Erfindung von Leeonex ist einmalig«, sagte ich und glaubte, der junge Mann wirkte mit einem Mal noch angespannter. »Äh ... ich wollte eigentlich ... sagen ...«

»Ja«, brummte der junge Mann mich an. »Auf der Grundlage seiner Entdeckung hat der Feind das Basrato entwickelt.«

»Interessant«, sagte ich und fing mir einen finsteren Blick ein. »Ich meinte ...«, stotterte ich und brach ab, als der Redner vorne um Ruhe bat.

»Wir haben erfahren, dass die Palets ein Basrato auf Pelos in Betrieb genommen haben«, der Redner machte eine kurze Pause. »Wir müssen es um jeden Preis zerstören. Unsere Streitmacht kann zu diesem Zeitpunkt die feindliche Basis von Pelos nicht einnehmen, deswegen ...«

Der Redner wurde durch das Stimmengewirr der Menge unterbrochen.

»RUHE! RUHE!«, rief ein anderes Ratsmitglied.

Er hatte keinen Erfolg damit, denn das Stimmenwirrwarr wurde lauter.

»Ruhe! Ihr seid Führungskräfte der westlichen Allianz, also benehmt euch auch entsprechend«, rief die junge Frau ärgerlich, die neben dem Rednerpult stand, und mit einem Schlag kehrte Ruhe ein. Alle Blicke waren auf sie gerichtet.

»So, fahre fort«, sagte sie zu dem Redner.

»Danke, Ranja«, nickte er und wandte sich dann der Menge zu.

Die Frau kam mir bekannt vor – mehr als das. Sie war mir so vertraut, als würde ich sie sehr gut kennen. Ich beobachtete sie und stellte mir die Frage, ob ich sie jemals wiedersehen würde? Wie kam ich auf diesen absurden Gedanken?

»Wir müssen die Palets aufhalten und das Basrato zerstören. Dafür ...«, fing der Redner an.

»Er wiederholt sich«, sagte jemand neben mir.

»Ja«, sagte ein anderer Mann neben ihm, »er ist es bestimmt nicht, der nach Pelos geht, um dieses Ding zu zerstören.«

Ich sah, wie sein Nachbar ihm stumm zunickte.

»... entsenden wir eine Spezialeinheit«, sagte der Redner, »die sich der Sache annimmt.«

»Die armen Säcke«, sagte der Mann vor mir, und sein Nachbar nickte ihm zu.

»Das ist doch das reinste Himmelfahrtskommando«, rief jemand dazwischen.

»Ja, das wird niemand von denen überleben«, rief ein anderer Mann.

Das Gemurmel nahm wieder zu.

»Wir werden die Sicherheitsmaßnahmen auf Larg ausbauen, die militärische Präsenz verstärken und uns auf einen militärischen Erstschlag vorbereiten«, ergriff Ranja das Wort und die Menge schwieg. »Wir werden Pelos erobern! Dazu werden Vorschläge ausgearbeitet, die ich in einer Woche sehen will! Über die Inbetriebnahme des Basratos werden wir die Bevölkerung vorerst nicht informieren!«, erklärte sie.

»Und wer soll das Basrato zerstören?«, fragte ein stämmiger Mann, der eine rote Uniform trug.

»Der Einsatz wird von Andor geleitet«, erklärte Ranja. »Komm zu uns und sage ein paar Worte dazu«, sagte sie.

»Möge Gott die armen Teufel beschützen«, hörte ich den stämmigen Mann sagen.

»Komm, Andor!«, sagte Ranja wieder, und erst jetzt bemerkte ich, dass sie auf mich deutete.

Wieder forderte sie mich mit dem Namen **ANDOR** auf nach vorne zu kommen. Der Name hallte in meinem Kopf solange wider, bis ich aufwachte und wie ein verschrecktes Kaninchen aus dem Sessel sprang.

Ende Teil 1

Fortsetzung folgt

Das Schicksal kann man ändern und lenken,
aber aufhalten lässt es sich nicht.
Dan Gronie

Personen-, Orts-, und Sachverzeichnis

Länder und Welten

Larg	Heimatplanet der Lodets.
Mesetanien	Heimatplanet der Mesetanier.
Norog	Heimatplanet der Palets.
Pelos	auf diesem Planeten haben die Palets eine militärische Basis errichtet und ein Basrato in Betrieb genommen.

Mitwirkende von der Erde

Angelina	Empfangsdame bei dem Londoner Zeitungsverlag *Time News*.
Bill Clayton	Redakteur bei dem Londoner Zeitungsverlag *Time News*.
Bob	Angestellter bei dem Londoner Zeitungsverlag *Time News*.
Budd	Angestellter bei dem Londoner Zeitungsverlag *Time News*.
Helmut Berger	Mitarbeiter vom MAD, Abteilung II: Extremismus-, Terrorismus-, Spionage- und Sabotageabwehr.
Jennifer Parker	Redakteurin bei dem Londoner Zeitungsverlag *Time News* und eine direkte Arbeitskollegin von Bill Clayton.
Lisa	Angestellte bei dem Londoner Zeitungsverlag *Time News* und eine gute Freundin von Angelina.

Lone Burner	Agent von der Metropolitan Police, die sich im New Scotland Yard in Westminster befindet.
Michael Zink	Mitarbeiter vom Amt MAD, Abteilung II: Extremismus-, Terrorismus-, Spionage- und Sabotageabwehr.
Patrick Harp	Agent von der Metropolitan Police, die sich im New Scotland Yard in Westminster befindet.
Roberto Rossellini	Geschäftsführer des Londoner Zeitungsverlags *Time News*.
Walter Giller	leitender Beamter der Flughafenpolizei.

Mitwirkende von anderen Welten

Horyet	Mesetanier und Kopfgeldjäger.
Ranja Largo	gehört zu den Ratsmitgliedern von Larg.
Reolan Leeonex	Wissenschaftler, der die Dunkle Materie erforschte. Er entdeckte dabei, wie er unter Einsatz der geeigneten Technik, Raum und Zeit beeinflussen konnte. Auf der Grundlage dieser Entdeckung wurde von den Palets das Basrato erfunden.

Völker von anderen Welten

Lodets	leben auf dem Planeten Larg und sehen aus wie Menschen.
Mesetanier	leben auf dem Planeten Mesetanien. Die Bewohner sind Formwandler und können die Gestalt verschiedener Lebewesen annehmen. Nicht verwandelt besitzen sie eine menschenähnliche Gestalt, und ihr Gesicht lässt keine Mimik erkennen.
Palets	leben auf dem Planeten Norog. Sie haben eine hellgrüne, schuppige Haut, und aus ihrem kahlköpfigen Gesicht stechen grüne Augen mit einer schwarzen Pupille hervor.

Gegenstände / Sonstiges

Basrato	modernes Transportmittel, dass von den Palets entwickelt wurde, um große Entfernungen im Universum zurückzulegen. Ein Basrato besteht aus einer Haupt- und einer Emp-

	fangsstation, mit der sich ein künstliches Wurmloch erzeugen lässt, durch das man dann zu fernen Planeten reisen kann. Im Volksmund heißt das Basrato auch *Tor zur Ewigkeit* oder *Weltentor*.
Delektron	technisches Gerät, mit dem z.B. Raum- und Zeitverschiebung gemessen und ein Basrato lokalisiert werden kann.
Desulator	Waffe, die das Gedächtnis auslöschen kann.
Hedrologin	Medikament, das bei einem Versagen des peripheren Kreislaufs und verminderter Hirndurchblutung eingesetzt wird.
Isatolin	Medikament, das bei einem Herzstillstand eingesetzt wird.
Larat	Lichtschwert.
Meditransmitter	Gerät, das bei Schwerverletzten eingesetzt wird, um die Lebensfunktionen zu stabilisieren.

Organisationen

FBI	Federal Bureau of Investigation ist die zentrale Sicherheitsbehörde der Vereinigten Staaten, in der sowohl Strafverfolgungsbehörde als auch Inlandsgeheimdienst der US-Bundesregierung zusammengefasst sind. Außerdem ist sie für die Verfolgung von bundesrechtlichen Straftaten zuständig.
MAD	Militärischer Abschirmdienst, dessen Kernaufgaben sind die Informationssammlung und Informationsauswertung zu Zwecken der Spionage- und Sabotageabwehr und der Extremismus- bzw. Terrorismusabwehr. Zusammen mit dem Bundesnachrichtendienst (BND) und dem Bundesamt für Verfassungsschutz (BfV) gehört der MAD zu den drei Nachrichtendiensten der Bundesrepublik Deutschland.
MPS	Metropolitan Police Service ist die Polizeibehörde von Greater London. Das Hauptquartier der Metropolitan Police befindet sich im New Scotland Yard in Westminster.
New Scotland Yard	Gebäude im Londoner Stadtteil City of Westminster. Außerdem ist Scotland Yard eine Bezeichnung für die in diesem Gebäude residie-

rende Polizeibehörde Metropolitan Police Service.

SIS   Secret Intelligence Service ist der britische Auslandsgeheimdienst. Er ist auch bekannt unter dem Namen MI6.

<u>Bedeutung der außerirdischen Sprache</u>

Beelze   Schimpfwort, Bedeutung: Gottloser.
Túe Sãnto és reget   Dein Tod ist besiegelt.
Kruto tú Mekma!   Kämpfe du Schwein!
Marador!   Gib auf!

Danksagung

Warum ist die Geschichte von Bill Clayton alias Andor Largo erst jetzt veröffentlicht worden? Ich hatte immer wieder anderen Projekten den Vorrang gelassen, und so kam es, dass dieses Manuskript in einer Schublade verschwand und lange nicht mehr hervorgeholt wurde. Eines Tages jedoch hatte ich mir das Manuskript noch einmal angesehen und mich dazu entschlossen, mein eigentliches **Erstlingswerk** zu veröffentlichen. Also, hatte ich mir das Manuskript geschnappt, von Grund auf überarbeitet, und mein Vorhaben in die Tat umgesetzt. Daraus ist dann eine Trilogie entstanden.

Das gesamte Projekt hatte mir sehr viel Freude bereitet. Gemeinsam mit dem Redakteur Bill Clayton hatte ich mich auf eine abenteuerliche Suche begeben, um die Geheimnisse seiner Vergangenheit zu lüften.

In Band 1 erlebte ich mit, wie Bill Clayton langsam das Puzzle zusammensetzte, um die Rätsel seiner Vergangenheit zu lösen. Dabei geriet er immer tiefer in ein Netz mysteriöser Ereignisse. Bill wurde nicht nur von einem mysteriösen Fremden verfolgt, der über übernatürliche Kräfte zu verfügen schien, sondern auch der deutsche Geheimdienst schaltete sich ein. Seine Recherchen führten ihn schließlich nach München, wo er das Rätsel um seine Person lösen konnte.

Zuerst einmal möchte ich mich bei meinen Leserinnen und Lesern für das Interesse an diesem Buch bedanken. Auch einen ganz besonderen Dank an all meine Leserinnen und Leser, die schon bei den sehr erfolgreichen Abenteuern von Kaspar und seinen Freunden dabei waren.

Mich würde es natürlich wieder sehr interessieren, was Euch an der Geschichte gefallen hat – und was nicht.

Wer mir schreiben möchte, kann mich gerne auf meiner Homepage **www.dangronie.jimdo.com** besuchen oder schaut bei **Facebook** vorbei. Hier könnt Ihr auch mehr über mich und meine Bücher erfahren.

Wenn ich eine Geschichte zu Ende geschrieben habe, ist meine Frau Ursula die Erste, die sie zu lesen bekommt. Für die nützliche Kritik und hilfreichen Ratschläge und vor allem die Geduld, mit der sie jedes Mal meine Manuskripte liest, möchte ich ihr von ganzem Herzen danken.

Einen ganz lieben Dank an Olivia Grand, die das wunderschöne Titelbild erstellt hat. Auch ein herzliches Dankeschön an Felix Mittermeier für den beeindruckenden Sternenhimmel und an Angela Yuriko Smith für den Mann in den Sternen.

Mit ganz herzlichen Grüßen

Dan Gronie